신용찬 시인

1985년 창녕문협 월례회를 마치고.

1986년 창녕문협 월례회를 마치고.

1990년 『창녕문학』 14집 출판기념회를 마치고.

1995년 창녕문협 정기총회에서.

1996년 황우문학상 시상식장에서.

1997년 황우문학상 시상식장에서.

1997년 창녕문협 회원들과 우포늪에서.

1998년 창녕문협 회원들과 백일장 심사를 마치고.

1999년 창녕문협 정기총회에서.

2014년 남지 홍포동 건립 신용찬 시비.

2000년 창녕문협 정기총회에서.

2008년 하현식 시비 건립을 마치고.

2016년 〈우포생태문학제〉 무대에서 감사패를 받는 모습.

2016년 손주들과 함께.

2016년 우포청소년문학상 시상.

2016년 우포청소년문학상 심사평.

2016년 창녕문협 회원들과 함께.

2018년 친구 김현우 작가와 함께.

1989년 첫 번째 시집
『청우』.

2001년 두 번째 시집
『풀밭을 매면서』.

2017년 디카시
「수족관」.

신용찬 문학전집

창녕문인협회 엮음

차례

3부 | 대보름

4부 | 도화원

5부 | 자정에 뜨는 달

제2장 시집『풀밭을 매면서』(2001)

1부 | 그리움

3부 | 풀꽃 이야기

4부 | 서낭나무

제3장 시집 이후

제4장 산문

제5장 『신용찬 문학전집』에 부쳐

정직한 농부시인과 진솔한 서정

성기각/ 문학박사, 창녕문인협회장

시가 현실을 반영하는 것은 특정하고도 본질적인 측면을 드러내 보이는 것이다.

— 게오르그 루카치

이 문학전집 발간작업은 자칭 '향암鄕闇'이라 일컫는 한 시인의 생애가 지닌 정직하고 투명한 문학정신에 보내는 손뼉에서 비롯하였다. 우리 창녕문인협회 임원들이 근자에 머리를 맞대고 이 책을 엮기로 작정한 데에는, 신용찬 선생님께서 지역문학에 내보인 애정이 얼마나 두터운지 가늠해보기에 충분할 것이라는 믿음이 있었던 터였다. 그러니까 1974년 『창녕문학』 창간호에 작품을 발표하면서 문학활동을 시작하여 오늘에 이르기까지 50년에 가까운 세월을 창녕의 문학발전에 오로지한 뜨거움은 가히 칭송받고도 남을 것이다.

선생님께서는 일찍이 창녕 남지 땅에서 가난한 소작농의 차남으로 태어나 팔순을 훌쩍 넘기고 투병 중인 지금까지 태어난 마을을 지키고 계신다. 고등학교를 졸업하고 남들처럼 대처로 나가지 않고 농토를 가꾸는 일에 전념한 농부의 전형이시다. 우리 문협의 어른이며 붕우지간朋友之間이기도 한 김현우 선생님의 권유로 청년 시절에 문학에 발을 들여놓은 이후 창녕문학 발전을 위해 버선발로 나서시곤 하였던 선생님의 과거사를 우리는 번연히 알고 있다.

향토문학 혹은 지역문학에 대한 애정의 정도를 어찌 한갓 돈으로 경중을 따지랴만, 선뜻 1억 원이라 거금을 우리 문인협회 회원들을 위해 생광스레 써달라며 회장인 나에게 통장을 맡기시던 8년 전 그날 선생님의 낯빛은 잊을 수가 없다. 비닐하우스 농사를 지어 자식들 가방 챙겨 학교 보낸 뒷바라지가 만만찮았으리라는 짐작을 하면서도 감히 소인배가 흉내를 낼 수 없는 배포에서 느끼는 부담감이 컸었다.

우리는 선생님의 뜻을 기리기 위해 후학들에게 문학이라는 멍석을 깔아주기로 의견을 모으고는 곧장 '청소년문학상'을 제정하기로 하고 선생님께 고하였다. 선생님께서는 그 상의 이름에 자신의 이름을 달지 말라고 신신당부하시었다. 이 또한 어찌 숭고한 모습이 아니랴. 그리하여 '우포청소년문학상'이 탄생하여 지금껏 창녕 청소년들의 글을 골라 장학금 형식으로 상금을 지급한 인원이 40여 명에 이른다.

시와 인간의 진솔함이 돋보이는 이 전집을 더욱 빛나게 하기 위해 글을 보내준 우리 창녕문인협회 동지들께 감사의 말씀을 전한다. 또한 애정을 담뿍 담은 발문을 써주신 김정대 교수님께 진 빚을 어찌 갚으랴. 머잖아 코로나19가 종식되면 동지들과 둘러앉아 잉걸불에 돼지 목살이라도 굽고 신용찬 선생님의 문학정신처럼 투명한 소주잔을 기울일까 한다.

2021년 가을

창녕문인협회

제1장
시집 『청우』(1989)

1부 청우

2부 새벽닭 울음소리

3부 대보름

4부 도화원

5부 자정에 뜨는 달

辯

1부 청우

솔터

태고의 인정이
고목의 삭다리로
말라가는 세월

너와 나 사이가
하늘 높이 자란
소나무만큼 멀어져
심연의 미련이
거친 나무껍질에 옷을 더럽힌다

사람의 발에 질났던 잔디가
잡초로 우거졌다
그 사람들
지금은 다 어디로 갔는가

늙은이의 사랑방
어린이의 놀이터
한여름의 된서리
처녀 총각 밀어
봄 휘추 꽹과리
지금은 다 어디로 갔는가

고삐 잡힌 늙은 암소가

천방지축 뛰놀던 송아지를 그리며
오늘도 으음 - 매 으음 - 매
가을 하늘에는
대답 없는 메아리만 울린다

하늘 높이 자란 소나무 머리만큼
머어언 거리에서
그도 울고 있을까

여름 오이

내 손으로
하늘을 만들고
구름을 만들어
자식보다 더한 사랑으로
물을 준다

30℃가 넘는 햇빛 아래
머리 탈라
검은 망 씌워 찬바람 만들고
태풍 이슬 다 막는 비닐 씌워
안방을 만들어
새색시 모시듯 보살펴도
편식한 아이처럼
질병도 많다

일사천리 달리는 준마같이
밤 사이 새잎이 생겨나니
다산모 치마 끈 달듯이
발걸음이 바쁘다

장마에 오이 크듯 한다는 말이 있듯이
용광로에서 빠져나온 붉은 쇳물이
삽시에 검어지듯

한 치 꽃대가
이삼 일에 한 자 넘게 자란다

외계는 태풍 작열에 말라버린 계절
난리통 살아남은 슬기
고가에 땀을 식힌다

産地공판장

농산물이 사람을 따랐는데
사람이 농산물을 따르는
역사적 변혁이 일어났다

농심이 천심 천심농사 성심포장
신용이 생명 위장 판매 망신이다
굵은 언어가 유행되고

가격을 호칭하는 경매인의
외치는 소리에
농부의 심장은 결승전에 나선 선수
땀의 대가를 기다리기보다
복권의 당락을 보는 심정들

선별이 시세요 값이다
선별은 욕심과의 싸움
내용보다 포장이 먼저다
눈으로 먹는 세상
비위 맞춤이 돈벌이다

상인과 농부가 악수하고
도시와 농촌이 이웃이 된다
어떤 벽이 무너지고

흰둥이와 검둥이가 같이 마신다

금값의 시세에 웃음이 돌 때
흙 묻은 옷도 개의치 않고
같은 삶의 만족을 느낀다

모내기

산은 자연이 만들고
들은 사람이 만든다
한 달여의 대역사로
아녀자들이 한 뜸 한구석
수틀을 메우듯
녹색의 바다를 만들었다
대통령도 따라야 하는
못줄 따라
수억의 점을 찍었다
당신들의 작품은 훌륭했소

60년대까지는
처녀들이 주축이었는데
학교로 공장으로 다 가고
50대 중늙은이에게
부자가 사정하러 다닌다
社交의 깊이가
돈으로 계산되고
20여 일 전 날받이
선착순이다
음식 솜씨 교류되고
일 주선 서로 비교
새참 시비 말도 많다

유행가 가사 못 외우던
수줍은 순이 엄마도
입이 딱 벌어지게
무논에 명창을 띄우는데
우리 가락 구수한 맛
사연사연 많은 사연
모정자로 풀어내어
할아버지 짓궂은 장난도
가락 속에 흐른다

술 잘하는 덕이 엄마
못줄 잡고 엉덩춤에
아픈 허리 치료하고
음담패설 익살 속에
웃음으로 피로 잊고
돈내기다 빨리하자
일찍 심고 시장 가자
돌아오는 농로 길에
노랫소리 홍겹다

落果

가슴이 철렁
툭… 또… 툭
뉴턴이 원망스럽다
어디서 실패의 소리가 밀려오고 있다

감당할 수 없이
많은 새끼를 달아
발등에 애기 송장을 쌓고
안간힘을 쓰고 있나
아니면
하나의 소망을 위해
잔인한 버림일까

뇌성 번개 태풍
난리통에 잃은 아이
이변이야 어쩔 수 없지만

고요한 밤
개미도 잠든 시간에
억센 잎을 때리며
나동그라지는 소리
애처롭기보다
차라리 귀를 막자

해거리 버릇 고치랴
240DP 뿌려놓고
과학 기술의 힘을 믿어본다

온상 구덩이를 파면서

온실 안에 구덩이를 판다
심술궂은 찬바람이
천장을 파르르 흔든다
은구슬로 달렸던 것이
차갑게 이마를 적신다
싱거운 바람
살갗에 와닿지도 못하고
러닝셔츠만 적시누나
내 귀여운 아기들의 집을 만든다
자다 들춰 나온 개구리
눈만 껌벅껌벅
완전 엄폐로 묻혔는데
지구를 찢는 삽날에 찌 찌 찍
눈감고 다린가! 밴가!
선전포고도 없이 침입한 무뢰한
이것도 네 운명이니…
가슴을 달래서 또 삽을 든다
내 귀여운 이천여 애기의
보금자리를 위해서
한 겹, 두 겹, 다섯 겹
깔개를 깔면서
미강도 뿌리고
물도 푹 준다

고추가 덩실 달릴 때까지
아침저녁 덮고 벗기고 한다

가을 오이 뿌리를 뽑으며

싱싱하던 소망이
활짝 꽃을 피우고
영원히 잎을 접는다

날마다 쌓아온
사랑의 길이가
가슴 뜨겁게 이는데

욕망의 한계는 끝이 없어
충실한 보은을
요절한 자식
상여 뒤에 독 깨듯
반자 줄까지 추린다

알겨먹던 잎새
갈고 닦은 칼날같이
가꾸던 유년을 그리며
파파 할미의 슬픈 종말

나도 뿌리 뽑혀
흙 속에 묻힐지니
못다 피운 꽃이나 피우리

청우

멍에와 코뚜레가 싫어서
아침 이슬 푸른 풀밭이 좋아서
외로이 광야에 산다

승마장에 뛰노는 청마의 눈빛이 싫어서
들새들의 노랫소리가 좋아서
진흙 밟고 산다

시커먼 연기 소음이 싫어서
맑은 하늘 시원한 공기가 좋아서
귀뚜리 소리 들으며 산다

세련되고 청아한 목소리 따르지 못하고
칼날 같은 경쟁이 싫어서
투박한 내 소리 키우며 산다

조련사의 채찍도 얻을 수 없고
천둥소리 벗 삼아
메아리와 산다

고추 육묘

작은 여름을 만들기 위해
입동에 구덩이를 판다
태양의 열기를 만들기 위해
육신을 썩혀 열을 바치는
짚 미강 물 넣어 다지기
지열 20℃가 넘는 작은 여름을 만들어
유치원 학구에서 자란
네 잎 싹들이 입학을 한다
해 진 후 섬피 덮지 않으면 빙하기가 오고
한낮에 비닐 들지 않으면 열사병이 온다
천재가 삽시에 일어나니
만든 자연 조종이 힘겹다

동족은 다 늙어 죽어간 계절
노아의 방주에서
깊은 사랑 받는 귀염둥이
부잣집 외아들 선택받은 귀족
삼 척 난쟁이들이
육 척 장신의 슈퍼족이 될 유년
때맞추어 단비를 만들고
보약에 예방주사
승패는 어린 체질 관리에 달렸다

칠월 풋고추

내 키보다 큰 고추나무
그늘에 앉아
목을 타고 흐르는 땀이
신발에 고이도록
몇 도인지 내 알 바 아니다

지천으로 달린 열매가
사람의 심지를 이끌어
비상한 끈기를 유발한다

사우나탕 속에서
사우디의 친구를 그리며
감싼 땀을 딴다

서로 돕는 부인들
"이 집 고추 싱싱타"
한바탕 웃고
종일 해도 이야기는 끝이 없다
이열치열 묘법인가

화목 아궁이

선사시대부터일까
머언 조상님들의 발명이
수억만 명의 사랑을 받다가
이제 그 막을 닫을 때가 되었는가보다

연탄, 가스레인지, 보일러
고층 건물에 밀려
골짜기에만 명맥을 잇더니
문명의 침입은
홍수같이 거세어서
골짝골짝까지
입식 부엌이 스며들어 폼을 낸다

아침저녁 마을 하늘을 뒤덮던 연기
어머니들의 사랑은
이제 어디서 볼까

불씨 간직에
시집살이 상속받던 존귀함이나
장작불 갈비불 짚불
구둘막 화롯불
정겨운 이름들은
이제 할머니의 이야깃감으로 넘어간다

그들이 길러낸 생령들의 후손은
그들을 영면시켜
민속박물관으로 내어쫓아
선조의 가난을 증명케 한다

낙엽까지 다 긁어
붉은 산을 만들던 나무꾼들은
도시의 공장으로 다 가고
밭언덕엔 마른 잡초가 무성하여
산불조심 경고 캠페인을 벌인다

지상의 모든 잡동사니들
활활 태운 마지막 봉사

이제 젊은 아낙들의 긴 한숨은
어디서 태워 날릴까

백엽고병

태풍 어빙군과 쥬디양이
인디언 동고춤 흔들듯
회오리쳐 지난 자리
원수가 그라목손 뿌려
재롱둥이 경기에 늘어지고
날개 움츠린 새
된서리 맞아 뜬다
피가 마르고
살이 떨린다

차에 치여 피나는 아이 같은
벼포기 안고
병원으로 뛴다
진단만 내리는 지도소 선생
급성백엽고병
훼나진 세빈수화제가 불티나고
전우가 적에게 목 조이는데
총알 없이 발만 구른다

장질부사에 쓰러질 아이
결핵 예방만 한 듯
도열병 예방만 하는데 시기한
백엽고 병균이 기습했다나

밀양 23호 작년엔 우량종이
금년엔 가산 탕진 허약아
품종 선택에
운을 걸까

황금 물결 오염된 선창에
불씨 던져 가슴 열까
볏단 짚단 구별 못할 무게
저기압이 밀려와
심장이 무거워진다
맑기만 한 가을하늘
입술이 떨린다

타작 마당에
땀이 날아간다
피가! 살점이 날아간다
희망이 먼지 속에 묻힌다
아쉬운 듯 개울물같이
가마니에 흐른다
폭포수가 흐르던 작년이 그립다

최후의 승리자인 낟알이
피골이 상접하여

등외 판정 받고도 반가우나
영농미 독촉장 잡고
하늘만 보고
살 떨며
내년엔…

침종
— 고추씨를 담그며

육종의 첨단 기술로
일 작에 쌀 3되 값
금싸라기 낟알
누군지 모를 그에게
분노의 손을 들다가
다시 오히려 합장하며
감사를 드린다

시월 상달에
금돈 열 냥을
정화수에 담그며
무릎 꿇고 풍작을 빈다
아이들의 학비
막내의 용돈
빈손들을 채워줘야 한다
낙후 농부의 젖은 가슴을
화안히 밝은 빛으로 채워야 한다

몇 순갈의 이 낟알을
몇 트럭으로 불리어내야 하는
땀과 정성을 머리에 담아본다

2부 새벽닭 울음소리

집을 뜯으며

아버지 어머님 미안합니다
웃으시며 진흙 찍어 올리시고
수없이 지어 나르신 밥그릇
귀한 기와집 지어주셨는데
붉은 벽돌 허욕에 빠져
부모님의 사랑을 밀어내고 있습니다

아버님 어머님 이 몸도 쇠약해져 갑니다
맞아야 할 부모님의 손부 손서
귀하게만 자랄 증손자들
이들에게 부끄럽지 않으려고
부모님의 땀을 뜯어내고 있습니다

'너희들만 잘 살면 된다'
늘 하시던 말씀
사랑을 밀어내며
말씀에 답하려 하고 있습니다

이십오 년간 몸담아온 벽
신살림의 보금자리
수백 가지 희비애락
석별이 아쉬워 큰절 올려 제 지내고
다시는 볼 수 없을

보물을 간직하려고
카메라에 담습니다

처서기

버드나무 머리에
사르르 즐거운 노랫소리 속에
목메 흐느적이는 여름이 보인다

논머리 가슴 답답던 빛이
벼 뱃속에 저마다
볼록이 숨어들었다

안뜰 마당에
여름이 콩알 되어
튀고 있었다

너 무덤 위에
가을인 배추씨가
점점이 놓이고 있다

윤기 나던 마루방에
조용한 침묵이 서린다

마지막 페이지

날마다 잡아온 손길
가끔 이 삼일 함께 잡은 기억이 부끄러우나
돌아본 자국
365번째 막내
365개의 나를 모아
또 한 장의 비석을 세운다

긴 강
삼백 육십 다섯 굽이 돌아
365킬로미터의 대하를 만들었다
언제 바다를 만들까

웃음이 감돌았던 날
회오리바람에 휩싸여
나침판 잃은 표류선이던 날
욕망의 굴레를 벗어나지 못해
저 깊은 바다에 빠져
자책에 시달린 날
지난 것은 모두가
꿈이고 행복이었다

시인 생각

— 고 朴載護 유고시집 출판기념회를 보고

이름은 있고
얼굴은 없는 사람들이 모여
얼굴을 찾고 있다

몸은 사라지고
이름은 다시 살아
악수를 청하고 불러 모은다
시인의 죽음은 속으로 아파
백 리 길도 잊었다

시인은 죽어서도 말한다
호화로운 그 이름 뒤에
고행의 얼굴 유가족
사회의 여느 구석에
성문화되지 않은
잘못된 규범이
도사리고 있다

찬란한 태양도
분재에 핀 장미도 아닌
어둠에 이슬만 먹고
혼자 피는 들국화들

기제에 축문 읽듯
가지가지 정한을 풀고
발자취 다시 살려
음복주로 남은 사람들이
한 걸음 다가선다

님이 다닌 발걸음 찾아
고모령 가는 길 손잡고 걸어
초라한 간판에 따뜻한 온정을 느끼고
시심을 달랜 벽마다
님의 얼굴들이 울다 웃고 있다

빈 잔들이 빈 잔을 채우며
허망을 띄워 보내고
오늘은 님을 위해 묵념한다

아침 까마귀

검은 구름 밑
샛바람 부는 아침
까—악 까—악!
비수같이 불쾌한 소리
도리질을 해본다
친정 간 아내가
군에 있는 아이가
어떤 음모가

담이 무너질 듯한 소리
어디에 잘못이 있었는가
뒤를 돌아보고
도리질을 해본다

信者의 道를 다하며 살려고
노력했는데
노력한다고 되는 것만은 아니니
어떤 업보일까
고개 숙여
눈을 감는다

말씀들이 유감이다
만물의 영장인 내가

미물의 예언에 움직이다니
불쾌지수 높은 날씨
망각의 생리가 아쉽다

밤차

호랑이 눈 뜨고 달리는데
지상엔 별 밭이 띄엄띄엄
검은 굴 뚫고 달리는
인생 역마차

산도 들도 없는 검은 세상
잠든 시간 달리는 생의 역군
잘난 고속도로엔
밤이 낮이더라

밤에도 쉬지 않고
외줄 타고 곡예를 부리는
말 없는 기사의 얼굴
철벽도 뚫을 의지가 보인다

고속버스는 없고
화물 트럭만 움직이는 시간
소비자는 잠들고
소모품은
사형장으로
이동되고 있다

뭉게구름

높은 바다에
산호초가 띄엄띄엄
막 원자폭탄이 터져
버섯 송이가 끓어오른다

칠월의 뜨거운 빛이
용광로 쇳물로 끓는 저 너머
끓어오르는 끓어오르는
살아서 부글거리는 절규

한 마리의 천마가 날개를 펴고
아니 저것은 하마
저것은 호랑이

수십 절벽과 봉우리를 메우고 있는 안개
한 폭의 동양화

땀을 닦으며 농막에 앉아
멍하니 본 하늘
환희의 꽃송이가
유현幽玄의 미를 숨기고
띄엄띄엄 놀고 있었다

박쥐

어둠의 왕자
어둠을 먹고
어둠의 강에 헤엄치는 고기
농약 뿌린 벼논 위
제비 떼가 선회하듯
어디에 숨었다가
잠든 시간 활개치나
전등보다 더 밝은 시력
광명이 어둠이고 어둠이 밝음인
역순의 생리
회귀 동물인 줄 알았는데
새벽 산책에서 보니
동물 아닌 새떼로 있음을 알겠다
어떤 첩자
이중인격자
모리배 배신자
낮에는 쥐 밤에는 새
시든 풀잎처럼
풀 죽어 있으나
주인을 배신한 빨갱이 머슴
어디서 저런 솟구침을
숨기고 있었나

수족관

저렇게 태연할 수 있나
두려움도 숨 막힘도 없는가
바라보고 있는 사람을
이렇게 무시하다니

沙場에서

강변도로를 달리다가
추억의 마력에 끌려
혼자 섰다

선사시대의 풍경이
지척에 있는데
자주 찾지 못 했을까
선망의 빛은 어디에 있는가
사방을 둘러본다

사각 사각
딛는 소리에 끌려 걷는가
달려오는 통통선 마중 가는가
쓸데없이 걷고 있었다
멀리서 그가 오는 것 같다
갑자기 외로운 늪에 빠져
가슴에 한기를 느낀다

동짓달 밝은 달밤에
햇빛보다 더 빛나는
은빛의 광야에
사랑도 잊은
남녀가 걸었다

삼십 년 세월에
밧줄로 얽어매던 사랑이
실낱같이 가늘어지듯
더 넓게 흐르던 강물도
가늘어졌구나
沙場도 옮겨지고
구릉에 속세피만 초라하다
띄엄띄엄 생명을 지킨 것은
홍수를 이긴 아픔인가

낭만을 찾아
낯선 소녀에 술병 들려 다시 와 본 沙場
모래톱은 굳어 있고
저무는 햇살에
江上엔 은하수 뻗고
소녀들은 멀리서 스케이팅 즐기는데
무엇을 찾아봐도
영감은 없다

긴 머리 소녀를 걸리며
詩를 가르치는 오만
띄엄띄엄 핀 속세피가
소녀를 닮아간다

추위에 쫓긴 소녀는 달아나고
감각도 없는 沙場은
어둠이 밀어낼 때까지
나를 잡고만 있었다
보석은 찾지 못하고
울화를 터뜨리며
마구 씨불이고 있었다

서울 하늘

저것은 안개가 아니다
숨통을 막는 排泄物
살기 위해 발버둥 치며
어둠 속에서
뿜아내고 있는 것들

강변도로 몇 킬로를 달려도
희미한 안개 속의 풍경
가슴은 자꾸만 답답해진다
서울타워 상봉에 올라서야
긴 숨 모아 쉬고
한낮의 태양을 본다

죽음의 재가 넘실대는데
저 속에 빛나는 보석은
다 산다니
무엇이 잘못된 것일까

새벽닭 울음소리

귀신 쫓는 소리
쫓다가 목이 쉬고
해를 치며 몸을 떨어 쫓았다
저 힘은 인간의 힘을 넘었다
할아버지 제삿밥 독축하시던 모습
옛날 머슴들 닭통 밑에 더운 물통을
놓아 초저녁 닭 울려
주인댁 며느리 당황케 하였다는 이야기
할머님 옛이야기 속의 저 소리는
수호신으로 등장하고
광명을 알리는 예언자
희망으로 가득 찬 환호
구름 낀 날 닭통에 닭이 오르면 해가 지고
내리면 해가 떴다
더 넓은 마당이
자유의 식탁이요 일터다
모이통 든 안방마님 구구 소리에
담 넘어 날아들어
바쁜 부리 소리들
이젠 한 폭의 그림에나 볼까
한 뼘 철망에 갇히어 앉아
살만 찌는 식물형
자유를 달라 아우성치는가

때도 없이 우는 소리
이젠 슬픔으로 들린다

겨울밤의 별

어린 애기가
바닷가에서 떨고 있다
가물가물
사라지려 한다
매정한 옆의 큰 애기를 흘겨본다
그도 떨며 작아진다
솜털구름 속으로
뛰어들어가라

3부 대보름

새동네

지구를 두부모로 잘라
이십 년 장기채로
원앙새 보금자리
아방궁같이 짓는다

이 태조 한양 건설하듯
농촌 곳곳에
새동네 만든다

흙벽 무너지는 먼지 속에
어머니 무명치마
휩싸여 날아가고
검은 서까래 아버지 어깨에
굳은살만 남기고
슬라브 침목으로 잘린다

쿵더쿵 쿵더쿵
노래도 많고
새색시 앞치마
더럽히던 디딜방아
용수로 건널다리로 버려졌다

벽돌 벽에

빛나는 돌 다시 붙여
집 위에 집을 짓고
하늘에 산다

뽕나무 울타리 밑 수채에
스케이트 타던 자리
공굴 하수도에 뚜껑 덮이고
마을 복판에
미끄럼틀 그네 시소
어린이 놀이터 지어졌다

아낙네들 모이던
공동 우물터엔
펌프 엔진 소리가
아낙네들 잡담으로 들리고

이중창 철대문에
쫓긴 노인
경로당에 모여 앉아
초근목피 조반석죽
옛 고생 이야기로
회포 푼다

검은 구름 걷히고
밝은 태양 솟는데
다시는 6·25 같은 전란이 없기를
여윈 손 모아 빈다

잠든 아이

폭풍이 지나간 대지 위에
꽃가루 안개가
소록소록 내리고

던지고 흩고 쏟고
비틀비틀 아슬아슬
정신없었는데
성벽을 다 쌓은
포근한 무거움이 보인다

옛날 할머니 자장가
아지랑이 타고 오는데
검은 요귀가
돌아서 가고

태풍도 창밖에서 머물고
따뜻한 봄빛이
난초꽃을 피운다

아들 군에 가던 날

울지 않으려고 웃었다
밀어도 밀어도 밀려오는 울렁임
천진난만하게 덜렁이며
떼지어 몰려갔는데
오늘은 뒷모습이 가련하구나

위로 방문의 의미를
오늘에야 알겠다

아들의 대학 첫 등교 날 그 뒷모습은
그렇게 대견스럽고 웃음이 솟았는데
오늘 뒷모습은 아픔을 주는구나

어둠이 깔리는 뜰에
외로이 놓인 구두
어미 몰래 숨긴다
친구에게 전화하여
술이나 하자 청할까

장발의 멋을 즐기더니
백지장같이 막 깎은 머리
빵모자 눌러쓰고 서툰 미소
몇 날이 지나도

봉두난발로 떠오르는
아들의 얼굴이
구석구석 보인다

태산이 끌려가는데
기자들이 몰려들 듯
신랑을 에워싸듯
머슴애 시집가던 날
호송원은 많았다

깨어진 청자병

고려청자를 깨뜨려놓고
쓰다듬는 손끝에
핏자국이 남는다

왜!
나란히꼴 나란히꼴만 되나
목마른
사다리꼴아

불씨 찬 머슴아이
달리기만 하듯
불덩이 안은 가슴에
곡차만 퍼부으니
嫌를 恥로 만들어 쫓기누나

핏자국 담은 눈에
우리는 잇몸
가슴 둑 터진 재를 안고
반신불수의 몸이
발가락이 눈 되어 걷는다

만날 사람 뉘 있느뇨
혼자 가도 내 속에 너 있는데

누울 자리 골라 무엇하나
가슴에 너 있는데
倫理의 회초리에 맞고 맞아
누더기 된 몸이 간다

자라는 꽃송이야
첫 향기 조심하여라

傳書鳩야
글로도 다 할 수 없는
노아의 홍수 같은 이 마음을
찾아서 부리려무나

대합실

맑은 호수에 반짝이는
물결보다 더 찬란한
서울의 밤
불줄기가 흐르고
다투어 핀 꽃밭
끝없이 넓은 보석들의 반짝임
하늘의 별들이 내려와 논다

서울역 대합실 TV
韓日 여자 배구전이 한창인데
함성이 빌딩을 밀어버릴 듯
출전 군졸이 창칼 들어
전열을 올리다
대장의 지휘를 듣듯 조용하다
강 스파이크 성공!
대합실 천장이 터지고
村婦의 손도 덩달아 오른다

동족의 피가 하나로 뭉쳐지고
눈덩이같이 커진다
삼십육 년의 한을 공 하나로
때려잡고 있었다

기다림에 지친 군중
한가족의 따뜻함이 흘러도
떠날 땐 인사 없는 남들
얼마 후에 어느 구석구석 가 있을까

감기

담쟁이 잎 지면서
콜록콜록 소리
차가운 어둠을 뚫고
벽 넘어서 타는 목소리
쓸어다 버렸는데
가녀린 바람결에
담 밑 어디서
또 구른다

아기 달래듯
알약 먹여
이불 밑에서 쫓는다
억센 순이는
엉머구리 소리를
치맛자락 설치며 쫓고
돌이 녀석은
소주잔에 고춧가루 섞어 먹고
콧구멍 틔웠다네

이 꽃 저 꽃 옮겨앉아
꿀 빠는 벌
어떤 꽃은 가루만 지고
어떤 것은 빠지고

혹은 무너진다

뱀이 종아리 휘감고
얼굴에 모닥불 피우며
처용의 마귀가 가슴 누르고
천장이 돌풍에 휘몰린다

일 년에 몇 번씩 찾아드는
계절풍
우두처럼
막을 약이 아쉽다

慕賢亭

洛東江은 말없이 흐르고
龍華山 검은 절벽 神秘가 서리고
馬邱국도 남지철교 건축미가 좋은데
남지나루 나룻배 멀리 보이고
강상에 조각배 한가히 떴다
영남양수장보다 더 큰
馬鎭 상수도 양수장 네 물구멍은
강물을 훔치는 도둑의 눈
구마고속 Y자형 남지대교
산같이 뜬 위에 제비 같은 차들
마루에 서서 보는 풍경이 佳境이다

창녕 함안 현인 삼십오 명 尊御를 걸고
연목 상량 기왓장에 더 넓은 청마루
행인이 쉬면서 현인을 기억하게 지은 집
큰 갓 아니 써도
한 수 시조가 나올 듯한데
확성기에 허스키한 디스코가 자주 울린다

6·25 많은 시체 떠간 저 강물
세상 번뇌 못이겨 스스로 몸 던진
난간 절벽에 서린 사연들
뱃놀이 배 전복으로 죽어간 사람들

수많은 청춘의 번뇌를
씻어가기도 한 곳
저녁놀 붉은빛에
오색 무지개에 싸여
넋들이 선녀 되어 오른다
새벽 등산객 무언으로 가르치는
흰옷의 무장들
옛날의 그 선정 그 의병의 뜻을
골동품 보듯 하는가

아— 오늘은 세상사 잊고
知友와 아가씨 데리고 앉아
한 잔 술을 마시니
가수의 노래도 흥미 없던 귀
오늘따라 노래의 심오함을 알겠구나

거머리

아마존의 박쥐가
자동 마취제를 쓰고 흡혈한다
지렁이 이빨보다 약한 것이
철판보다 강한 피부를
소리 없이 뚫었다
밥통뿐인 식충이

식곤증에 늘어진 야수
스스로 순갈 놓고
맴돌아 쓰러진다
다리도 없는 놈이 허우적거린다

쥐보다 더 밝은 눈으로
뻘물 속을 헤집고 와서
딴 놈 먹은 그 자리 찾아
뱀의 꼬리보다 더 흉하게
질기게 붙는다
들킨 것도 모르는 바보들이

대보름

신랑 맞을 처녀가
분단장하고 마중 나왔다

검은 산 밀고
대 승자의 달이 솟는다

가련한 허리가 굽어진다
합장하는 두 손

인디언의 횃불에
달이 무색해지고

애송이 기사들이 지은
연막탄이 여기저기 솟는다

무궁화 한 송이

—고 河在鴻 사백 영전에

1.
영축산의 샛별이
어둠에서 태어나
밝음에 사라졌다

내 뜰에 묻힌
사라져가는 가야의 얼을 찾고
향토에 꽃 피웠던
민족혼을 알리며
황금만능주의에 짓밟힌 문화와 정의의식을
집현전 윤전기로 찍어 펴셨네

詞伯은 아침에 피었다
저녁에 진 무궁화 한 송이
잠깐 빛났다 갔지만
詞伯이 창간한 창녕문학은
끈기로 영원히 이어가리라

귀공자로 태어나
교회에 봉사하고
언제나 서민적이던 생활
한달에 한번 만나면
바른손 번쩍 들고

꾸밈없이 웃던 모습 잊혀지지 않고
우리들이 들던 막걸리
언제 다시 나눌고

2.
1981년 7월 18일
폭양이 내리쬐는 날
동갑 친구들이 삽질을 하네요
그들 등은 땀에 절고 목이 타는데
친구의 우정이
빛살로 보이데요
함박산 중턱
詞伯이 가르치던 영산여고 교정이
내려다보이는 곳에
한 평 영원한 띠풀집이 지어지는데
같이 못 가 쓰러진 사모님
지게 바지게 그늘에 안정하고
철없는 아이는 흰 바지 입고
흙장난치데요
문상객 다 떠나고
나 혼자 새 무덤
바라보고 있다

망연히 인생 허무의 늪에 빠졌다가
다 잃어버리고 껍질만 남은
늙은이가 되어 흐느적 내려오는데
하늘을 묻어놓고
장군 잃은 패잔병처럼 사모님이
백합 고운 꽃으로
낙원을 떠나기 싫은 듯
장미 송이들의 부축에 끌려
죄인인 듯 내려옵디다

41세 젊은 나이에
줄줄이 6남매 남겨놓고
추한 사기극에 휘말려
놀란 심장에 돌이 생겨
속으로만 앓다가 갔구나

한평생 의욕과 끈기로 버티고
꿈꾸며 내일을 노래했는데
교단에 서서 내일의 아름다운 꽃들을
키워 왔는데…

창녕의 문학이 살아 있는 날까지
詞伯은 살아 있으리라

아아, 영산이 낳고
영산이 키운 우리의 친우
우리의 수필가 河在鴻
이제 영영 갔구나
부디
이승의 들쭉날쭉한 잡사랑 잊고
휘적휘적 가시옵소서
향불 피워 올리오니
영면하소서

철망 앞에서

백학리 인생 종점
○○고지 오르니
산 날파리 떼가
먼저 소름 끼치는데
밀림에 수풀 헤치듯
팔을 저어 쫓고
철망에
두려운 손 가져간다

저 산도 이 산과 같은데
땅굴 파는 원수가 살다니

임진강변 마른 수풀에
김희갑 단장 애가
소소리바람 따라 흐르고
땅굴 종점 지뢰 폭발로
사라진 넋이
흰 표지판에 번쩍인다

오천만 우리 형제
속세풀에 베이고
장한 우리 아들들
두더지 생활 웬 말이냐

태양은 밝은데
그 얼굴 못 보니
찾은 아비 눈물진다

저 건너 무슨 깃발
태극으로 변할 날이
그 언젤까

봄

저 건너 언덕에
노란 개나리
유배된 선인
행인 없어 외롭다

쟁기 꽂고 앉은 농부
거칠어지는 손 보며
데우잖은 탁주잔 들고
개도 마신다는 그 맛에
무릉도원 신선주를 그릴 때
노고지리 명창 따라
아지랑이 파천문인데
치솟는 노고지리 따라
푸른 하늘에 목욕하니
무작정 상경하는 소녀 심정
알 듯도 하다

통일벼 권장 실적에
목 달아나겠다던 읍 직원
배우의 웃음으로
마이동풍 농부를 인도한다

새마을사업 신축장에

오후 참 먹었는가
흐트러진 웃음소리 들리건만
돌에 풍선을 달고
아이들 소풍날 기다리듯
뜬구름 잡는 내 마음

4부 도화원

임진각에서

선생들의 호곡을
노래로 읽어왔는데
이제야
피눈물 지운
얼굴이 보인다

넓어만 지는 도로인데
저기 외줄기 자유의 다리는
광견의 목사리
반공포로가 넘던 날
환호의 손이 보인다

흑백의 인종을 맞으려
세워진 임진각
깨끗한 탁상 위에
얼룩진 눈물 자국들
치부를 드러내고 광녀가 웃고
무학국사의 송아지들이 울고 있다

발돋움하여
머언 안개 속 하늘을 보니
엎드린 산봉우리들
한가지로 아름다운데

한 마리 참새가 부럽다

담 넘어 불 보듯
소리 없이 흐르는 물
손으로 걷어쥐면
고기가 잡힐 듯
흑룡이 물가에 길게 누운 듯
철조망이 흰 웃음 짓는다

끊긴 다리
이끼가 붉으니
전설이 많겠구나
산천도 울었던 그날
포화에 쫓긴 군중
낙화로 지지나 않았을까?

활개 치며 오른 장닭
죽지 접고 돌아선다

고압선

참새 몇 마리
청잣빛 동양화폭에 날아 앉는데
머리 푼 광대
흰 눈 부릅뜨고
하늘을 달린다

칼날보다 날카롭고
호랑이보다 빠르게
순시에 지구를 치달아
광대 줄 타고
벽을 노린다
칼을 휘두른다

연설회

만인의 행복을
보이지 않는 그물로 엮어
지옥이냐 천당이냐
사 년에 한번 심판받는 자리
위로를 받으러 연설회에 간다
도덕 윤리 정의가
혀끝에서 섰다가 넘어지고
넘어졌다 일어선다
모두가 옳다
모두가 나쁘다

법은 엄연한데
여기는 치외법권지인가
권모술수 중상모략
승자만이 정의로운 자가 된다
그러나
이순신이 함정에 빠지듯
외적보다 무서운 내적
의로운 자는 바보가 되나
최고 최후의 승자는
후손들이나 알지

시상과 숫자 계산

그 정밀하기는
엄지와 식지 같으나
비상하는 기러기 날개라면
뒤따라가는 쭉 뻗은 두 다리

물과 기름이라
떠돌며 뛰는가 하면
침잠한 어둠이 직선으로 무겁다

시상이 고요한 수평선 위에
은빛 번쩍이며 뛰는 붕어라면
계산은 따뜻한 물가에 주둥이 내밀고
야금야금 물 마시는 고기의 모습이다

도화원

활활 타는 노을 아래
고운 산불
넘실대며 기어오르고
낙원을 먼저 만난
붕붕이는
향락에 빠져
네 활개 펴고
붉은 하늘에서
붉은 바다로
붉은 물이 뚝뚝 떨어지고 있다

소녀의 얼굴로 핀 꽃에는
결실의 염원이 넘실대는데
열매 없는 하얀 꽃밭에
인간꽃 발내음이
신기루 되어
날아들까 두렵다

한 마리 들소가
오색 초롱을 달고
일곱 빛 무지개를 타고
서녘 하늘을 오른다

자매결연

남지 홍포동에 기러기 떼
벚꽃 도시 진해시 도만동에 몰려와
삼 년 전 맺은 인연
비석에 새겨 와서 술잔을 마주한다
한배를 타고난 천륜은 아니라도
사천만 동포 중에 선택받은 인연이니
피보다 진한 애국으로
사랑을 키워가리

유비 관우 장비 도원결의 의형제는
나라를 세웠는데
우리도 마음 합쳐 서로 도우면
맷돌같이 혼자 앉아 이를 갈며 사는
이 사회에
군웅할거 앉은 먼지 씻어지듯
따뜻한 봄볕같이
어우러져 피는 벚꽃으로
뭉치게 하리

태평양을 주름잡는 영관님들
제2의 고향 찾아들면
온고지신 깨침 따라
날개를 더하리오

우물 안 개구리들
만경창파 바라보며
새 삶을 보게 되면
몸에 밴 이끼는 자연 씻겨지리라

하늘을 뒤덮는 벚꽃같이
만개했다 곧 지는 버릇은 멀리하고
오늘 세운 이 돌이
흙이 될 때까지
우리도 자손대대
어우러져 살리라

스카이랩

우주 공간에
거침없이 헤엄치다
지구 인력에
잘못 잡혀 돌아오니
어머니 사랑에 끌려와서
불 소나기로 둔갑하는
배은망덕 불효자식
소식 들은 이삼 일 사이
삼십억 심장이 공포에 떨고
심장 허약 환자
필리핀서 먼저 갔다

네 살점만큼
순금 준다는
요령의 추파 속에
1979년 7월 12일 새벽 1시
호주 북방 사막 지역에
마른 날에 뇌성벽력 치며
집을 흔들며
박살 난 사백여 고아가 떨어졌다
네 살점 찾아
요행의 비행기 날고
어제의 죽음을 잊고

황금 찾아 뛰는
추파가
세계를 덮었다

구룡산 용선대 석가여래좌상

삼천 척 상봉에
굳은 구름 타고 앉아
엎드린 삼라만상
지킴이가 되셨네

한풍에 미소 잃지 않고
따가운 햇살에도 타지 않는 얼굴
개구쟁이 돌팔매에 멍들지 않은 손
독수리 발톱에 상처 없는 눈매
자비로 가득 찼네

산새와 억겁의 대화
솔방울로 영글고
홍의장군 새마재에 말 씻을 때
왜장의 눈을 멀게 하셨다네
숲길 삼십 리
냇물이 붉게 흐르던 그날
중생을 못 살린 한
눈물 지우셨을까?

석굴암 좌선하는 부처님
포동한 그 살결에
아직도 신라의 피가 도는데

풀잎만 먹으며 살아온
님의 부르튼 손을
동자 나타나 어루만져줬으리

흰불나방

청산에 흰털 날아들더니
해골들 사이에
바람만 무덥다

핵폭탄이 터지듯
수천만만으로 퍼져가는
그 성장 그 번식

시원한 휴식처가
징그러운 구렁이 굴 되고

시원한 의자가
변소간이 되었다

개골산이 된 하류에
굶주린 중공군이 하산하는데
길목에 복병이 시체에 묻히니
사촌의 시체를 밟고 넘는 고약한 무리들

머리 좋은 제약사 없어
발만 동동 구른다

증산대회

우물 밖 개구리들이
연못에 모여들어
허연 눈들만 반짝이며
집두더지 느릿한 동작에
하품만 한다

닭의 머리들이
존경하는 고양이들이
윤기 감도는 사냥개들은 달리고
알 많이 낳아라 닭들을 응원한다

유능한 포수와
살찐 사냥개가 산천을 달리고
늑대는 비명치며 도망간다

산은 푸르고 물은 맑고
산은 푸르고 물은 맑고

일

서리 밭에 나서는 나귀
뒷걸음치듯
싫은 손님 맞듯
서글픈 시작이나
사랑이 깊어지듯
자기 속으로 끌어들이는 웅변가
땀이 웃음의 씨앗이 되고
피로가 화평의 밑거름이 된다

지구를 갈기갈기 찢어놓는 논갈이
'이랴' 소리 대신 경운기 소음 따라
걷다가 지쳤어라
트랙터로 빠르게 갈리어지는 논을 보며
세월 빠르게 좋아지는 실감에 젖어
도시의 고층 건물이나 산도 경쾌하다

구릉에서 보석을 찾는 행복감으로
갯벌에서 진주를 캐듯
사치스런 어머니처럼
시상을 찾아
찢어지는 논바닥을 살핀다

'겉이 검은들 속조차 검을소냐'

너 속에 빠져 있을 때가
최고의 모양
최고의 맑음
최고의 행복이었다

도성암

송현동 고분군 비켜돌아
숲길 십 리 깊은 골에
인간을 그리며 떠나는
도인의 행보 따라
일천 년 길이 열려
산속에 산다

도를 이루리라
도성암인데
천년 세월에 뉘 있느뇨
현자는 이름 없이
세상을 다스리니
밀알의 뜻 뉘 알리요

홍의장군 붉은 옷자락
펄럭이는 화왕산
신록 푸르청청한데
자하곡 맑은 물 따라
연년세세 흘렀으니
창녕의 깊은 뿌리
여기서 자양을 받았으리

절은 옛 절이 분명한데

옛 절이 아니고
염불 소리 들릴 듯한데
노랫가락 더 크게 들리니
도인은 산에서도 숨 못 쉬고
야인은 산에까지 발돋움을 하는구나

양어장

걸신 든 거지 떼들이
살생의 원흉을
태양 모시듯
다투어 모여든다

창파 고향이 어딘지도 모르고
감방 속의 왕초로
멋부리며 산다
오색 찬란한 놈들은
여인의 잠옷 속 찬란한 살결을 보이듯
맑은 물속에서
재롱을 부리고

시커먼 등에 무서운 놈들은
4평 바다를
해저 칠흑으로 만든 어둠 속에서
잠수함 돌듯
선회한다

5부 자정에 뜨는 달

헌옷을 태우며

옛날 염색 군복을 기워 입던 시절이 있었다
상처는 시간이 씻어가고
행복은 불행의 시절을 잊는다
그 작업복으로 일군
이십 년 후의 양복을
아까움을 태운다
새것을 맞았을 때
웃었던 기억과
내 살 내음이 배어 있는
사랑을 태운다

가슴 어느 편에서
이렇게 살아도 되는 건가
어디 보낼 곳이 있는가
쌓아두었던 아까운 더미를
미련을 떨치듯 짚불에 넣는다
값을 하노라
그 화력이 마지막 위세를 보인다
화형장의 검은 연기
형형색색 곱던 것들이
한 가지 검은 덩이로 녹아
재도 없이 다 날아간다

기름으로 멋을 내고 사는 인생
모두가 사들인 달러
희귀해진 솜옷의 기억들이
어머님 품으로 안겨온다

폭주 후

심한 갈증으로 눈을 뜨면
번갯불이 번쩍한다
어느 낭떠러지에 날리는 마른 잎
어디서 엄습해오는 소리
캄캄하다 아늑히 보일 듯 말 듯
열변을 토했는데 반응이 없었다
어떻게 된 건가 기억이 없다
뒤통수를 콱 치며
푹 쓰러진다

원망에 찬 눈길 들어
가슴을 떨리게 한다
폭로하는 꾸짖음에서
취한 후의 습성이
얼굴에 모닥불을 피운다
세상 눈들이 두려워
이불 속에 묻혀 입술을 깨문다
아름답던 꽃이 된서리를 맞았다
무엇에 끌려 잔을 당겼나
질병 같은 주벽이 자신을 포기시킨다

낭만의 극은
절망과 패가망신의 씨앗

즐긴다는 것의 깊이가
끝없는 수평선이라
달려가다 달려가다 의식을 잃는다
끝내 잡지 못하는
욕망의 끝
실패의 종류에서도 낯 뜨거운 것
적당히 알맞게 구호처럼 외는 것도
가다가 쉬고 만다

다시 살아난 지렁이
저승에서의 기억도 없이
깊은 잠에 빠져서
어찌되었단 말이냐
갑자기 죽음이 임박한 것 같다
모든 것이 허무하다
죽음 앞에 무슨 부끄러움이 있는가
초월한다 큰 고통은 작은 괴로움쯤은
행복으로 보인다
다시 일어선다
사팔뜨기 눈을 하늘로 치뜨다가
땅만 보며 걷는다

망각의 수호신이여

이 안개를 속히 걷어줍소서
낮 뜨거운 인간
햇빛에 바래며
진물을 말린다
엎질러진 물이다
자신 없는 좌우명을 다시 세우고
비틀비틀 걸음마를 탄다

사람이 열두 번 된다는데
다시 태어나보자
허물을 벗고
새 옷을 입고 나온 뱀같이
혼자서라도 깨끗이 살아보자
모든 것은 잃어버렸다
텅 빈 항아리를 채우려 말고
깨끗이 깨끗이 살아 있기만 하자
자신을 이길 수 있는 비결을 찾기 위해서

입술이 부르튼다
열병의 마지막이 안겨다주는
자물쇠
잠가라 완전히 봉하지 않으면 안 된다
바로 옆에서 지키겠다는 파수병

분해도 즐거워도 허망해도
너는 닫고 있어라
그러나
닫고 닫고 닫고만 살다가
희미해진 돌출구가 생겨
화산이 폭발하고
자기 발등만 탄다
태풍이 지난 자국들이
원망하고 있다
화근은 항상 여기에 있다

JC 활동

한 말의 소금은
열 말의 물을 짜게 만든다

지상의 모든 탁류는
끝내
바닷물에 정화되듯

법으로 못다한 것을
사랑과 봉사로
스스로 맑아지는 사회

얼어붙는 노인의 가슴에
한아름의 봄꽃을 피워주고
생활에 쫓긴 젊은이의 눈에
행복의 길을 보여주는 경로잔치

장병 위문 어린이 체육 향상 불우이웃 돕기
땀으로 모은 재화
뭉쳐서 큰일 이루니
허허한 벌판에 장미꽃이 피리라

틀니

여윈 말 한 마리 재갈을 물고
광야에서 묵묵히 걷고 있다

이 해골을 사랑해야 한다
남 몰래 닦으며 사랑을 표해야 한다
문명의 이기
언제 정이 붙을까

살아온 날들의 후회
잃고야 부모님 은혜
입안 가득히 차오르는 절망
샛서방 같은 이놈을
계산된 사랑 생활 부림
양아들 맞은 늙은 어미처럼
삼가고 삼간다

임종

모아서 내쉬는 숨소리
차차 그 간격이 늦어진다
들리는 듯 마는 듯
영영 꺼지는 등불

'어떻게 죽을고'
고통을 이기며 부르짖던 말씀
이제 정말 임종인가
믿기지 않는 슬픔

고통도 없이 조용히 가신다
봇물 터지는 곡성
아, 이제 정말
임종인가

내려지는 턱을
손바닥으로 받쳐 올린다
그러나
영영 눈도 뜨지 않으신다
아, 이제 정말 피가 멎는 것인가

하늘을 우러러보니
까만 천정만 무심타

차라리 냉정해지는 심사
가신 님을 위해 무엇을 할 것인가

슬픔도 겹겹으로 쌓이니
눈만 멀거니 떴다
깊은 수렁으로 빠져들어
캄캄해진다
아, 이제 정말 끝인가

통일전망대

이쪽 바다 저쪽 바다
색도 출렁임도 한가지
철망도 없이 유유하고
까마득히 보이는 저 산들
희미한 구름
능선의 구비에도
따뜻한 어버이의 사랑이 흐른다

눈에 보이는 만물은
형상대로 사랑스럽기만 한데
보이지 않는 그 머릿속 이념
칼날보다 더 무서운 독기
천둥 번개 하늘의 섭리도
초월치 못하는 질김
한 가지 색으로 칠할 수는 없는가

이 고지를 뺏기 위해
수천의 젊은 시신이
이 봉 저 봉에서
아직도 눈을 감지 못하고
들뜬 구경꾼들을 노려보며
너희는 지금 무엇을 하느냐
얼마나 무서운 것이 사상인가를

전쟁의 아픔을 너희는 알지 못한다

신록은 올해도 푸르러 오는데
망연히 머언 하늘 밑 바라보며
가보지 못하는 이산의 아픔
젊은 학생들이 부르짖는 통일론
화염병과 최루탄의 싸움
가슴에 냉기가 서려 온다
베트남의 통일
형제 과반수의 생명을 묻어야
이산의 아픔이 풀릴까

영산무형문화재 전수회관

천 년 누워서 자란 탑이 일어선다
넋들이 미소 짓고
정신문화 그 빛을 지키기 위해
풍년을 기원하는 염원에서
민중의 단결 잔치
보이지 않는 그 보석을 닦기 위해
구걸 생활 삼십 년
외길 걸어 이룩한 금자탑

영차영차 동서의 힘씀이
돕자돕자 하나하나
천신이 감동하여 비를 내리고
뒤로 물러서는 자가 이기는 진리
승패가 결정되었을 때
다시 하나가 되는
군중의 창자를 잇는 줄다리기

수백 개의 발을 달고
칼을 휘두르는 머리
나무 뼈와 새끼 살로 세모진 소가
깃발 든 수백 장정
'와와' 울리는 동서의 용트림
두 뿔이 맞닿아 하늘로 치솟아

한쪽의 대장이 떨어질 때까지
한 힘으로 밀어붙이는 쇠머리 대기

임진왜란 백의종군 그 용기
3·1 독립만세 불렀던 그 민중
일 년에 한 번씩 다져온
밀며 당기며 키운 그 밑거름

형체 없는 바람으로 이어온
그 모습을 가상하여
가두어 보존할 기막힌 건축미
새겨진 '無形文化財專修會館' 9자 글씨로
몇천 년 숨겨져 이어온 모습을 보인다

올림픽 성화가 제주에 도착하는 시간
천 년 펼쳐갈 문을 연다
세계의 평화와 영광을
영산의 번영을
성화같이 피우리

자정에 뜨는 달

어둠의 천지에
아무도 모르게 한밤중 불끈 솟아
어둠을 밀어낸다
속된 집들의 불도 없고
가로등만이 밝음을 본다
고속도로에 달리는 불빛은
자기 빛에 취해
달을 보지 못하는 바쁜 인생들
아침에 사람들은 달이 하늘에 떠 있음을
볼 생각도 못 하리라
보상 없이 비추어 주기 위해
소리 없이 봉사하는
가로등만이 아는 현자
그러나 외롭지 않다
중천에 북두칠성
서산에 삼태성
맑은 하늘에 수없이 반짝이는 별들이
속삭여준다
모두가 행복하게 잠자는 시간
서글픈 가난을 이기기 위해
야근하는 하부인생의 벗
암흑의 천지에
광명을 주기 위해 출발하는 기쁨은

너만의 것이리라
자정에 자는 달
세인트헬레나의 나폴레옹이 보이더니
자정에 뜨는 달은
백의종군하는 이순신의 모습이다

자정에 지는 달

선달 초이레 한밤
외로이 반달이 지고 있었다
그윽한 적막의 아름다움이
발걸음을 멈추고 추위를 잊는다
엎드린 집들마다
찬란하던 불꽃도 없다

어설픈 빛의 슬픔은
반거들충이인 탓이리라
능선 밑 어둠에는 무엇이 있을까
젊은이는 밝은 곳으로 다 가고
늙은이들이 어둠만큼의 무게로
슬픈 꿈을 꾸고 있을까

얼굴에 북풍이 바늘로 와 꽂히는데
노란 달이 북풍에 쫓겨
점퍼 깃 사이를 빠져나가
능선 너머 웅덩이에 빠지고 있다
초저녁 중천에 떠 있을 때
모두가 울타리 열어 반기며 좋아하더니
영웅의 한때와 같이
사라지는 이 시간은
소리 없이 홀로 가니

모든 것은 한때의
꿈인 것을

다 같이 중천에 떠서
지상을 밝게 비추면서
태양은 뜨거운데
너는 어찌하여 차가운 빛이냐
그래서
모든 시인이 너를 노래하고
위로를 받는가보다

남파처사 권경수 송덕비

낙동강과 남강이 합류되어
천 년을 굽이쳐 흘러
비옥한 퇴적토가
광야를 이룬 곳에
서낭당 어린나무 심어
한 마을 창건하셨네
그 이름 개포에 기러기 앉아
포만한 鴻浦洞

과묵하신 인품 위에
인정이 사해에 펼쳐지니
먼 곳에서 찾아와 다투어 집을 지어
집집마다 맑은 우물
오곡이 풍성하니
무학이 무색하여라

행여나 마을이 퇴락할까
아침마다 빗자루 드실 때
멀리 놀던 어린이들 달려와 인사드리고
효시 받아 너도나도
꽃씨를 뿌렸어요

경남도 의사당에 곰방대 두드릴 때

양담배 꽂아문 이 얼굴이 홍당무요
흙의 주인이신 보좌에 앉으시어
노변에 피 포기 버선 벗고 뽑으실 때
민족의 주체의식
앞서 보이신 선생님

일제가 벗겨간 붉은 산 보시고
옥토 만평에 솔씨 뿌려 가꾸실 때
뉘 있어 애국충정을 말이나 했으리오

귀머거리 장님인 양
이웃이 깨지 못하니
확성기 이웃 마을까지 제공하시어
육성으로 못 깨친 문화
하늘 울림으로 외치셨네

공기의 은혜를 말하는 이 없건만
가산 탕진 봉공하셨네

심으신 서낭나무 하늘을 덮는데
인생은 유한이라
선생님은 가셨어요
큰 나무 그늘이 걷히니

뙤약볕에 정신 난 우리들
이제사 크신 태양을 봅니다

선생님은 가셨어요
큰 덕 이 땅에 뿌리시고
그러나 크신 마음은
여기 누비어 계시오니
비석에 몇 자 글로 보은한들
그 마음 다 하리오

음덕이 풍성하니
칠 공주 금당에 앉았으니
후손이나 빛났으면
구룡이 승천하련만
선생님 다시 우리 굽어보소서

겨울 참새

눈과 바람만 먹고
아침 햇살 반기다
탱자나무에 모여 앉아
부산하다

초가지붕
처마도 없고,
놀부 집 쫓겨난 흥부 신세

서리만 쪼아먹고
가을의 옷매무새
흐트러짐 없이
차가운 창공을
솟구치며
산책하는
작은 선비

辯

농부가 시집을 낸다. 어쩐지 요즈음 사회에 맞지 않는 것 같다. 그러나 내 평생의 사업으로 이룩하고자 했던 것을 이루어놓고자 한다. 살아온 날들의 기록을 남기는 뜻으로, 그리고 자식들에게나 유물로 남기는 문집이랄까?

생활의 굴레에서 벗어나 조용히 가슴을 정리하고 머릿속의 앙금들을 지우며 맑고 깨끗한 늪 속에서 마음껏 헤엄치다가 번쩍이는 이미지들을 낚아내어 하나하나 꿰매어 하나의 아름다운 꽃으로 피워놓고 느긋이 누워 만포지감에 젖었던 행복의 시간을 모든 내 친우와 후배들에게 자랑하고 싶은 충동이랄까?

내 필력의 산실은 26권의 일기장과 한 평 서가에 가득한 현대문학과 시문학지들이다. 이들은 나의 훌륭한 선생님이시고 보물들이다. 육체적 노동의 쾌감과 피로에서 느끼는 머릿속의 물결들은 뭉게구름을 타고 오르는 손오공의 멋진 재주처럼 펜 끝에 와서 모이고, 말 없는 작물들과 언제나 혼자 중얼대는 버릇은 끝내 원고지 구멍을 메우는 것으로 중단된다.

임신행 선생이 창간하여 12집을 이어오고 있는 창녕문학은 나의 반려자요, 문우들은 나의 채찍이었다. 처녀가 속살을 내보이는 것 같은 수치심이 없지 않으나 흉터는 애처롭게 봐주시고 헝클어진 옷깃은 바로잡아주시길 바란다.

제2장
시집 『풀밭을 매면서』 (2001)

1부 그리움

창녕신문 창간 축

남의 것만 보다가
이제 나의 일기를 만든다
뒷산에 소나무를 아름답게 찍어내고
앞강 잔물결을 있는 그대로 그려내어
내 속살 거울로 비쳐 다듬고 고치리라

바쁜 세상 큰 글자도 보지 못하고 던지는 버릇
작은 자에도 같은 정성이 담겼으니
읽어서 맑은 마음 느긋한 부자가 되리라

고층 빌딩 첨단 과학
살찌는 외눈 문화에
독서와 몇 점 액자 걸 줄 아는
정서문화 곁들여
바른 얼굴 만들라

창간은 쉬우나 지속은 어렵다
비사벌 이름 따라
자자손손 잇기를 빌리라

안개

불볕을 예고하는 어두움
진딧물 잡균이 실려오는 물결
영농에 적신호
시원한 물결 속에 피뢰침을 세운다

살결에 닿는 가려움은
보드라운 아가의 손길
일용이 앞머리가 하얗게 셌다

벽 넘어 소곤대는 소리 들리고
어디서 소리 없이 불쑥
괴물이 머리를 드러낼 것 같다

최루탄 가스가 날았고
산성비가 내렸단다
폐를 씻는 아침의 오존은 언제 있었던가
향탕에 앉아 독을 모른다
밝은 태양이 그리워
동쪽 하늘만 본다

폭주 후 2

수많은 언어들이
표창으로 날아와 꽂히고

벌린 고래 입 속으로
빨려든 빨간 새우 새끼들이
작살로 둔갑하여
창자를 찌른다

『창녕문학』지

한 송이 꽃을 피우기 위해
12달을 기다린다
고을 산천 성지로 가꿀
영재를 키우는 터
찌든 심장에
생명수를 붓는 원동기
단결 화합 사랑 문화교류 퍼지는 창녕 이름

나라님은 남방에 보리수 자람을 알고
비료를 주는데
원님은 외면이다
한풍에 지주 없어 넘어지건만
잡아줄 듯 말 듯 외면하는 대감마님들
아~ 그래도
고운 말 일러주시는 분들 있고
쪽박에 쌀 담아주시는 분 있어
겨울이 더 길어도
새봄 찬란히 꽃필 날 기대하면서
짚신을 죄고 화왕산을 올라보자

지하에 계시는 정한강 님
신틀매 풀리지 않게 잡아주시고
다시금 그때같이 문화의 꽃을 피우소서

소나무

야산 언덕에
외로이 서 있어도
세월이 거름이라
아름드리 장송으로 자랐다
너는 돌밭을 옥토로 만든 개척자
돌보지 않는 외로움 속에
웅장한 숲을 이룸은
박토에도 아랑곳없이 자라는
끈기와 인내
천 년 수명으로 버티니
넘실대던 잡초는
너 그늘에 시든다
비료 주는 이 없어도
네 낙엽 발등에 썩여 먹고
한풍 몰아쳐도
녹색 변치 않았다

화분에 옮겨진 너 몸값은
구부러진 허리마다
인고의 값이 매겨졌다

불합격

모교의 얼굴이 달아오른다
믿었던 성이 무너졌다
하늘에서 선회하는 봉황이
비 맞은 새앙쥐 모양 힘없이 무너져 내린다
말문이 막히고
가슴만 두근두근
다시 어떤 성이 무너질 것 같다
그러나 어떤 대비도 싫다
채찍으로 후려치고 싶다
용광로의 쇳덩이로 달구고 싶다
그러나 말할 수 없다
불난 집에 키질은 할 수가 없다
스스로 달구어지기만 기구한다
오만을 꺾는 신의 계시일지 모른다
칠전팔기란다
실패는 성공의 어머니란다
어떤 위로의 말이 좋을까
천지가 무너지는 뇌성벽력을
하루속히 춘풍으로 걸어 내어주고 싶다

다시 경주에 가서

어릴 적 기억이 오래 간다
올 때마다 아이가 되고
조상의 유물들에서
속에 든 삶을 찾고자
이쪽저쪽 머리만 돌린다
물품들의 장구한 생명 앞에
하루살이 같은 나를 본다

새벽잠 설쳐 깨어
토함산 걸어올라 황토흙 털고
이마에 금붙이 도둑맞은 흔적
가슴 아파하면서
둘러선 보살상들에 손바닥 붙이며
멋모르고 만졌던 좌불상이
유리관 속에 갇혀 앉아
금빛 이마 구슬 고쳐 달고
은은히 미소 짓는 듯
고운 살결 타내린 선의 묘미
신묘한 석공의 손길에
피가 도는 예술의 영원함이여
예술도 생명도 다 버리고 사랑 찾아 뛰어든
아사달과 아사녀의 호곡이 들리고
어디서 말발굽 소리 들린다

꼬불꼬불 산행도로
내려 뵈는 골짝 숲의 절경
산봉의 더 넓은 주차장
내려다보이는 시가지 풍경
발전된 유적지에 박정희 얼굴이 보인다

검은 토기와 집으로 꾸민 고도
왕조의 호화를 자랑하는 집보다 높은 왕릉
빌딩 없어 고요한 신라의 연속
아시아 최고의 절경을 장식할 보문 인공호수
숲속 골프장 몇 개 호텔이
현대미로 수풀 속에 묻힌다

안압지 첨성대 포석정 계림 반월성
차 속에서 겉만 보며 지나니
책 속에서 느낀 흥분이 아리어 오고
천마총 높은 무덤 등에 지고 앉아
술잔으로 신라를 산다

오이접을 붙이며

일본산 사까다 흑석 호박에
한국산 만능 오이를 접목한다
일산 뿌리를 이 땅에 묻어
따낼 이놈이 국산이냐 일산이냐
거꾸로 발전된 기술
조상님 뵙기가 두렵다

잔칫상이라 둘러앉아
칼 잡은 기술자는 수없이 짝짓기를 시키고
한 몸 된 신랑 신부들은 녹색 방을 만든다

호박은 내리 찢고
오이는 치 베어서
깍지 끼듯 끼워놓고
집게로 동여매니
피와 피가 동화되고
살과 살이 연결되어
검둥이와 흰둥이가 한 몸 되는데
오이발 끊어내고 호박순 자르고
허리에 찬 집게 떼어내는 날
이쪽도 한 몸 되어 박토에도 살찌는데
허리에 찬 붉은 국경은
언제 걷고 한민족 하나 될까

마산리 부락

몇 년 전 이장이 온 동네 돈 거두어
야간도주한 동네
이웃끼리 보증 싸움 검은 구름 자욱했던 동네
어진 지도자는 보상 없이 도움주지만
독초는 빛만 좋아 속으로 앓게 한다
홍수가 쓸고 간 자리
무슨 모임 무슨 모임 앰프 소리 잦더니
마을 앞길 깨끗해지고
헝클어진 노변 수양버들 베어 던지고
공동 이앙기 소리 높고 비닐하우스 더 지어지더니
마을 요지에 가로등이 서더라
저것은 절망을 딛고 일어선
용서와 인고의 승리자

지가 상승 공동판매 소득이 높아지니
입식 부엌 석유 보일러 정화조 다 갖춘 저 사람들
맑은 식수 맑은 공기 덤으로 얻어 사니
부산 갔던 현이는 돌아와
이앙기 운전 먼저 배우더라
공장에서 선머슴아 다 된 숙아
너도 이젠 돌아와 삶이 어떠냐

창녕군지 만든 노두환

흩어져 사라지는 고향의 옛 흔적 가꾸고 기록하여
조상 숭배하고 문화유적 전통받아 속살 찌는 평화 위해
문화원 전회원 도움받아 5년 세월 난항 끝에
이룩한 903페이지 창녕군지
사기는 사실대로 기록하는 것을 군왕도 순종했는데
선거사 기록에 말썽이 생겨 대쪽 같은 절개를 굽히니
투자도 직위도 다 버리고 담 안에 은거타가
소망 꺾인 설움과 분노가 속으로 침입하여 병이 되니
만사람 치료하던 몸이 졸지에 무너져서
세상 의약 다 찾다가 끝내 가시니
대합면 주매리 고향 땅에 군민이 공덕비 세우고
문화원이 백일홍 심어 붉게 타던 문화창달 의욕
연년세세 기억하리오

참고문헌 42권 모으면서 만난 학자 몇 명이며
이 골짝 저 골짝 다니면서 늙은 촌부 만나 조언받고
고가 찾아 역사 찾기 고개 넘어 전설 찾기
필름 개편 몇 번이나 했던가 원고료 없이 모으는 원고
청하기도 송구하고 점심 한 끼 중화요리
필진들께 대접하며
수천 장의 원고를 모을 때 그 집념 하늘의 별이었오
머언 야망의 꿈만 공부하던 후손들
내 고향 내 집안 내력을 읽고

선생님의 고귀한 뜻 저들에게 기쁨으로 재생할 때
지하에서 흐뭇한 미소 지어시리다
10년 봉직 문화원장
왼손으로 낸 성금 오른손도 몰랐으니
음덕이 높으시어 후손의 집이 높아지리오

경오 신년

행운의 클로버 80년대는 올림픽으로 들끓은 10년
언론탄압 노동착취 카르마조프가로 성장한 가정
농촌에서 도시로 민족 대이동의 산업혁명
끝내 민중은 이기고 투쟁과 파업으로 찾은 만족
민주화 물결은 끝이 없고
지방자치제로 수많은 의원님 태어난 90년
고삐 풀고 야생마로 번득여 보자꾸나
상상도 못했던 마이카 시대
사치와 낭비의 극치
승마장에 뛰는 말값이 오른다
구진산 치달아 창칼 앞에 목숨 바친 기마가 운다
경오 신년 기마의 충성을 그리며
소비로 치닫는 풍조, 건설로 돌아가자

1990년 문이 열린다
하늘하늘 흰 눈이 내려
지상의 검은 덩이 덮어주는데
백마여 높이 앉아 선경을 살펴보세
백마야 가자 뛰지 말고 걸어서 백두산 천지까지
40년 흘린 눈물
백마야 백마야 닦아주려무나
육천만 우리 겨레
마비지절에 허리띠를 풀어다오

이화장

대한민국 정부수립 갈등의 현장
하늘같이 높은 사람들이 엎드려 구걸하고 있다
이방인 여인이 숨어서 천하를 움직인다
오늘은 파파 그 모습으로 민초들을 맞는다
독립운동으로 홀아비에 병신된 별들이
외로이 호루라기만 불고
태풍 같은 아우성과 열광이 들리고
독재로 끝난 권력이 정원 푸른 솔에 살아 있다
60세 새신랑 모신 호주 처녀의 헌신이
국경 없는 사랑의 모순덩이가
창문으로 내보이는 파란 눈에 실려
바람 빠진 풍선으로 조여드는데
95세 백수를 누리고 있으니
노인 신랑 모신 새댁에게 하느님이 주신 명복
님의 체취 그리워 그 집 가꾸며 빌딩 숲에 가려 산다
금방석 밀쳐놓고 잔디 패고 사는 국모
야당성 민초도 숙연한 들국화로 모여 서서 기다렸다
창문 열고 피는 할미꽃이 고개 숙여 이슬을 받는다
효성이 지극하다는 양자 아들 대학교수 닮아
현숙한 정경부인의 부축을 받으며
파란 꽃눈이 검은 머리에 실려
혜성같이 빛나고 있었다

종달새

아직 차가운 하늘인데
치솟아 가물가물 팔락팔락
귀청을 뚫는 소리

엄동설한 내내 어느 곳에 숨어서
참다가 참다가 터졌기에
저리 급하게 울부짖느냐
무슨 뜻인지 천천히 말해보렴

들판이 비닐로 덮여
둥지에 불이 나서 쫓겨나 외침이냐
봄이 왔다고 봄이 왔다고
좋아서 좋아서
창공이 좁다고 높이 높이 솟으며
더 멀리 들리도록 외치는 것이냐

너 고향이 이곳이구나
어제도 오늘도 이곳에서 조잘대고만 있으니
산 수풀 보금자리 다 두고
방풍 없는 들판에서
어디에 둥지를 만들었느냐
친구 없는 외톨이 네 천성이구나

한강 유람선

미친 것들이 뒤에서 광란을 부리니
미인은 자연히 밀려서 전진한다
목숨 사루어 뒤엎는 광기
태산도 밀려날 수밖에 없다

뱃머리 시원한 바람은 옛과 같은데
배꼬리 내젓는 키도 없고
선상에 높이 앉아 돌리는 핸들도 아니고
뱃머리 앉아 단추만 누르는 선장
청학동 노인이 깜짝 놀랄 디스코홀을 두고
향락의 극치를 이루는 선상의 타락
내 밑에서 죽을힘을 다해 돌아가는 아우성이
산업현장의 때 묻은 손들이
빼앗긴 들판을 바라보듯 보고만 있구나

안방의 장판보다 깨끗한 강변의 시민공원
시골 한 동네보다 호수 많은 아파트
돈의 비가 여기만 내리고 있다

바다 낚시

오물을 피해 한 시간을 달렸다
도로 없이 질주하는 어선들
선상에 밥알 뺏어갈 듯
재롱 피우는 갈매기
뛰어들고픈 맑은 물결이
까마득히 먼 지평선을 동경하며
간지러운 바람이 불어오는 바다 가운데
신선처럼 낚싯줄을 던지니
뜨거운 햇빛도 열기를 잃었다

드리워 줄 당기기
대어를 낚으려다 지구를 걸고 넘어진다
광활한 넓이만큼
지천으로 묻혀 있는 듯한데
선불리 줄장난치다가 목만 동강난다
수없이 끊어 먹고
말초신경이 곤두서서야
목을 달고 줄줄이 달려온다

1990. 9. 4. 남북 총리회담

이제 무엇이 이루어지려나
임수경 문익환 방북탈선은 넘친 애국
연형묵은 역시 연방제론을 펴도
이제 서울에 왔으니 무엇이 되려나

통일 독일을 본받자
모두가 원하면서 풀리지 않는 매듭
먹고도 먹고도 배부르지 않은 첫 순갈질이었으나
이제 무엇이 되려나

좋은 것은 본받는 것이 창작보다 빠르다
역사는 결국 옳게 흐르는 것
빗길로 나선 길도 결국은 바로 서는 법
한없이 죽어간 그 사람들
역사가 미끄러지는데 다친 상처
하루속히 핸들을 바로잡아야 한다
이제 이뤄질 때가 되었나보다
금강산 일만이천 봉 백두산 천지가 보인다

오토바이 면허시험

이것이 시험이냐 교육이냐
무면허 운전자가 갈매기 떼 끓듯
소음 속에 북적댄다
시골길에 2,000여 차열이 장관이다

문제는 읽어놓고
제스처는 OX를 그리고
필기 실기 100% 합격
인지세 14,000원이 아깝구나
목숨은 내 목숨이고
시험관이 대신 죽어주는 것은 아니니

무면허 운전 벌과금이 불쌍해
잡초들은 돌봐줘도 탈이다

할미꽃 지던 날

— 성권영 장례식을 보고

엄동설한 홑옷 입고
고개 고개 수십 고개 넘어와서
시인의 빈 밥그릇에 밥이 채워지더니
54세 지천명 하늘 뜻 알 듯하니
뒷동산에 올라 띠집에 드는구나

세계를 누비는 국제문화협회 상임감사 자리보다
시인은 시인으로 족하다며 열변을 토하던 낭송 소리
최후에 신력이 나타나 지면마다 얼굴을 내밀더니
지도를 펼쳐놓고 산줄기 강줄기 리동 따라 걸으며
전 국토를 샅샅이 뒤지며
나라 사랑에 온정을 뚝뚝 떨구며 걷는
들판과 소 장시를
시문학지 연재 끝맺지 못하고
사탄의 꼬리에 감겨 가는가

언제나 고향 땅 할미꽃 남달리 잊지 못하여
돌아오고 돌아오더니
그리도 찬탄하던 화왕산 낙동강
아끼던 문화재 뒤 있어 가꾸리
그리던 고향 문우들 기둥뿌리 흔들린다
갈바람 찬 기운이 뒷동산에 먼저 내린다

마담

이름도 성도 모르면서
백 년 만난 지기지우知己之友
농부터 걸어보는 안전의자
이 의자 저 의자 겉향기 아름답게
개미 쳇바퀴 돌 듯 돌고 도는
멋내기 뭉치
속까지 맑은 물이 흘러라

날마다 깃을 고쳐 달고
언제나 진한 채색
하얀 학이 시냇물에 노는 듯한데
저장된 정이 얼마나 많기에
주고 주어도 끝이 없는가

장미꽃 한 송이가
북창 밖에 홀로 서서
머—언 창공의 별을 따며
기—인 연기를 뿜고 있다
함몰되는 어선
파도가 심한가보다

그리움

싸늘해지는 가을바람 따라
떠오르는 얼굴
숨었던 열기가 솟구쳐오른다
수천 번을 끄고 꺼진 그 불꽃
젊음이 이토록 길다면
늙지 않고 산천으로 가련만
육신이 병들어 시들어지는데
말뚝 되어 서는구나

어디에 있는지
얼음장으로 변하는 하늘에
채찍을 내리치고
어둠이 가득한 벌판으로
가슴 열고 나선다

아내의 병

꽃잎이 시들어지니
뿌리에 무슨 충이 있는지
땅속에 들어가보지 못하는 내가 원망스럽다

태양은 밝은데
내 집에만 검은 구름이 덮여 소나기가 내린다
대기를 움직일 힘이 없어 안타깝다
큰 소나무가 시들어지니
놀던 병아리들이 갈팡질팡하는데
따뜻한 봄볕은 어디 있는가

월송정

관동팔경의 하나
야산 숲 언덕 올라
이층 누각 올라보니
등 너머 펼쳐지는 만경창파
엎드린 백사장에
보이잖는 인어가 뛰놀고
뽀독솔 기어오르는 다람쥐 꼬리가 골골하다

예 놀던 인걸은 간 곳 없고
흔적만이 지금도 찬란하다
한시 한 수 걸어놓고
오가는 행인 불러 경관을 자랑하네
술상 하나 펼쳐놓고 지기와 마주 앉아
한 수 읊고 싶은 심정이야
묵객이 어찌 다 없으리오마는
관광지 규칙이라
펼 수 없는 좌석이 아쉽구나

백암온천

지척에 부곡온천 두고 와서
방마다 고삐 풀린 망아지들
쿵짝짝 쿵짝짝 치외법권지대인가
여성왕국시대 방마다 여자들이다
낭만이 벽을 넘어뛰어드니
호박이 넝쿨째 굴러들어
한바탕 따슨 정이 외간 남자들께 스며들고
웃는 얼굴에 침 못 뱉고
춤추는데 꾸짖지 못해
침입자도 환대받는 곳

화장실에서는 두 손 모아 가리던 물건들
사장님도 디룽디룽 선생님도 대롱대롱
배불뚝이가 정상인 듯 기형체가 판을 친다

울진 파도

툭 트인 넓이가 가슴을 넓혀주는데
해변에 운무 날리며
한길 높이 우산을 만들다 엎어지는
푸른 짐승
흰 이빨 번쩍이며 달려오는데
미친개에 쫓겨 돌아나온다

미역 오징어 파는 할머니 한 분
창파를 바라보며 노인을 기다리다
지나는 관광버스 하나 맞으면
독점 시장 손이 바쁜데
사진 찍는 저 사람들
할머니의 원한을 알고 찍는지

불영계곡

부처가 그림자 드리운 계곡이 아니다
계곡이 깊어 스스로 부처가 되는 계곡
살 속까지 스며드는 단풍에 젖다 젖다
삭신이 아리어 온다
오르고 올라도 물은 거슬러 내리고
띄엄띄엄 산채 같은 집은
심마니들의 휴식처
낙동강의 어머니 계곡
여름 홍수 때 전국으로 떠내려보낸 황송
이 골짝 냄새가 내 집 문에 먼저 와 있었구나
저 숲이 황금밭으로 보인다
박정희가 공병대 시켜 닦은 두 시간 굽잇길
이제는 도로도 관광의 자원

산봉의 부처상 바위 그림자
연못에 드리워서 불영사라 이름 짓고
수심 가득한 여승들이
구중심처 여기까지 어찌 찾아와 있는고
떠나면 지구 끝까지 떠나보려 했던가

계곡의 보석 찾는 애석가
여기가 심처는 심처인가보다

신미 신년

아벨이 올린 제물 신성한 음식
조상님전 부끄럼 없이 바칠 수 있는 해를 만들자
통일의 염원을 푸는 해를 만들자
솜털같이 따뜻한 햇살이
밖으로부터 안으로 비춰 오는데
울 안에 오손도손 사는 법을 찾고자 가장들 뽑는 해
거친 풍습은 말에 실어 보내고 부드러운 토담을 쌓자

외세는 칼날로 스며들고
호미는 쓸 곳 없고 망치만 깃을 펴는데
순한 양들이 제물로만 바쳐진들
산천은 스스로 꽃피지 못할지니
꿀을 찾는 비법을 내리소서

아~ 총보다 무서운 것이
외부로부터 밀려와서
옥토를 잡초밭으로 만드는데
새로운 품종은 무엇일까
순한 양은 호랑이의 식탁이지만
그래도 그 종족은 들을 메우고
밝은 태양은 다시 솟아오르리

2부 눈꽃

탈옥
— 1990, 12, 27. 전주교도소 탈옥사건

흰 눈이 깔린 대청호
쫓긴 서부의 사나이가
진퇴양난 은폐물 없이 경찰의 총에 꼬꾸라진다
영화에서 보던 장면이
현실에 의아롭다

쇠톱으로 창살을 끊고
사다리 놓아 담을 넘어
자유의 땅, 하늘을 외면하고 살아보려고
눈 눈 눈들을 피해 뛰어도
더 넓은 천지도 손바닥 안이었다
무기수의 희망은 절망으로 끝났다

누가 죄인이 아니라서 총을 쏘는가
범죄와 전쟁을 선포하고 난무하는 총알
인권은 어디 가고 명령만 남았는가
바람이 불어도 비가 와도
찬란한 유람선이 살갗을 찢으며 지나가도
더 맑은 관광호수 대청호
저승에 가서나 물같이 무욕으로 살고자
이곳까지 목숨 걸고 뛰어왔는가

눈 내린 아침

엄마의 따뜻한 마음이
때 묻은 들판을 은색으로 물들여
찌들은 부분은 모두 붕대로 덮어서
희망찬 새봄에 새싹을 돋게 하는 이불
은빛으로 반짝이는
생기발랄한 소녀의 눈빛

절망의 날이 길고 길어도
어느 날 은빛 찬란한 아침은 오나니
아픔이 깊고
세상의 찬바람이 더 세어도
언제인가 평등의 아침은 오고 있더라

사기

육식 식물
부드러운 목소리
나비가 앉을 것 같은 살결
공자의 언어가
강물같이 든든히 흐르는데
누가 독이 있음을 알랴

두 개의 얼굴
세련된 필력
박식한 두뇌
죄를 즐기는 무리
허파가 거꾸로 달린 지옥의 사자
누가 죄를 짓지 않는 것이 행복하다 했던가
승용차 번듯이 타고 콧노래 부르며 사는데
법망도 거미줄이더라

도산서원

"어험 이놈들 좋아리 걷어!"
큰 갓 도포 자락 가부좌 노인 앞에
수염 기른 제자들 무릎 꿇고
제복의 관장도 사시나무 떨듯
천둥소리였는데
양복 입은 선생님 코가 넉 자네

동해 수풀 구비 돌아
깊은 계곡 높은 언덕에
높은 학교 세웠으니
큰 인물 도 닦는 곳
여기가 권력의 생산공장

목판에 새긴 글씨 곰팡이 피어나도
침침한 그늘 속에
오늘도 흰 도포 앉아 있고
아끼신 문집 그 사랑이
먼 거리에서 웃고 있다

난해시 해독

수박을 쪼개지 않고
덩이째 넘기고 넘겼다
하늘의 별을 보다가
점점 까무라쳐버리고
구름은 바람 따라 흘러만 갔다

어쩌다 깨어지는 날
수박의 단맛은 가슴부터 뜨겁게 하고
사라지는 별빛은 혜성으로 떨어지고
바람은 피부에 와닿았다

그는 한없이 높은 자리에 있고
나의 별은 너무 멀리서 울고 있다
떠나보낸 많은 날들이
바윗덩이로 가슴을 누르고
짜릿한 아픔의 쾌감이
내일은 아침 해가 밝게 뜰 것 같기도 하다

민주화운동

4·4 민주화운동은
총알을 받으며 화염병은 들지 않았다
김주열의 죽음에 산천이 함께 일어섰다
화염병에 조직된 민주화운동은
죽고 죽어도 민중의 가슴은 무겁기만 하다
농투성이 아버지가
소망이 무너지는가 일손을 놓고
성역화시켜준 교정의 아들을
난간 마루에 세워 둔 듯 가슴 조인다

개울물은 굽이 돌아 흘러도
바위를 씻고 깎아 절경을 만들고
6·25 포탄은
절경도 모래밭으로 만들었다
이제 그만 어른들께 맡기면 어떠냐

맨드라미

멀리 남양에 여행 갔다가
모두들 초봄에 머리를 들었는데
섭씨 30℃가 넘는 7월에야
데워 붉어진 살을 내보이느냐

새벽닭 울음소리로 새날을 알리는데
모양새는 닭벼슬 닮은 것이
늦잠꾸러기이구나

모두들 시샘하듯 남 먼저 서둘러도
느긋한 마음으로 담장 밑에 숨어서
의연히 머리를 들내는 너는
졸중 장수 같구나

더위에 못 이겨 혈색 잃은 꽃들 사이
말쑥한 네 옷매무새는
작업복 속의 신사복 차림이다

불참

비가 내린다
가슴속 깊숙한 늪 속으로
바라고 바라던 모임인데
검게 탄 몰골이 부끄러워
정말 부끄러운 짓을 하고 있다
너무 귀한 분들의 모임이라
때 묻힐까 스스로 멀리 앉아 있다

내 사랑은 아무래도
어린 싹에 가 있는가보다
시를 사랑하리라
다시 다짐하며 별을 보아도
생활의 무거운 멍에는
풀리지 않는다

해수욕장에 가면 인기 있겠다
농부에게 보내는 위로의 말
타잔의 아름다움으로
백조 앞에 타조로 선다

해산

파리에 쫓기듯 빙빙이를 돌다가
큰 숨 한번 쉬고 포대기를 내쏟아놓으니
숨 막혀 죽는다고 발버둥 치는 새 생명 송아지
풀을 뜯어 먹듯 제 살 포대기를 뜯어 먹는 어미
분만의 고통이 힘으로 솟는 듯 급식하는데
그 눈빛은 사랑과 여유가 담뿍 담겼다

세상 공기 맛 다디달구나
콧구멍부터 실룩실룩
눈부시고 아름답구나 저 햇빛
초롱한 눈알이 껌벅껌벅
잠시도 쉬지 않고 발길질하더니
포대기 차 던지고 노란 발톱에 흙칠을 하며
일어서다 푹 넘어지고 부들부들 아슬아슬
기어코 지금 일어나야 살 수 있다는 듯
꺼지는 듯 일어섰다
버틴 두 다리 사이 쑥덕 불알이 쫑곳한데
50만 원 횡재했다 울렁울렁
털에 물도 마르지 않은 것이
힘 좋게 깡충깡충
겁 없이 마주 보는 눈
안아주고 싶어라

풀밭을 매면서

행복이 멀리 있는 것이 아니다
소득 없는 일에도
여유라는 소득이 있다

잡초는 철 따라 자라나고
값없는 화초는 끈기만 자랑하고
청소는 청소 거기에 즐거움이 있다

더럽혀진 때를 씻어
새것으로 재창조하는 짜릿함
농부는 김을 맨 밭에서 깨끗함을 느끼고
기능공은 만들어낸 것에 신비를 느낀다

시골 할머니

20평 슬라브 높은 창 안에
전등불이 밝다
80세 할머니 무엇을 하다 늦었는지
현관방에 혼자 앉아 밥순갈 드신다
100여 평 텃밭에 풀 한 포기 더 뽑으려다 늦으셨다
승용차 타고 왔다 가는 효자 효녀 늦게 다녀갔나
밥순갈 드시는 모습 힘 있어 보이는데
창 너머 나그네만 외로움을 타는가

살아온 땅 내음이
손자들의 정보다 두터워지니
이 집이 아이들에겐 별장 외박 휴식처인가
할머니도 핵가족 찬동자라
혼자서 행복을 사고 만족하는가
돌아보면 이 집 저 집
할머니들의 유배지
한산 모시적삼 안방마님
그 위엄이 부러워라

창전의 지리산 계곡

창전의 지리산 계곡 그림을
큰맘 먹고 사다가
안방 벽에 걸어놓고
멍하니 바라보고 앉아 있다
바위 밑에는 흰 눈이 푸르게 녹아내리고
몇 백 리나 되는지 아득한 소나무
골골이 파여진 바위틈 사이
맑디맑은 푸른 물이 흐르고
억새잎은 눈꽃에 눌려 쓰러져 있다
하얀 솜털같이 고운 눈 위에
띄엄띄엄 핏방울 자국
원혼의 핏자국은 눈도 덮지 못하는가
해골들이 툭툭 불거진 골짜기
무엇을 위해 다리를 절며
장총을 끌고 헤매었나
아름다운 설경이 지옥으로 둔갑한다
처녀의 속살 같은 저 눈
한여름 뭉게구름이 피어나는 것 같은데
작은 키에 자신만만한
그가 묵상하고 있다

여명

억만 군대가 저 너머서 아우성치며
어둠을 밀어내고 있다
아득히 붉게 피어오르는 열기 확실한 승리자

살을 태우며 목민을 밝혀주는 가로등이
빛을 잃고 한숨을 쉬는데
이제 어둠은 어디로 가는가
그 많은 무리가 어디로 숨어버렸는지
감쪽같이 피신을 한다
다시 왕성한 힘으로 밀려올 수 있다는
자신만만한 작전상 후퇴
한낮의 젊은 청춘을 넘기고 나면
다시 붉은 피를 토하며
서산 너머로 밀려가야 할 것이
12시간 하루 일생을 위해
지금 희망찬 붉은 열기로 다가오고 있다

밝음과 어둠이
서로 계약하고 숨바꼭질을 한다
시련을 겪어보지 않으면
행복의 가치를 알지 못하는지라
어둠을 주어서 쉬게 하고
밝음을 주어서 역사의 고통을 주려고 오고 있다

진도대교

하늘이 높고 높아도
사람 머리보다 높지 못하고
바다가 깊어도 한 자 사람 머리보다 깊지 않구나
하늘을 가로질러 바다를 건너는 저 다리
비룡이 길게 누워 창조신을 모시고
코끼리 등에 파리 같은 사람을
업고 모신다

울돌목 명랑대첩 저 물살
밀려오는 파도가 아니라 폭포로 흐르는 바다
칠흑의 밤 전투 지세 몰다 몰살당한 왜병들
조선의 제갈량 이순신의 전술이 높은 탑 위에서
묵상하고 '무無호남이면 무국이었다'
석비에 새긴 글자 호남인의 자존심
지금도 포탄을 장전하고 있는
거북선 속의 검은 조끼 병사들
큰 칼 짚고 우뚝 서서 노려보는 순신도
또다시 침입하는 경제전쟁에는 속수무책인가
순신의 후예여 하늘 높이 솟은 대교여
옛과 같이 흐르고 있는 물이여
다시는 빼기지 않는 힘을
그날의 용기로 일어서게 하여라

윤선도 유물관에서

전남 해남군 연동마을 국도변에 서 있는
'고산 윤선도 유물관' 조그만 이정표 따라
낮은 산 밑 안개 속 고색 짙은 기와집 몇 동
대문 앞 늙은 은행나무는 선생의 넋이 서려 있고
뜻글만 과시하던 시절 소리글 홀로 지어
중생들 가슴에 홍과 정서를 키운 크신 사랑은
세종과 뜻이 같고
그 문장 바랜 종이에 님의 얼굴로 살아 있다
여기가 내 평생 흠모하며 갈고 닦는 시심의 뿌리
지국총 지국총 어사화
국어 선생님 얼굴이 여기서 살아난다

눈꽃

나를 이 들판에 버려두고
소리 없이 갔던 그녀가
소리 없이 와 앉아 있구나
내 눈에 키질을 하며
아슬아슬 웃고 있는 너는
내 가슴 텅 비워놓고
곧 어디로 다시 날아가버릴 것이냐

아직도 이웃이 따뜻한 비닐하우스에 갇혀 있다가
차가운 아름다움을 싣고 온
너의 고운 살결 보고파
찬바람 앞에 나와 섰다

온 산 가득 나무들이
너의 고운 치마폭으로 단장하고
내 앞에 가까이 와서
옛날 이야기를 하는구나
일 년에 한두 번 찾아주는 너는
얄미운 여인이다

광양제철공장

벌건 불줄기가 가슴을 찌를 듯 용맹을 자랑하는데
내 혈관이 자랑하며 뛴다
어둠을 밀어낸 광명이 저기서 솟고 있다

굳은 사람의 손들이 수없이 움직이고 있는데
사람은 없다
사람 아닌 사람을 시키고 있는 기계들 세상
석두들은 이제 무슨 일을 하나

지도를 다시 그리게 하는 456만 평의 바다가 육지로
4조5천억 천문학적 금액이 쇠파이프로 지상을 얽어서
노다지를 만들었다

흰 옷 입은 130여 명 석박사
고운 손으로 세계를 덮기 위해
머릿속에 뜨는 별을 잡아 또 다른 쇠를 창조하고 있다

한 도시를 이룬 한집 식구들
울 안에 학교 세우고 형제로 사는 대가족
핵가족이 뭉쳐서 다시 대가족을 이룬 신생 대가족사회
검은 두루마리 쇠뭉치부터
명함판 종이 같은 철판까지
밀고 다듬어낸다며 조잘대는 안내양

모두 창틀 안에 숨어서

건물들만 웃고 있다

실패한 콩팥 이식수술

형제가 나란히 병상에 누워
주는 행복과 재생의 환희에 젖어
병실이 행복의 날개를 펴고 있다
차갑다 차가워지는 핵가족시대에
구렁에 핀 연꽃들

육 척 단구 만물영장 인간이
안방에 누워 우주 속 일을 다 보면서
제 살 속에 스며든 미물은 잡아내지 못하니
병균은 영장 위에 영장인가

환자가 극도로 쇠약해 의사가 두려워해도
형의 간청이 높아 신의 가호를 빌면서
살신우애 성공을 모두 빌었건만
분초를 다툰 의술의 냉엄함은
청천벽력 바람으로
형의 싱싱한 콩팥과 사랑만 상처내고
40대의 동생 모든 소망 상여에 실어보냈다
천만 인간의 성원이 있어도
하늘이 내리는 기적은 없구나
아까운 사람아, 고귀한 우애여

창녕 출신 문인들

한 사람의 문인은 만 사람을 대신한다
그가 쓴 글은 만인이 읽기 때문이다

창녕의 두 송이 꽃 3·1 민속문화제, 비사벌문화제
그 향기 바람 타고 봄가을 휘날리면
멀리 놀던 아이들 집으로 찾아들 듯
만사제폐 달려올 때
흰머리에도 봉숭아꽃이 피었다

밖에서 사귄 친구 데리고 와서
집안 보석 자랑하니
샘하듯 마구 노래들을 불러
천지에 창녕의 꽃이 피더라

아~ 고향의 형제들
무관심 속에 서동이 되어도
철 따라 고운 고향 산천 이 땅이 그리워
더운 가슴 안고 왔다가
가을바람으로 돌아간다

늦서리

들판을 하얗게 덮은 비닐이
봄을 억지로 끌어당겨
감자 무 배추 씨들 감쪽같이 속아
고운 살결 땅 밖에 드러내는데
꽃샘추위 온다고 방송들이 미리 알리나
달아날 수 없는 천혜의 자리라
꼼짝없이 머리가 까맣게 타버렸다

야윈 소가 새끼 잘 배듯
엄동설한 굵고 굵은
복숭아 가지에 잎보다 먼저
꽃이 곱게 피었다
꽃샘추위가 시샘해도 끄떡없이 만발하니
여인의 아름다운 절개여

아침마다 온 들판을 점령하여
하얀 웃음을 펴온 폭군
이제 마지막 기세를 부리며
반란군들에게 인두질을 해놓았으나
새봄의 싱싱한 열기는
상처를 곧 숨겨줄 것이다

앨범

언제부터였을까
내 아버지 때는 있었고
할아버지 때도 있었을까
동갑들의 따뜻한 이 모임이
개천에서 메기를 같이 잡지도 않았고
책가방 들고 같이 쫄랑대지도 않았는데
한 군내 살고 있는 같은 범띠니
같이 힘 모아보자는 그 한마디로
이산의 죽마고우가 찾아온 듯
말부터 놓고 웃음 피는 친구들
억지로 친구 알기 위해
앨범부터 만들어놓고
시시로 얼굴을 찾아보는
낯 익히기 사진첩
갖가지 얼굴의 보물들이
내게로 안겨 왔다가
가물가물 사라진다
언젠가 내 눈에 자주 닿다보면
가슴속 가득히 채워질 얼굴들

'임진각가든' 가던 날

창녕 문인들의 영혼을 담은 액자를 트럭에 싣고
부곡 밀양간 새로 개통된 사차선 길 달린다
저기 여류시인 이성희가 밥 짓는 부곡 '임진각가든'
좌회전 위해 일차선으로 넣어 달리다 붉은 신호에 차를 세우니
조금 전 지나던 경찰차 언제 돌려왔는지
검은 이무기가 차창 앞에 서서 명령한다
"트럭을 몰고 일차선으로 달리면 됩니까. 면허증 봅시다"
"좌회전하려고 넣었는데…"
간이 콩알만 해져 눈앞이 어두워졌다
"너무 일찍 넣었습니다"
씩 웃는 미소에
눈감고 내 모든 것 내밀었다

"트럭을 몰고 일차선으로…"
구겨지며 눈에 핏기가 솟는데
김현곤 선생님은 고사산책 작품집을 배부하고
"방을 얻어놓았으니 운전은 포기하고, 자 건배!"
남용술 선생의 소주잔부터
교육위원 낙선으로 마산 앞바다에 뛰어들고 싶었다는
이순경 회장이 먼저 자작시 낭송을 시작하고

문인은 자기 작품에 빠졌을 때 행복하다
액자를 걸어 밝아진 홀에 돌구이는 구미를 당기고

자극에 자극은 의지를 꺾어 환락의 늪으로 빠졌다

이튿날 헌데를 도려내듯 농협 창구에
붉은 종이 들이미니
"법칙금은 받지 않습니다. 우체국으로…"
허물의 뱃지를 달고 동네방네 돌아다니란 말인가

보상금

칠서공단 조성으로 남지 땅값 열 배 올라
촌놈 벼락부자 되었건만
억대 거지라 손마디는 더 거칠어져도
마음은 푸근하다

1987년 남지리와 마산리 사이 도면상 상업지역부터
부산 사람들이 마을지도자 소개자 만들어 차지하더니
땅값 두 배 세 배 오르고 복덕방 간판 여기저기 걸더라
외지 지주 2/3가 넘는 듯하더니
구획정리한다며 전다치 지주 한 사람 뛰더니
2년 만에 9만 평 땅 무논에 돌 실어다 붓고
94년에는 내 집 보상금 찾아라 하더라
공인감정사가 정한 금액
안마당 공굴 철대문 허름한 아래채 감나무 대추나무
조목조목 정한 금액 현 시세보다 높고
88년 지은 붉은 벽돌 슬래브 몸체는
아직 이웃의 부러움 받는데
감정가가 신축비라 두말 않고 받았더니
공사는 매일같이 파고 묻고 하건만
1,2년 지나가니 건축비가 올라
시간이 안겨다준 바보 멍청이
계산 맞지 않다 버티던 권 목수는 재감정하여 받고
뜯으면 갈 곳 없다 버티던

성 씨는 환지를 원하는데
법원 직원 아들 둔 서울댁 재감정도 맞지 않다 버티더니
어느 날 법에서 포클레인 들이대니
기절하여 병원에 누웠건만
야속한 세상 언론도 외면하더라

두엄차 부부

목수 일당이 군수 일당보다 높고
인부들이 어깨 펴고 사는 시대
꽃다운 젊은 부인이 삽을 들고
남편 도와 계분 냄새 몸에 배며 삽질을 한다
붉은 열기가 흰 김으로 솟고
눈빛은 아름답다
돈의 힘이 썩는 냄새를 몰아내고
얼룩져야 할 얼굴에 웃음이 웬 말이냐
모든 부인들 코를 돌려도
내 코에는 이미 중독되어 구수한 맛이니
구릉에 핀 연꽃
초원의 원동력에 살이 오른
백마의 모습으로 뛴다
밝은 태양이 그의 이마에 솟아오르고
궂은일이 싫어 커피잔을 나르는 여인들이
혀를 차며 비웃어도
사람들은 그녀의 긴 장화에
따뜻한 박수를 보낸다

충주호 유람선

단양팔경 아니라 단양백경이다
형형색색 좌우 산색 푸르고 푸른 물결
유람선 뒤꽁무니에는 최루탄 난무하여
세상을 뒤집어놓듯 해도
은은한 그 물결
말없이 상처를 잠재운다
넓고 넓은 평화의 힘

장장 130리 씻기고 씻기다 눈이 아프다
손님 접대 전축 소리가 엉덩이와 어깨를 들썩여
신들린 댓가지가 되었다

관광에 국경이 따로 없고
색다른 얼굴도 같이 춤춘다
국경을 초월하는 대중가요의 위력
저것은 방종 아닌 서민들의 외교

산에는 관광버스
계곡에 유람선
수천 년 버려져 있던 땅
보석으로 만들었다
이 땅 구석구석 아직도
돈덩이가 숨어 있는가보다

고수동굴

으스스한 게 어디서 귀신이 불쑥 나타날 것 같다
천태만상의 석주 석순들 사이
마귀할멈이 쭈그리고 앉아 왕국을 과시하며
인간의 능력을 비웃고 있다

늘어진 석회암 사이
무엇이 다 녹아내리고
기막힌 장관을 만들어놓았나
장장 1300미터 땅속에서 오르락내리락
외나무다리길 석순 사이 돌아드니
동양 최고의 아름다움이란다

신단양 동쪽 2킬로미터 지점
관광버스 50여 대 모여선 주차장
돌아보니 높지 않은 야산인데
저 속에 그렇게 좋은 석순들이 숨어 있었다니
누가 찾아냈을까
그날로 새 동네 생겼으니
아직도 발견 못한 비밀들이
이 산 저 산에도 있을 것 같다

3부 풀꽃 이야기

페스탈로치 가家의 불행

— 김태훈 장례식을 보고,

1992년 7월 2일 오시 하관
아이가 전화 받아둔 메모지
내 눈을 의심한다
지난 4월 어느 날 그의 목소리가 들린다
"수술은 했으나 전과 같이 건강해 학교에 나갑니다"
그의 나이 이제 50
하느님도 너무 하신다
창녕문협의 기둥을 뽑아버렸다
추한 모습 보이기 싫어
숨어 치료했던 그가 원망스럽다
풍조리 동네 집 뒤 개망초꽃이 흐드러진 곳
창녕의 페스탈로치 그의 부친 김병식 교장 무덤
그 옆에 새 무덤이 있었다
외아들의 죽음을 아니 보려고
일주일 전 영감 무덤에서 자진한 어머님 무덤
경화회관 예식장에서 내가 봐온 그 어머님
남달리 정다워보이던 그 모자간
위장을 다 들어내고도 고집부려 교단에 서다가
한정된 수명 당겨 갔으니
부모님 산소에 돌덩이 하나 놓지 못하고
효자가 불효자 되어 그 발치에 눕는데
중학생 두 상주 갈길 몰라하건만
수많은 제자들 다 어디 있는가

훈련소에서 돌아온 옷 뭉치

아이는 어디 빼가고 옷만 왔느냐
어미는 고개부터 푹 숙인다
우는 것은 부끄러운 일이다
달구어져 굳은 쇠가 되고
국민된 의무를 다하는 자랑스런 시간이다

주인 잃은 옷이 빨랫줄에 널려 펄럭인다
삼 년을 기다리기 위해 마지막 햇살을 받고
침침한 장롱 속에서 기다리기 위해 펄럭이고 있다

깃발을 위하여
이 산 저 산 포복하며 시련의 늪에 주인은 빠트려놓고
여기 안일한 고향에 와서
주인을 그리며 가을하늘 아래 펄럭이고 있는 옷자락

사랑스러운 막내의 때를 씻으며
어미는 또 눈물 한 방울 흘리고
사랑을 짜버렸으리라

뜸질

널브러진 척추 마디 둥글게 만들고
오그라든 척추뼈 길게 늘어지라고
뜨거운 수건 등에 얹고
척추를 다듬는다
척추가 삐끌어지니
온몸이 비틀비틀
공연히 하늘에서는
벼락만 떨어지고
먹구름이 밀려와서
모든 탑이 무너진다
50여 년 과로하여 닳고 닳아
텅 빈 항아리
비우고 비운 그릇에는
다른 세계가 보인다
험한 산골 기어올라
능선에 앉아 긴 호흡을 한다
전남 경남 한마음잔치 참석 약속도 어기고
백의의 구세주께 모든 것 맡기고
물리치료기에 시간을 뺏기며
시원한 생수를 마신다
많은 길 중에서
인연이 닿기를 빌면서

콩팥이식 2

감나무 접붙이듯
살아 있는 생명은
첩첩 신경을 다 끊고도
이어지는 질긴 생명이란다
투병생활 20여 년 김씨
집까지 다 팔아 약 사먹고
우유배달부 된 부인
이 집 저 집 날품 파는 칠순 노모
고부간 정성이 온누리 꽃이 되어 향기가 퍼지더니
동갑 친구들이 눈꽃송이 녹지 않도록
북풍 고개 넘어온 돈보따리를
너도나도 끌러놓고 의논터니
옥중 죄수 차가운 가슴에도 봄기운이 스며들어
3천만 원에 접순을 내어주니
20여 년 찬바람도
백의의 칼날에 잘려나가고
한 가정에 웃음꽃이 피어났다
아~ 살아볼 만한 세상이다

손자의 웃음

피는 욕심이 많은가보다
온 들에 핀 꽃이 다 예뻐도
가슴 조이게 하지는 않았는데

나도 벌써
모든 일 벗어야 되니
가슴이 빈 탓이다

낙락장송에 바람만 불어오니
발치에 자라는
애기 솔만이
소망이요 기쁨인 탓이다

개폐기

가는 전선 그 속으로 역발산의 힘이 흐른다
수백 장의 담요를 쇠파이프에 감아올리는 위력
30여 년 비닐하우스 오르내리며 거적 덮던 꼬질때
엄지손가락 사이마다 밤톨만 한 못을 박아놓고
도랑에 버려져 누워 있고
가마니 너머 섬피로 발전터니 부직포 담요로 멋을 낸다
열풍기 개폐기로 기계화된 농사
60평 영농 규모가 600평 천 평으로 부농소리 듣는다
바람에 날려 달아나는 섬피와 싸울 때는
불 질러버리고 싶었고
한 시간 넘도록 땀 흘리던 노동을
버튼 하나 누르고 서서 10분 내에 다 덮어주니
온실은 낮에는 흰 옷, 밤은 검은 옷
개미 같은 인간들이 번갯불을 끌어당겨
지구에 옷을 입혔다 벗겼다 한다
개폐기 돌아가다 지렛대 빠져
박 서방 부인은 다리가 부러지고
어둔 밤 비 올 때 벗기던 김 서방은
일 돕던 어머니 함께 감아올려
핵가족시대 효자 소리 듣더니
머언 하늘만 보고 섰다
썰물처럼 천천히 돌아가는 것이
옷자락 잡히는 순간 사자의 입이었다

얼어버린 화분

내 고교 시절
매화꽃에 홀려 넋 나간 것 보고
어머님이 베어버렸지
매화 뿌리 흐르는 그 눈물만큼
눈물 그만큼 흘렸지

신살림 내 집 안마당 가득 만든 화단
폭주의 벌로 아내는 치워버렸지
담 밑에 붙은 화단에도
아내는 앵두며 단감 묘를 심었다
가난의 책임은 내게 있으니
사치한 마음을 고집부릴 수나 있나
그래도 새봄이면
집안 구석구석 꽃씨는 돋았지

내 첫 시집 출판기념회 때
들어온 고가 화분 5점
아내는 나보다 더 열심히 가꾸었는데
2년 만에 키 큰 파초 먼저 죽고
3년 되는 해 초겨울 600여 평 온실을 두고
처마 밑에서 모두 죽어버렸다
널브러진 잎들이
한없이 비웃고 있다

임차료

억울하면 출세하라
자본주의 사회의 찬 서리
땀 흘린 자는 바치고
시원한 모시 바지는 앉아서 받고
억울하면 출세하라
잘되어야 평당 4근 수확에 2근 바치고
영농비 떼고 나면 남는 것 없어
문전옥답 잡초밭 되더니
특수작목 비닐하우스 수입 좋아
너도나도 남의 땅 얻으니
평당 3근 임대도 불티나는데
정부는 수맷값만 올려놓으니
이중곡가제 현실에 벼값 기준은 변동 없는 수매가라
당하는 사람은 땀 흘린 자
어떤 이는 백만 원 바치면
수고했다 오만 원도 내어주고
어떤 이는 더 받기만 힘쓰니
옛날 빨갱이 시절
무식한 자가 더 무서웠더란다
모시 바지 부러우나
나도 늙으면 의지할 곳은 땅밖에 없고
나같이 바쳐줄 젊은이가 남을까

화랑연수원

민족의 얼 재생장
고적의 도시 경주에 박정희 특명으로
영남대 교수가 설계한
2층 와가 'ㅁ'자형 건물
꽃잎이 이어지듯 기와지붕 처마계단이 이어졌고
까마득한 중앙계단 양편은 아름다운 국화밭
여고생들이 천사들의 옷을 입고
태양열 받아 불을 채취
88 서울올림픽 성화는 여기서 세 갈래로
전국을 누벼 서울에 올랐다

전국 고교생 수석들만
2박 3일씩 합숙 교육시켜서
말 달린 화랑 오계정신
그날의 통일정신 오늘에 이어지도록
푸른 혈맥에 기를 더하는 샘터

성화 채취 기구와 아름다운 기록 사진들
올림픽 참가국 국기들이 늘어선 전시실
화려한 사진들은
또 하나 관광 자원이다

통일전

우리의 소망은 통일
40여 년 7천만의 한숨이 쌓여
여기 신라통일 정신이 섰다
김춘추 부자와 김유신을
부처님 모시듯 영정으로 모시고
큰 비석 세워
오늘의 국민정신 하나로 묶기 위해
국민교육헌장으로 경주 땅에 만들어진 광장
산수 좋은 풍경 따라 가슴속 때를 씻고
고색 짙은 기와집 속
황색 부처님상만 보아오다가
국산 인물 부처님상으로 모신 사당
저 얼굴들이 오늘에 필요한 얼굴들이다
곰팡내 나는 고적들만 보물이 아니다
이야기들을 그림으로 나타낸
말[馬]과 창칼이 하늘로 솟고 있는
물감 향기 그윽한 사화를
대형 벽화처럼 뜰 안 가득 걸어놓고
안내양이 앵무새같이
병아리 떼들 앞에 노래하고 있다
역사는 대중이 이끌어가는 것이 아니라
한두 사람의 영웅이 만들어가는 것이었다

풀꽃 이야기

꼴망태 외양간 앞에 내려놓으면
어머니는 보리밥 소쿠리와 풋상추를 가져오셨다
마루에 앉아 볼이 불룩할 때
삽짝에 양복 입은 사람이 들어섰다
어머님은 눈이 동그래지고
신사는 눈을 부라리며 집을 뒤졌다
무섭기만 했던 세무서 직원
"저거는 더 좋은 술 마시면서"
어머니는 혼자 중얼거리셨다

풀잎들의 아우성으로
4·19는 피를 뿌렸고
피는 거름이 되어
떡잎들만 왕성해지니
바람은 먼지로 하늘을 가리고
잠자던 사자가 기어코 일어나
풀잎들은 순종의 본성으로 돌아가고
그늘 속에서 기운이 알맞아
십수 년간 살이 올랐다
살찐 풀잎들은 한사코 꽃을 피우려 했으나
사자의 발톱은 날카롭기만 했으니
5월 광주 동산에 또다시 피를 뿌렸고
사자는 산중으로 도망쳐 들어가니

풀잎들은 멋진 꽃들을 피웠다

풀잎들이 씨앗의 은혜를 잊으니
하늘은 한발을 내려 뿌리부터 마르게 하고
꽃들이 떡잎의 은혜를 잊으니
사자가 졸개들을 부릴 때보다
문턱들은 다시 높아지는 것 같다

의원이 게으름을 피우면
기업은 노동자를 지배하고
의원이 노동자만 돌보면
결국 배가 고파진다
광역의원이 살과 뼈라면
기초의원은 옷과 양념이다
살과 뼈는 생명을 유지시키고
옷과 양념은 웃음을 주나니
웃음이 있는지 없는지
확인하고 확인하며 살 일이다

— 창녕군의회 회지 기고

해외동포상 시상식

— 제1회 KBS 해외동포상 시상식을 보고

세계 각처 선망의 땅에서
화려하게 핀 꽃들이
고국의 TV 카메라 앞에 섰다
만인의 박수를 받으며
국위를 선양한 보답으로
어머님이 큰 상을 내리고
꽃다발 속에 묻힌 영웅들
그런데
답사를 하던 그는
말문이 막히고
관중의 눈에도 눈물이 고인다
한 마리의 양이 다시 돌아와
어머니 품에 안긴 그 눈물

선망의 땅은 벽의 땅
고향에서 기른 손발톱
다 닳으며 기어오른 언덕에서 본
그리운 고국, 고향
타국의 높은 문화 시설 속에 살아도
고향 사립문은 사무치는 그리움

경화삼십년사를 읽고

호미나 펜을 같이 들었던
숨은 석학들이 이제야 빛이 난다
양파 농사의 시조
어두운 광야에 빛살 뿌린 흔적들
농민단체를 역사에 새기고
그 뿌리 경화회관 큰 건물로 부상하니
후손들은 좁은 창녕 땅보다 더 넓게 뻗어
뿌리는 창녕에 두고 가지는 전국에 뻗었다
농사의 성공은 뿌리가 없고
공업입국 자리바꿈의 씨앗이 되었을 뿐
사람은 가고 문헌만 남았으니
산천이 세 번 변하는 세월에 배는 부르고 마음은 외롭다
언제까지 우리도 수농에만 의지해서 되는가
회원이 400에서 50으로 준들 어떠리
광활한 들판 농기계 위에 앉아
출렁이는 물결 같은 땅, 내 것이 된 부자들이면
창시자님들의 꿈은 이루어질 것
떠나라, 떠나라, 우리만은 남아
여기 천국의 요람을 만들리
선배님들 본받아
기록하고 출판하며 건설해서
살아온 발자취 보람되게 남기리라

남지우시장

동지들녘 송지들판 갈아엎던 누렁이들
태산같이 볏짚 싣고
콧구멍 벌렁이며 힘쓰던 누렁이들
이제는 다 어디 가고
수백 마리 들끓던 우시장에
수양버들만 늘어졌다

경운기 트랙터 소리에 쫓겨
누렁이들은 이 집 저 집에서 쫓겨나고
단군 이래 농경 역사
한 장을 기록하며
일꾼들이 식용으로 가두어져서
콩나물같이 벼락 살을 찌운다
잘생긴 머리 곧은 뒷다리
입심 좋은 중계인이 밀고 당기는 흥정 소리
메아리로 울려온다
살림 밑천 재산목록 1호가
골짝마을 빈집들만 남아가니
외양간도 비워지고
쇠전에 끓던 국솥 김이 멎었다

소는 내 성장의 벗이었다
날 밝으면 밤 사이 졸아든 배 불려주고파

이슬 묻은 도랑둑에 몰고 나가 먹이고
소 쌀밥 골라 오전엔 꼴 한 망태 베어오고
오후엔 소를 몰고 나가 계성천에 풀어놓고
얼굴이 반들해지도록 멱 감다
소를 타고 해질녘 황혼 들판
돌아오는 목동 시절

소장사 내 고모부
십여 마리 소를 몰고
창녕장 남지장 대산장 다니실 때
허리에 불룩이 돈띠를 차고 있어
조반석죽하던 시절
밤길 조심하시더니
일 잘하는 소는 필요 없고
살진 소만 필요하니
소장사는 수지 없고
식품공장 트럭이
우시장마다 길을 막더니
트럭들은 목장으로 이동하고
시장은 문을 닫고
고모부는 경로당에 노시니
누렁이는 보기가 어렵다

꽃피어라 비사벌제

송현동 높은 무덤 속 어른들이
화장을 다시 하고
수천 군마 거느린 진흥왕이
만옥정에 다시 들러 영기를 확인하고
천상에 연화각시
어물리들녘 옥천들녘
풍년을 기원하며 역병을 쫓으실 때
그날의 그 북소리
면면 다시 울려라

화왕산성 목마산성 흘린 피가 위로받고
화왕산 갈대 흰머리 물결
찬란한 역사의 유적을 찬미하듯
그 아름다움 선조의 마음인 듯
모여드는 등산대원 행락보다
우국충정 그 북소리, 메아리로 울려 퍼져라
가락국의 선조들이여 신라국의 할아버지 때
수천 년 세월 굽이굽이 살아온 우리들
비사벌 이 땅에 뿌리 깊은 문화를 심어
온고지신으로 어우러져
어른을 위로하고 활기로 전진하리라
관룡사, 용선대, 삼층석탑, 척경비
영산 3·1문화제, 비사벌문화제

타 군보다 문화유적 많고 사람은 깨어 있어
타 군에 없는 문화예술과 신설되고
남루한 문화유적 새 옷으로 갈아입히니
곱고 아름다워라 우리 고장 창녕 땅
군민이여 북 치고 장구 치고
춤추며 뛰어보자

자동차학원에서

몸속에 기어들어
심부에 키를 꽂고 비트니
괴성을 지른다
침입자가 조종하는 대로
거구가 움직인다
발길질 손길질 따라
순종하는 이놈이
그래도 살인의 명수라
길들이기 시작이 무섭다

30여 년 만에 다시 맞는 스승
스승의 표정에 따라 아직도 웃고 우는 내 가슴
상상도 못했던 자가용시대
흰머리 속에 한을 풀어주니
도전하고 도전하며 배우고 익히리
학생도 남녀노소 합석
쟁기질 배우듯 온 국민 익힐 기술
문화 이기 따라 뛰는
만물영장 된 본성이다

애기 첫걸음 걷듯 전진 후진 익히다
꼬불꼬불 꼬부랑길 S코스 들어서니
망아지 새끼 뒷발질하듯

이쪽 선을 밟다가
고삐를 당기면
성나 더 뛰는 이놈
강사님 목소리도 따라 높아지고
침침한 눈앞에 땀만 흐르니
인생살이 또한 고비 자청하고 있구나

내 손을 조금만 좌로 돌려도
요놈의 까만 꼬리점도 따라
좌로 움직이는 버릇을 익히니
어렵던 강사의 얼굴에 봄기운 돌고
캄캄하던 눈앞에 빛이 보인다

한려수도

피바다가 돌같이 흔들리지도 않고
아우성도 멎고
깃발도 보이지 않는다

맑은 물이 손을 끌고
물 밑 보호색으로 무장한
꽃게 한 마리 포복을 시작하는데
마산의 붉은 바다가 보인다

9,000 왜병 수장된 넋이
400년 동안 멀뚱멀뚱 푸른 빛을 내는가
이순신, 그 충절이
무인고도를 명산으로 만들고
이름 없는 땅들이 명패를 달고
곳곳에 순신 순신 그 위엄
공장폐수 붉은 물도
그 충절 침범치 못해
맑고 맑은 청정해역으로 남겼네

쉽게 처리한 왜구의 무덤 내외치가
천하의 명당이라
그 한들이 힘을 모았을까

36년간 이 땅의 피를 빨아갔으니
이 강산 지으실 때
외인이 탐하게 지으신 절경이
굴욕의 역사를 창출하였는가

당항포에도 완도 제승당에도
통영 충렬사에도 진도에도
50여 세 살다간 몸이
400여 년 동안 곳곳에 본래의 얼굴로 환생하여
만인의 경배를 받는다

물

너를 스승으로 모시고 싶다
앞길을 가로막는 바위의
때를 씻어주며 돌아가는 용기
겉치레로 난무한
지상의 빛들을 외면하고
땅속으로 땅속으로 스며들수록
더 맑고 깨끗해져서
어둠 속에서 길을 만드니
현명한 인간들은 100m, 200m
은폐물을 뚫고
너를 끌어낸다

산굽이 돌아 아래로 낮추기만 했는데
세상의 때는 모두 다 씻어주니
납덩이까지 매질을 하는 바람에
살결이 푸르죽죽 멍이 들어
십자가를 지고 대하를 이루니
그때서야 부활을 갈망하는
유다의 혈족들
다시 부서지고 부서져
하늘로 올라
많은 친구들 함께 모여
하얀 솜털 꽃을 피우며

우주여행 즐길 때가 너의 황금기
젊음을 즐기다 살이 오르면
천국을 벗어나
대기 속의 때를 씻으며
지구여행 떠난다
솔잎들의 밀어를 싣고
산속 새와 곤충들의 이야기를 듣고
계곡 따라 흐르며 친구 했다가
댐에서 군중을 이루어 안빈낙도를 건설했는데
옆 계곡에서 침입한 산업 폐기꾼들
인간들은 결국 우리를 가만두지 않는다
죽음은 죽음을 부를 뿐인데

운전면허시험

칠전팔기 기어코 이루는
잡초들의 끈기

이 사람 저 사람 가진 것이라
유유자적 걷다가
잃었던 시험의 본능이 송곳으로 찌른다
늙어가는 심장을 비웃고 있다
불합격의 딱지들을 헌데처럼 감추며
접수창구에 또 한번 다문 입술을 던진다

'빠웅' 크랭크 진입 컴퓨터 지시 소리
'뻥' '뻥' 연발 불합격 망치 소리
꼬불꼬불 곡예를 끝낸 곡예사
고개를 푹 숙이고 내리는 부인
만면에 웃음을 띠고 내리는 소녀
젊음과 늙음을 진단한다
합격을 축하합니다
늘씬한 여경의 고운 목소리
여러 번 쳤군요 보조개 미소
긴장이 쏙 빠지는 공간에
뜨거운 삶이 채워진다
다시 젊어진 가슴

안전교육장에서

별난 학교도 다 있다.
남녀공학 노소합석 학력불문
선착순 좌석입석 콩나물교실
영화 두 편 보고
무협지 두 권 이야기 들었는데
어제의 합격 그 기쁨이
바보짓을 하고 있은 듯
몇 개월 노심초사 성공한 것이
폭탄을 자청하여 안은 듯
순간의 경쾌한 콧노래가
친우까지 피투성이 황천길
저 고아들의 아픔을
내가 당하려고 물가에 섰구나

설날

'고향 방문을 진심으로 환영합니다 - 동민일동'
촌락마을 입구에 걸린 플래카드
낙제생들이 천재들을 위로하고
버려진 어버이의 끝없는 사랑이
하얀 천 위에서 손짓을 한다
민족의 대이동 설날
허름한 담장 안마다
빛나는 차들이 서 있다
마이카시대 부랑아들이
효자비를 스스로 들고 섰다

삼삼오오 떼를 지어
동네 노인 손꼽아가며
이 집 저 집 대문 열고 세배 인사 가면
아랫목에 앉은 노인
덕담 칭찬 전 부침
촐랑대던 어린 시절
오늘은 한방 가득 합동과세 하는 자리
늙은이들만 모여 앉아 덕담보다 술타령
고향 찾은 젊은이들 가족 세배 끝나면
처가부터 달려가니
어린이들 세배는 가족밖에 몰라
고향도 이웃도 없어진다

초이튿날 대설

어제 하향의 혼잡이
오늘 저 하늘에서 재현되고
하얗게 쌓인 이곳이
너와 같이 돌아온 고향이다

돌아온 벗과 술과 설빔
새날의 기쁨이 어우러져
추억 속으로 빠지고 빠진다
너를 닮아 타락하고 타락하며
하얀 속살의 처녀에 빠지며
황홀 속 방황의 발자국을 남긴다

벚꽃

하얀 새들이
그들의 몸으로
터널을 만들고
햇빛보다 더 밝은
빛을 발하며
최후의 만찬을 즐기고 있다

바람이 스치고 지났는지
참새 떼가 벼논에 내려앉듯
춤추는 꽃잎

저 왕성한 힘은
일본을 제국주의로 만들었고
저 황홀한 아름다움은
일본을 경제대국으로 만들었다

보석들의 별천지
내 피를 강탈한 원수
꽃 속에
무표정한 빌딩은
행운아들의 요람

거리의 가수

백결 선생이 나타났다
한쪽은 검은 고무신 한쪽은 흰 고무신
넓적한 엉덩이 벌어진 어깨
살얼음판을 딛고도 살 수 있다는 눈매
진해 벚꽃을 그린 뺨에
새색시보다 더 붉은 입술
숙달을 은근히 보이는 흐르는 목소리
치렁한 머리는 엉덩이에서 출렁출렁
찢어진 옷자락이 흔들흔들
고성능 전축에 자지러지는 곡
관광객 들뜬 가슴 스스로 울렁울렁
각설이에 길든 눈들이 둘러서서 극장을 만들고
가곡에 젖어 입이 벌어지는데
앨범 3개 손에 들고
다섯 손가락 펴보이며 간드러지니
입장료 스스로 내고
앨범은 날개를 달고 전국으로 나르는데
지폐는 찌그러진 깡통에 휴지처럼 쑤셔넣더라
쑤셔넣는 지폐는 방랑인의 멋
둘러선 관중은 창조한 시장
인생살이 갖가지 길
여기도 한 가지가 있네

창녕군민의 날

서울의 인파 속 비탈진 벽도
차가운 파도가 난무하는 부산의 해변에서도
6·25 피난지와 전쟁터에서도
창녕이라는 한마디 말로
벽도 허물어지고
가슴에서 우러나는 그 뜨거움이
초면에 백년지기를 맞는
고향 사람

낙동강 돌출부 굽이 돌아
비옥한 땅 영남들판 어물리들판
들판과 들판에서
사철 무휴 생산되는 오이 풋고추 마늘 양파
양파의 첫 시범포 창녕 땅
화왕산 영축산 정기 받은 10만 군민은
땅속에서 솟구치는 부곡온천에서 때 씻은 선남선녀
선사시대 무덤 선돌 많은 도천
고분군이 띄엄띄엄 있는 창녕 영산 계성
화왕산성 목마산성 구진산성
진흥왕척경비 관룡사 용선대
제2의 경주 창녕 땅
가야 신라 때는 빗벌 비사벌
고려 태조 23년에 창녕으로 개명

1914년 4월 10일 영산군을 합하여 창녕군
278개 자연 마을이 한덩이 된 이웃사촌 한 가족
세계로 뻗어나간 아들딸들아
창녕군민의 날 10월 8일
북 치고 장구 치며 가슴을 열고
다 같이 모여 축제를 열어 기량을 겨루자

가야산 계곡

옛날 최치원이 걸어서 만든 길
차로 달려왔더니 무엇을 잃어버린 것 같다
폭염에 쫓긴 사람들
여기도 시장바닥
후손이야 욕을 하든 말든
밤낮으로 물과 같이 있고 싶어
분신인 이름을 돌마다 새겨놓고
사라진 욕심 많은 선조들

해바라기 닮은 밋밋한 황송은
제비 날개 잎을 달고
뿌리는 바위틈에 박혔으니
흐르는 물까지 발이 나갔으리
키만 한 바위들이 무엇에 밀려왔을까
처녀의 속살같이 흐르는 물속에
팔순 노모도 여윈 종아리 걷고
갓난아이도 엄마의 젖꼭지보다 좋은지
담가줄 때마다 방긋방긋
냇가 큰 바위에 누워 숲을 보니
물푸레나무에 산포도가 엉켜 있네
저 치열한 삶은
사람 인 자와 같이 산속에도
기대어야 풍성한가보다

4부 서낭나무

서낭나무

우리 마을 중심에 600여 세 된
느티나무 서낭신은 너무 선하시다
어릴 때는 나무타기 놀이터였고
숲 아래 어린이 놀이터 기구는
조심 없이 천방지축이다
올여름 40℃ 더위에 쫓겨
겉옷 벗고 두 패 마당까지
화투판 벌이는 무례도
두꺼운 숲의 사랑은
동신도 현대판인가보다

싸늘해지는 이 가을
찾는 이 없고 낙엽만 수북이 쌓인다
젊음은 가고 늙은 할미의 마른 턱뼈같이 드러나니
여름 내내 그 소란에도 까치는 새끼를 쳤구나
나무는 까치의 영원한 친구
바람막이 하나 없는 겨울
잔가지는 하늘 높이 떠 있고
속은 썩어 텅 비었어도
한아름이 넘는 몸뚱이는
천 년 장수의 기상을 보이니
찬바람과 함께 동신의 위엄이 보인다

포클레인

내 집 앞 구획정리 공사장에
날마다 누른 황새가 땅을 파고 있다
소한 추위 어둠이 다 풀리지 않은 아침
이놈 제 몸 색 닮은 누런 똥을 싸는지
푸드득 텅텅하더니
아침 운동하는 모습 보소
긴 목은 까딱까딱 마디마디 굽혔다 펴기
둥근 양쪽 발은 바꾸어 가며 들고 돌리기
저것은 인간 닮은 귀신이다
연이어 종일 불러도 한 가지인 저 소리는
유행가일까 중얼거림일까 농요일까

추억들을 마구 파헤치는 폭군
수천 년 만에 태어난 마귀
세상은 기계 소리로
꽃도 피우고 웃음도 만든다
소음은 역발산의 힘으로 눌러오고
수십 년 자연의 힘으로 만들어졌던 수로
손발길질로 만들었다 지웠다 한다
개미 떼같이 지게를 지고
제방을 쌓던 늙은이들
“허… 참, 사람이 무섭구나…”

마이산을 찾아서

1994년 11월 9일 8시
창녕문화원 신축 건물 준공의 기쁨을 앞두고
안개 속에 우뚝 섰다
다수의 위용을 자랑하는 네 대의 관광버스가
도열한 골목길에
문화인으로 추대받는 사람들이 악수를 한다
"4호차 관리대표, 박 이사
인수품 김밥 40, 돼지고기 40, 소주 1상자…"
종이 한 장으로 질서는 훈병 같다
현풍휴게소에서 10분 휴식
농월정 휴양지 여름 놀이터 첫 관광
1호차 클랙슨 한번 울림으로
기다리던 버스가 온 것같이 승차
경남과 전북 경계 영봉
모래재 아흔아홉 굽이 돌 때
귀청이 멍해지는 스릴
발 아래 비단 폭 단풍들은
아름다운 내장산을 재인식시킨다
멀리서 보니 말귀산[馬耳山], 솟구치는 우주선
깎아지른 절벽 673m
어느 산악인도 넘보지 못할 위용
수천 년 낙뢰를 맞아
정으로 파낸 듯 파헤친 헌데들

폭삭 무너지면 천혜의 보물을 잃을 듯
영산에 神人이 깃드니
잔돌 수수 만 개를 30여 년 한 사람 역사로
쌓은 80여 기 탑
백발의 이갑룡 처사 신이 되어 앉았다
기사의 설명대로 말의 귀가 아니고 성난 남근이면
푸른 물이 뚝뚝 듣는 파란 하늘은
요분질로 흐르는 물인가
조물주가 손장난친 자리
인간이 인간을 구코자 하는
더 넓은 사랑이 쌓인 곳
전라북도 진안군민의 큰 재산이 되었다

고추를 심으며

은박지 속 금돈 열 냥을
은접시 정화수에
두 손 모아 담갔다가
따뜻한 아랫목 금침 밑에 싹을 틔워
은모래 금상자에
출병 가는 아이들 뿌려놓고
태양열 폭포로 받는 비닐 천막 보금자리 만들어두면
소리 없이 땅 밖으로 생명이 솟아난다
유치원에 원아들이 방긋방긋
두 잎 팔 벌리면
두루 한 치 독 책상에
초등학생 되어가니
20여 일 한 학기로 잎이 활짝 피어난다
지심으로 뻗는 발을
땅덩이까지 옮겨줄 수 없는지라
중학생 되어갈 때
표터에 발을 모아 두루 두 치 넓은 책상
난로 피워 보신하니
사춘기 꽃이 피고 여섯 잎이 돋아난다
두루 세 치 넓은 책상 고등학생 되었구나
날마다 비를 만들어주니
청년의 기상으로 우쭐우쭐 자라난다
어깨가 벌어지고 다리가 길어져서

세 치 책상 좁아져서 키만 크는지라
또 한 치를 넓혀주니 대학생이 되었구나
열풍기로 열을 주고 개폐기로 옷을 입힌
폭 7m 길이 100m 높이 2m 길쭉한 투명 공장에
여섯 줄로 열을 지어
한 자 세 치 간격으로 평생직장 마련하니
8일에 성년이라
표터 속에 모았던 발
뛰뛰듯 활짝 펴고
부어주는 물줄기 따라
땅속 깊이 발을 뻗어
일주일에 한번씩 토실한 풋고추로
주인님께 보답하네
6월 30일 승천의 날
그날까지 천장 낮아 더 못 크고
난쟁이 고추 되었어도
후작 위해 사형 집행이니
멀칭 비닐 더운 땅에
시집가는 새색시야
역병일랑 멀리하고
신방같이 살아다오

고추꽃을 따면서

모상에서 핀 꽃과 열매는 따버려야
튼튼하게 자란다

꽃동네에 담겨 나간 정자들
친족 살해의 시대
최고만이 살아남는 벼랑

열아홉 소녀의 열정 같은 하얀 꽃
갓난애기 고추같이 뾰족한 것을
지존파보다 잔인한
내 손톱을 나무란다

꿈

황혼의 들길을 환상 속에 걷고 있다
저 굽이를 돌아가야 되는데
길이 없다 겨우겨우 공동묘지로 들어섰다
낯익은 많은 사람들이
저들끼리만 눈으로 말하며
나를 반기지 않는다
나도 인사말을 할 줄 모르고
가슴만 쿵쿵 뛴다
갑자기 사람들은 간 곳 없고
나는 구릉지에 혼자임을 깨닫고
놀라 달음박질을 친다
옷은 걸레가 되어 너울거리고
뛰는 데는 자신이 있었다
좇아오는 사람도 없고
내 사는 마을에 돌아왔다
마을 사람들은 거지 보듯 외면한다
찢어진 옷을 벗으려 해도
벗겨지지 않는다
사람들은 저들끼리 킥킥 웃고 있다
등에 땀이 나 있었다
알콜 귀신이 나를 잡아갔던 날
茶飯事로 꾸었던 개꿈

하수도 공사장

땅만 깊이 파면
배수 도랑이 되었는데
땅값이 몇 십 배 오르니
땅속에 굵은 뼈를 만든다
힘 좋은 포클레인이
도랑 아닌 강을 만들어
솟는 지하수 퍼내며
돌을 붓고 기초를 다져
기계 같은 사람들이
철근으로 공룡의 뼈를 만들고
레미콘이 달려와 푸른 시멘트죽을 부어
땅 밑에 땅을 만들고
땅 위에 땅을 만들어
몇 백 년 살아갈 도시의 기초를 닦는다
온갖 오물 다 받아 강으로 보낼 새 도시의 어머니가
땅속에 드러눕는다
벗이 된 상수도관, 전화선도 나란히 눕고
너 위에 도로를 만들면
가로등은 휘황찬란할 것이고
차들은 질주하며 뽐내겠지
내 아들의 아들 손자의 손자들에게
내 여기 터를 잡아 땅을 창조했노라 한다

고추 가지를 매면서

이것은 식물이 아니라
인간의 가공품이다

굼벵이도 굴러서 자생하는데
제 팔다리도 감당 못하는
생태계 밖의 생

인간의 두뇌로 교잡시켜
변조된 생태는
핵폭탄만큼 위대한 발명품이다

허리가 휘어지도록
자식을 달고
비바람 알지 못하는 온실에서
천장에 목을 달고
황금알 쑥쑥 내어놓으니
만든 볕에 얼굴 태우며
아픈 허리 잊고 앉아
일의 노예가 되었다

대밭 철거

선조의 지조를 포클레인이 파낸다
추억들이 아우성을 지르고
긴 역사의 뿌리가 뽑히고
플라스틱이 원망스럽다

"통 메우시요" 외치는 소리
참새들 날아드는 황혼
몇 포대씩 참새를 잡아가던 밤
한여름 너 속에 책을 펴고 키운 꿈
온 들판 하얗게 덮던 활죽
내 이름의 대명사 대밭집 아들
죽순이 돋아나던 활기
밋밋한 아름다움 속의 밀어들

아직 시퍼렇게 살아 버티는 몸을
골목마다 끌고가 처마 밑에 보관하고
갈 곳 없이 쌓인 키다리들
검은 연기 하늘로 뿜으며 사라졌다
어둠이 걷힌 뒤뜰에
뒷마을이 가까워지고
수십 년 묻혀 있던 뿌리들이
하얗게 엉켜 절규한다
결단 내리기까지 형님의 고심

주택개량 거센 바람은
개혁과 혁명의 바람으로
여기까지 밀려왔다

밤 12시 북쪽으로 날아가는 기러기

정월대보름 달빛이
가슴 아프게 스며드는 고요 속
"끼이익" 울리는 하늘의 비명소리
화살촉 모양의 군병이 이동하고 있다
그저께가 입춘인데
저렇게 바삐 달아나다니
선두의 비상한 감각
잘 훈련된 자식들
아름다운 달밤의 기나긴 여정
늙은 기러기의 감각훈련
사는 법을 배우는 추종자들

보리밭에 똥을 싸며
떼지어 놀던 큰 새들
흙덩이 던지며 쫓았는데
영남들에 보리 심지 않아 메마르고
동포들은 개발로 흙무더기라
못 본 지 몇 년이 된 듯
옛 지우가 담을 돌아 말없이 사라지는 듯
저 산 너머로 까마득히
어둠 속에 묻히고 있네

창녕문화원 준공식에서

서기 1995년 1월 25일 11시
화왕산 산신령이 하얀 새 모시옷을 입고
책을 들고 내려와
3층 300평의 위엄으로 미소 짓고
일천여 신사들이 문 앞에 앉고 서서
칭찬하고 상 주며 사랑이 흐른다
예술의 전당 사회교육의 요람 10만 군민의 사랑방
예술문화 발전시킬 터를 닦았다

책 대신 돈을 안고 사는 시대에
흘러라 흘러라 온 들판 구석구석까지
가면은 벗기고 때는 씻어
삼천리 금수강산 동방예의지국
찬란한 가야문화 다시 피울 터를 닦았다
제2의 경주로 꽃피웠던 선조님
다이아몬드보다 더 좋은 도덕성
아침이슬보다 더 맑은 예능
꽃피고 오곡이 익어가게 하소서
송죽의 절개를 묵묵히 보이며
회초리 든 스승이 아니다
스스로 깨어나게 가슴에 온기를 주고
노벨상 뿌리를 키워
세계인이 찾아오는 창녕을 만들자

작고 동인을 찾아서

간혹 미소 짓는 얼굴들
웅변을 하듯 시를 낭송하던 모습으로
점잖은 그 모습으로
가슴에 더운물을 붓던 그들
이제야 찾아나설 수 있었다

어릴 때는 해마다 찾았던 영산 함박산
십 년 더 넘어 찾은 듯
가파른 언덕길 포장도 새롭구나
이 근처 하재홍 그가 누웠는데
둘러보고 찾아봐도
장례 때 본 그 무덤 찾을 수 없구나
촌사람같이 웃는 그가
원망하며 따뜻한 봄빛으로 누웠다

드넓은 영산 놀이마당
인간문화재 조성국이 개간한 땅
양지바른 언덕에 선비가 돌이 되어 앉았다가
회오리바람 되어 우리를 맞는구나
백발이 성성한 황우 선생 천 리 길 여기 와서
소주 한 잔 오징어 다리 하나 놓고
영원토록 새기리라 카메라에 몸을 담았다

유어면 광산리 어울 뒷산 중턱
많은 문인 도지사까지 올랐던 산길
유고시집『들판과 소』
상석 아래 아내의 사랑이 숨어 있네
하산길 여류시인 양계향
"할아버지 저 왔습니다" 애기같이 뛰면서
숲속 그의 조부 산소로 뛰어든다
아~ 이 땅 어디가 좋아
성권영 양계향 두 시인과 서예가 양진이를 탄생시켰나
저 건너 광산서당
선조의 학덕이 유산으로 핀 것인가

유어면 광산초등학교 창녕의 페스탈로치
김병식의 공적비에
성권영의 명문장이 살아 있고
양계향은 모교 자랑, 어머니 품인 듯
고운 미소 지으며 배경을 담고
잘 가꾸어진 교정은
잡초밭 속의 꽃밭

풍조리 빈집 뒤 양파밭 모서리
김태훈 부자가 누웠는데
장례식 그날은 개망초가 흐드러졌더니

오늘은 냉이가 곱게들 자랐구나
작품으로만 정든 사무국장 박상선은
맨손으로 묘분에 냉이를 뜯고
인생 허무감이 여기서 더 솟음은
자식 따라 죽음 택한 그의 모정 탓인가
선배도, 여자친구도 풀밭에 무릎 꿇으니
저승이 스승인가

내 어릴 때 불렀던 산토끼 노래
이방초등학교 교정에 두 마리 산토끼 앞발을 들고
일제와 가난에 시든 창자 속
맑고 깨끗한 활기를 주던 모습
온 국민의 노래, 여기가 그 산실
사진으로 본 것보다 비석이 너무 작구나
모교 찾은 이준범 "교장을 만나야지"
일요일 시골 학교 문이 잠겼네
배구장에 뛰는 젊은이들
문호들 본척만척
젊음이 가슴에 사라지는 경로사상

이방초등학교에서 남으로 군도를 따라 약 1킬로미터
노명석 문학비 팻말 앞에 차를 세우고
아침에 청소한 골목 같은 농토 따라 언덕을 돌면

시퍼런 호수가 소나무 사이에 숨어 있고
가파른 언덕 위에 우뚝 선 비석
어느 조각가의 작품인 듯 고매한 운치
현대문학사의 권위가 돌 위에 앉아 있고
반월 사철나무 담장 속 심겨진 잔디
문중의 보살핌이 이 정도는 되어야
비석은 세우기보다 관리가 어렵다

5月

둥둥 칠월이라 했는데
둥둥 오월이다
세벌 논매기 끝낸 큰머슴
좋아리 걷고 둥둥 북 치던 7월은
제초제에 쫓겨 공동산으로 가고
일 년 내 곗돈 모아
붕붕 관광버스 타는 오월은
트랙터에 실려 골짜기까지 찾아왔다

어린이날, 어버이날, 스승의 날, 경로잔치, 효도관광
여기저기 오늘내일 둥둥, 붕붕
엄마의 젖꼭지같이 부드러운 신록은
뜰마다 산마다 새 정이 흐르고
환경 따라 변하는 일정
이웃 찾는 사랑의 달
남지 풋고추 온실 돈 많고
대산들 수박 수확 큰돈 움직이니
감자 농사 밭떼기 판매 시세도 좋은 해
곗돈 많이 넣은 순이 엄마는
연이어 관광버스 타면서
"살림 못 산다" 비명소리
이웃 정도 그만큼 쿵작작 살이 붙는다

땀

태양의 아들
바람의 적
물의 여인
여름의 생리

벌집 같은 피부
햇볕이 속으로 들어가
폭발하여 내쫓는 물
다 흐르고 나면
폭삭 쭈그러질 것인가

가을 겨울 봄 쌓아둔
찌꺼기 다 씻어내고
구멍마다 꿈을 가득 채울
준비를 하는 것일까

국화

어느 굽이 돌다가
길 잃은 나그네냐
남들 상 다 물린 후에
장군 같은 기상으로
화려한 관을 쓰니
싸늘한 땅에 김이 솟는 듯
찬바람도 훈풍으로 밀린다

청춘을 불볕에 태우고
찬서리 이고 이룩한 꽃송이는
한 달여 싱싱하니 인내의 넋이구나

세상만사 보는 느낌
자기 팔자 따라 다르니
59세에 등단하는 내 꼴이
네 꼴에 눈물난다

흐르는 물은 끝까지 가야
바다에 닿고
꽃피우고 죽음으로 가는 너는
꽃피우고 숲 차는 벚꽃보다
의지가 굳은 것 같다

사라지는 논두렁

하얀 달빛이 서리로 더 밝은 새벽
볏단을 지게로 올릴 때
도둑질하듯 고요를 둘러보고
헛발질 조심하며 한 짐 두 짐 두렁 타고 큰길까지
이마에 땀이 솟을 때 태양은 솟고
소달구지 몰고 제방을 넘어오시던 아버님

일본인 청기가 황무지 일구어 쌓은 제방 30리
아버지들의 어깨에 못자국 남기고
600평, 900평 논으로 구획정리된 영남들 넓은 옥토
논머리 농로 없어도 금싸라기 땅 60년 지나
공업화로 나날이 설움을 더해가더니
3,000평 구역 논머리 농로로 재구획정리하는 불도저 소리
50여 년 정이 쌓인 논두렁
천대받아 불타는 짚더미와 함께 사라진다

돌아보고 돌아보며 뒷머리를 긁다가
황금빛 제방에 올라 역사적 순간을 가슴에 새긴다
갑자기 다섯 배로 커져서 내 앞에 나타날 새 땅
내 손으로 빚던 흙이
쇠바퀴의 칼질로 다듬어지기 위해
들판을 도시같이 길을 만든다

부소산성

삼충사 고운 얼굴
성충흥수계백충신
옥중 간언 영생 얼굴
영일루 놀던 사랑
피바람 불어오고
군창지 지나면서 낙엽이 구는 모습
내 구둣발 소리 뚜벅뚜벅 경쾌한데
옷자락 끌며 도망친 길
아우성이 메아리다
산중에 움집 짓고
털북숭이 두더지 인생
선조의 체온이 고여 있고
후세 군수가 세운 반월정 올라보니
부여읍은 백마강 반월에 싸여
따뜻한 봄꽃이고
사비루에 올라 북쪽 하늘 바라보니
백마강 허허벌판 바람이 차가운데
발 아래 낙화암 고란사
관광객의 환호 소리
꼬불꼬불 험난한 길
낙화암 백화정 신선놀이 풍경인데
삼천궁녀 절개가 역사의 꽃으로 피고
송시열의 현판 글씨가 무게를 더하는데

울퉁불퉁 바위 틈에 솔가지만 앙상하니
쫓긴 꽃들이 상처로 맺혔구나
백마강에 노는 유람선은
궁녀들의 옷자락인가
국립 부여박물관 신축 건물
그림같이 아름다운데
8,000여 점 유물들이
관광자원으로 살아 있다

화왕산 불꽃제

저것은 움직이는 꽃이다

성안 오만 평 사백 년간
갈대 칼 갈던 임란의 넋이
몸을 태운다

사라진 동구 밖 보름달집 태우기 전승
풍년을 기원하며 군수가 올리는 산신제
울긋불긋 등산복 거느리고
산상불꽃제를 올린다
"산불조심" 구호 속에 지르는 불
촬영경쟁 헬리콥터들 자맥질 속
카메라들이 불꽃과 술래잡기하고
일만여 등산객 이 봉 저 봉 모여 서서
고독한 탐구의 쾌락을 찾고
전국 최고의 김덕수 사물놀이패
농악소리에 솟는 춤을 억누르고

이제야 화왕산의 이름 뜻을 깨우쳐
산신을 통해 천황의 눈을 뜨게 하는가
하늘 높이 이어진 줄연은 제자리를 찾았다
하얀 달이 모습을 드러낸다
합장하고 절하는 민초들

이곳 저곳 불씨 번쩍이고
삽시에 하늘 높이 연기 기둥 세우니
기원의 줄기찬 염원이 하늘에 닿았는가

선거

사람이 사람을 고른다 다 잘났다
처음에는 잔잔히 해변을 때리다가
종반에는 해일이 일어난다
이웃끼리 숙떡숙떡
안면들을 바꾸고 어른이 된 쾌감
이리저리 친구 눈치 살피고
속과 겉 달리 연극을 한다
민주주의는 자기 피알이다
민주주의는 비판하는 것이다
도덕이 땅에 떨어지고
새것이다 새것, 중진이다 중진
술수와 책략이 날개를 달았다
정당이 사람을 키우고
입김 센 사람 골라 고장발전 생각하는 애향심
문중단결 일가존귀 깨우치고
이 얼굴 저 얼굴 아는 안면
공연히 오해살라 발걸음 조심조심
선거의 시대 권력자를 뽑는 것이 아니라
일 잘하는 머슴을 고른다
주인 창고 넘보지 않을 일꾼
다 보내놓으면 그 짓들이니
차라리 안 보내면 사람 구하는 것을

화왕산 진달래

하얀 싸리꽃이
작은 집단의 아름다움을 숨기고
바지게의 엄마로 서 있는데
등산은 모험
넓은 길 두고 좁은 길 택해 오른다
바위바위 능선이 저긴데
붉은 피가 띄엄띄엄 피었다
총을 메고 쓰러진 넋들

산이 붉은 목수건을 두르고
처녀가 머플러를 날리며 미소 짓는다
진달래 아가씨 신랑 맞는 모습
그런데 산성은
봉홧불 피우던 그 사람들
그 불꽃으로 변했다
핵무기보다 무서운 이념
활활 불꽃으로 타오르는
역사의 굽이굽이

화왕산 시와 숲

서구의 밋밋한 숲은 계곡에 두고
빤질하게 잘난 산길 비켜나와
낙엽이 발바닥을 원망하며
차려진 의자들이 길게 누워 외로운데
독자를 기다리는 시들이
의자들 앞에서 빛나고 있다

윤동주는 좌선하여 앉아 있고
소월은 화왕산 진달래를 노래하는데
청재는 넓은 가슴을 펴고
남용술은 보릿고개 베잠방이 소리
비석에 새긴 글이 아니라
알루미늄 판화
독자는 위에 있고
시인은 낮게 있다
손님 청하는 상술
시인은 한갖쟁이…
십여 시인들이
숲에 모여 앉아 묵상하는데
시편에 산새 발자국
영혼들을 화나게 한다

진흥왕 척경비

모세의 하느님이 돌에 십계명을 새기듯
진흥왕이 일시와 신하의 이름을 육백여 자 새겨
사자가 자기의 영지를 확인하듯 돌을 세웠다

화왕산성 목마산성 쌓은
비화가야 백성들
비석 앞에 엎드려 울고
동족 통일의 웃음이 보인다

천사백여 년 비바람 맞아
글자들은 살을 잃고
역사 찾는 후손들 겨우 반 판독하는데
역사는 승자의 것
왕권이 지금도 관을 쓰고 있다

너 여기 있어
창녕 땅이 높아지고
사람은 자존심을 세운다

장마 지석묘

마구할머니가 아들이 없어
칠성당을 만들려고
일곱 개 돌을 무덤 위에 놓았지

칡넝쿨로 바를 삼고
수천 명이 동원되었을
그날의 지혜
소왕국의 군주가
지금도 그 위세를 보인다

저 들판 퇴적토가 옛날에는 갯벌
조개 줍는 선조들 모습
문자 없어도 그 흔적 수천 년 남았으니
천 년 장수 수목들도
하루살이구나

망우정

전공은 시기심에 날아가고
세상사 외면하고 근심을 쫓고자
스스로 망우정이라 불렀으리

급제하여 파직 당코
백의종군 귀양살이
백이 숙제 부러워 벽곡이라
고향을 옆에 두고
낙동강가 우강리에 나앉아
막아서면 돌아가는
물의 비법을 익혔군요
사후에는 이름마저 잊으라며
망우정을 이자취께 주어
여현정與賢亭이라 고쳤더라

관룡사 약사여래 좌상

대웅전 다 태운 불꽃 비켜가고
옛 모습 의젓하다
중생 질병 담당 부처님
병든 자식 생각하며
108배는 다 못하고
굳은 허리 꺾이었다
하얀 부처님 붉은 미소
사랑이 방 안에 가득한데
천 년 묵향이 피어난다

섬돌 밑 삼층석탑
모습은 초라한데
신라 때냐 가야 때냐
인명은 풀잎 같고
모든 것 저만 알고 있다는 듯
검은 피부 웃고 있네

소망을 풀어줄 큰 힘은
약사여래 신력인데
그 지혜 조금만 나눴으면

로스앤젤레스에서 몬트리올까지

1. 이륙

광활한 김포공항 7월의 장마 속
4백여 좌석을 꽉 메운 큰 쇠뭉치 새가
지구를 박차며 포효하다 불끈 솟아오른다
녹음 짙은 들판의 청춘은 안개 속에 묻어놓고
구름을 뚫고 올라서니
눈부신 태양이 별천지를 만들고
흰 비단 폭이 끓어오르며 춤추는 구름
고도 10,100미터 시속 1,000킬로미터
살이 얼어터질 -47℃ 외기
변화무쌍한 우주 공간의 아름다움에 넋을 잃고
해를 따라 달려가니 지지 못하는 해
12시간 장거리에 밤을 쫓아버렸다
대자연의 섭리를 정복한 이 시간
하늘의 봇도랑 데드라인을 넘고
푸른 바다를 잠시 잠시 보면서
구름을 친구 삼아
지구를 축지법으로 태평양을 넘었다

2. 로스앤젤레스

눈 덮인 세라 네바다 산맥이
푸른 치마를 두르고
세계 초강국의 위용을 들낸다

기창으로 본 선망의 땅은
바둑판 같은 들판에 칸마다 반은 푸르고 반은 붉다
붉은 땅은 땅을 쉬게 하는 땅
일 년에 이모작 한국과 다른 세상
멕시코인이 먼저 정착 세계인이 모여들어
500킬로미터 장거리 후버댐에서 물을 끌어와
황막한 모하비 사막에 건설한
서울보다 6배나 넓은 도시
오늘도 멕시코인 그 골목엔 옛 집 그 가죽시장이다
아파트 많은 것이 한국의 도시인데
정비된 도로 단층 가옥 숲의 도시 한국의 시골 같다
기린 목같이 솟은 야자수들은 그 집의 정원을 뽐내고
부자들이 산다는 베벌리 힐스 동네도 담장은 없다
교포의 호텔에 여장을 푸니
TV 연속극이 고국의 그 화면이라
문밖에 집에 두고온 아내가 있을 것 같다
세계인의 머릿속에 그려진 서부극 할리우드
그 실물 야산은 영상보다 초라하고
배우들의 손발자국을 극장 뜰에 새겨놓아
그날의 그 인물들 동경심에 모여들고
오늘도 300미터나 늘어서서 입장을 기다리는
할리우드 극장 명성
한국 중국 일본 타운들이 정겹고

자기 갱단을 과시한다는 벽의 낙서들은
옥에 티로 널려 있다
지진 많다는 이 도시에도 관공서 호텔들은
70층 높이로 솟아 있어 다른 부를 보이고
세계의 음악인이 공연을 희망하는
도로시 챈들러 파빌리언Dorothy Chandler Pavlion
음악당 후원에는
춤추는 분수대가 무희보다 아름답고
잔디밭에 뒹구는 자유
유원지 굽이 돌아 뒷산에 오르니
달에 인간을 가게 만든 본고장
우람한 우주박물관이 시가지 전망대로 솟아 있는데
웬 젊은 코쟁이들이 이리 붐빌까
미국인의 장래가 저들 속에 잠재한다
외국 관광객이 보든 말든
패션모델같이 정복 입은 경찰관이
히피족을 수갑 채워 주저앉히고 10분여 꾸짖는데
고양이 앞에 쥐더니 풀어주니
힐끔힐끔 뒤돌아보며 사라지더라
법이 살아 있는 도시 거리의 재판소
검은 담요 자락 어깨에 걸고
흩어진 머리 남루한 옷
그래도 거리를 활보하는 거지

못 사는 내 땅에 사라진 걸인을
세계 제일의 부자 땅에서 본다
그들 뒤에 무서운 서기가 따르는데
저것이 자유의 상징이란다
1992년 흑인들이 한국인 가게에 총 쏘며 방화한 폭동
자기들 땅에 와서 번 돈 내놓으라는
갱들의 검은 세금
이민 생활은 이렇게 어렵다
고국의 국회 몸싸움을 한탄하며
미국에 작은 한국 땅을 만든 이 사람들
1995년 김영삼 대통령이 먹은 설렁탕집
그날 신문 식당 벽에 걸어놓고
광고효과 노리는 상술
LA의 공원은 마약 중독자와 거지 떼의 천국
밤 사이 무슨 일이 있었는지 흩어진 쓰레기
이 아침까지 노닥거리는 걸레들의 집
관광버스들이 300여 명의 걸인을 관광 재료로 만든다
작은 한국 사촌댁 같은 로스앤젤레스
동족의 체온이 가슴 뜨겁게 일어나는데
광활한 모하비 사막으로 길을 나선다

3. 모하비 사막

발목이 빠지고 모래바람이 회오리치는

그런 사막이 아니다
수억 년 전 바다 밑이던 것이
융기되어 그대로 있는 잿빛 들판이다
지평선 멀리 야산도 벌거벗은 잿빛
키 30여 센티미터의 들죽들이 1~2미터 거리로
가꾸어놓은 듯 연병장을 만들고
간혹 키 1미터 크기의 선인장이 초병으로 서 있는
광활한 꽃밭이다
서부 영화의 건맨들이 저쪽에서
말을 달려올 것 같다
로스앤젤레스에서 오전 내내 달려
12시 바스토 뷔페 식당에 내려서니
처마 밑에는 인공으로 안개 이슬을 뿌리고
40℃가 넘는 이 열기 속
차와 집은 에어컨이 생명의 원천이다
가도 가도 일직선 2차선도로
차들도 띄엄띄엄 외로운 여행객
방울뱀을 왕으로 200여 종의 동물이
그들의 천국으로 사는 곳
그들을 경계하는 도로변 철조망이
사막을 무섭게 한다
이스라엘의 축복받은 광야와 닮아
도로포장을 연붉은색으로 장식한 순례자들

이 땅의 옛 주인 인디언의 집들은
문명을 원망하며 아직도 엎드려 있고
뉴욕에서 샌프란시스코까지 7일
주야 달린다는 기차는
홍수 난 강에 긴 뱀이 꼬리치듯 사막을 횡단한다
시커멓게 무연탄을 땅 위까지 눕혀놓고
수입하여 쓰는 미국의 미래
금은보석이 저 사막에 묻혀
햇빛 보여줄 날을 기다린다
사철 눈 덮인 세라 네바다 산맥의 눈이 녹아
흐르는 콜로라도 강
사막의 중심을 뚫고 혈관되어 흐른다
침실 식당 화장실 통신행정 주거 신청까지 된 주택차를
노후 늙은이들이 타고 가다가
며칠 묵고 또 가는 철새
어디로 이동하는지 외로운 차는 여기저기 보인다
연 강우량 80미리미터 비가 적어
이 넓은 땅덩이를 죽여놓았다

4. 라플린

모하비 사막의 오아시스
콜로라도 강변에 호텔들로 만들어진 도시
강상에 제비 떼같이 선회하는 보트들

황혼이 짙어오는데 10불 주고 유람선에 오르니
2킬로미터의 강상을 떠도는데
호텔들의 불빛은 너무나 아름답고
강상에 보트의 묘수에 내 눈은 휘둘리고
물은 맑은데 선상의 바람은 열기로 숨을 막는다
서울 유람선상의 시원한 그 바람이 아니다
사막은 바람 없는 곳이 더 시원하다
아이들 전자오락기 같은 빠칭코
호텔의 휴게소까지 혼자 앉아 즐기는 도박장
동전을 교환하여 노는 아이들 놀이를
어른들이 즐긴다
둘러서서 노는 카드놀이는 큰 노름판
넓은 호텔 놀이판은 끝이 까마득하다
노름판을 기업으로 만든 색다른 사업
우리는 국법으로 금지하는 노름을
자유니 상관없다는 나라
자기 나라에서 피땀으로 모은 재산
이 부국에 와서 순간의 요행심으로 다 날린다면
미국은 비정한 정책의 나라가 아닐까

5. 그랜드 캐니언

캘리포니아 주와 애리조나 주의 경계
콜로라도 강 다리를 건너 애리조나 주를 달린다

사막도 새벽은 시원했는데
한 시간여 달리다 휴게소에 내리니
어제의 그 열기 그대로다
킹멘을 지나니 사막의 숲은 키가 조금씩 높아진다
그랜드 캐니언의 숲은 사람의 키 두 길 높이다
강수량 따라 크는 나무들이다
지겹도록 달려도 그 벌판인데
여기 무슨 계곡이 있을까 싶었는데
숲을 뚫고 걸어서 나서니
아~ 천 길 낭떠러지 깊은 계곡
평지가 찢어진 모습
지구의 음부 속은 붉게 열이 나고 있었다
주변의 숲은 지구의 음모였다
그 두둑과 두둑의 거리가 6킬로미터에서 24킬로미터
길이는 446킬로미터 서울과 부산 거리
계곡의 길이가 2킬로미터
음벽의 형형색색 천만 가지 형상은
새콤하고 아찔아찔하여
몽롱한 삼매경에 빠진다
까마득히 내려다보이는 냇물이
600여 년 한 기층씩 깎아내린 2킬로미터
음모 속의 이 같은 인디언은
계곡 깊숙이 말을 끌고 벽을 타며

오는 사람 안내한다
파리 같은 인간의 날틀이 날며 구경해도
한 시간 거리
황막한 사막을 황금 땅으로 만든 이 계곡
라스베이거스와 라틀린 두 환락 도시를 만든 모체
그랜드 캐니언 언덕 위에
독수리형 야산이 있는데
이곳이 인디언들의 성지
일 년에 한번씩 20만여 인디언이 전국에서 몰려와
그들의 독특한 의식으로 심령의 평안을 얻는 곳
우리의 조상 몽골리안계 인디언
먼 이국에서 선조를 만난 것 같다

6. 후버댐

사막을 뚫고 흐르는 물은 더 맑다
50℃의 기온을 시원하게 하고
갈증 나는 폐허에 호수를 만들어
죽은 땅을 살려놓았다
1931년 착공하여 1936년 완공했다니
우리가 일제에 굶주릴 때
221미터 높은 벽을 쌓은 기술
중국인까지 와서 일했다는 현장
무서운 햇빛과 위험한 공사는

64명의 생명을 현장에서 뺏고
콜로라도 장강을 막은 그 역사의 위령탑이
댐 위에서 묵상한다
애리조나와 네바다 두 주의 경계 요충지
500킬로미터 밖 로스앤젤레스 대도시의 젖줄
수많은 인부들의 노름판이
세계적 도박장으로 만든 라스베이거스의 산실
천혜의 좁은 계곡
깊이는 까마득하고 산과 산은 너무 가까워
정말 221미터나 될까 의심스럽다
에어컨 차에서 내려 언덕에 서니
더운 열기가 맑은 물의 경치도 외면케 하는데
어떻게 이 더위를 이기고 일을 해냈을까

7. 라스베이거스

빠칭코의 도시 호텔의 도시 예술의 도시
쇼와 마피아 갱의 도시
낮은 죽어 있고 밤에 활동하는 도시
사막의 열기를 인간 가슴의 열기로 녹이는 도시
70층 90층 3,000 5,000객실의 호텔
중국의 고대 건축 로마의 건축
밋밋한 우주시대의 건축
눈을 제자리 두지 못하게 하는 불빛

호텔마다 외부에 손님을 모으는 놀라운 광고물
화산이 터지고 개울물이 불꽃 속으로 흐르고
사자와 호랑이 동물들이 곡예를 부리고
무료 쇼장에는 유명 가수가 노래하고
값싼 술을 마실 수 있는 카페
가수와 같이 노래할 수 있는 곳
거리 구경이 극장 못지않은데
최고의 쇼장에 80불(64,000원)을 주고 들어서니
뚱보들의 나라에 날씬한 미녀들
화려한 분장예술
가슴 서늘하게 바뀌는 무대
물찬 제비같이 돌아가는 춤
무대예술의 극치는 비싼 입장료를 잊게 한다
한국의 유명 가수가 사업을 하다
결국 다 털고 귀국했다는 곳
키워서 잡아먹는 검은 조직의 왕국
등에 가시가 솟는데
모두가 친절하고 아름답고 멋있다
초등학생들이 선생님을 따라다니듯
가이드의 뒤를 따라 몰려다니는 각국의 여행단체
거리를 벗어나 집 안으로 들면
시장바닥같이 머리들만 보이는 사람들
모두가 일확천금을 노리는 쾌락주의자들

평생 모은 재산 도전심에 다 쏟고
가정 파괴에 빠졌다는 소문들
빠칭코장 카드장 여기저기서
백 배로 쏟아지는 동전에 환호하는 소리
저 미끼에 걸려 빠져나오지 못하는
마약 중독 같은 묘미가
사막에 이 도시를 만들었다

8. 캘리포니아 목장과 농장

들죽과 선인장이 띄엄띄엄 서 있는 사막을
삼 일 동안 봐도 지겹지 않다
바스토를 지나 농장지대로 가는데
비닐을 펴서 만든 태양열발전소가 바다 같고
지상에 검은 말뚝만 보이는 지하 군사기지
우주왕복선이 처음 발사된 에드워드 공군기지
두 시간여 달릴 동안 언덕마다 십자가를 돌리는 풍차
사막에 인간의 손발이 뻗친 흔적들이다
우리의 들판은 100미터 길이의 구역인데
500미터 이상 길이의 구획정리된 밭에
푸른 옥수수가 정렬되어 있고
푸른 바다 위에 흰 물줄기를 뿌리는 스프링클러가
사열장의 소대장같이 일직선으로 서서 뿌리는데
산은 신기루같이 까마득히 멀리 있고

푸른 들 사이사이 휴식 취하는 땅이
부자의 털옷으로 나를 덮어오고
건포도밭이 이어지는데
외골로 사람 키보다 낮게 가꾼 터널밭이다
키 큰 아몬드 트리가 한국의 사과밭 같고
오렌지 쌀 농장은 보지 못하고
마초밭은 무진장이다
이 넓은 농장 가까이 다 가보지 못함이 아쉽다
농사는 박사가 짓고 공장 노동자보다
기계영농의 인부 수입이 더 좋다
인부도 많다 30여 명이 기계 따라 모여 서서 작업하니
농사는 역시 손질이다
시멘트 콘크리트로 만들어진 용수로에
맑은 물이 가득 흐른다
500킬로미터 밖 후버댐에서 끌어온 물을
과수밭에서 논물 대듯 쓰는 물
자연을 이긴 인간의 능력이 푸르고 싱싱하다
트럭에 과일을 포장도 않고 실어서
냉동창고로 수없이 달려가고
창고에선 모래를 덤프트럭이 붓듯 쏟고 오겠지
농로변에는 유도화꽃이 아름다운데
독향기를 뿜어 들판의 곤충을 잡는 노동자란다
광활한 농장지대에는 높은 호텔도 없다

노변에 작은 농가 같은 푸레스노의 여관에
여장을 푸니
단층 건물에 옥외 수영장까지 있고
스프링클러는 정원에 물을 뿌리고
호텔과 같은 실내 침실 구조다
땅은 평으로 계산 않고 에이크로 계산하고
이곳도 지역마다 땅값이 다르다며
한국과는 비교 못하게 싼 땅이라고 설명하는
교포 안주인
푸레스노에서 요세미티 샌프란시스코까지
노란 금잔디밭과 산이 이어지는 목장지대다
소는 간혹 한두 마리 보일 뿐
이 넓은 초지가 왜 말라 있는가
한여름 한발에 우리 겨울같이 말랐다가
가을부터 푸르게 생기를 찾는 목장
산 아래 둘러친 말목 안으로 한 바퀴 트랙터로 갈아서
풀을 못 나게 하여 울타리를 만들고
떼지어 다니는 목장이 아니라 작은 산 하나에
한두 마리가 포식하는 목장
간혹 수풀 속 인가 하나 목장 주인집
화폭 같은 풍경 속에 내가 빠져 춤추고 있다

9. 요세미티 국립공원

경상남북도만 한 면적에 숲과 폭포와
열 아름드리 거목지대
사막의 더위를 이별하고 시원한 봄기운이다
요세미티는 흑곰이라는 뜻이니 흑곰이 많은 곳
삼천 년 된 나무가 띄엄띄엄 까마득히 서 있다
하늘 높이 100미터가 넘는 키, 과연 축복받은 땅이다
거목지대를 빠져나오니 이곳도 산불이 난 흔적이 보인다
선진국도 산불은 못 막는가
2,307미터의 높은 암벽은 장군바위라 부르고
장애인이 등반을 성공했는가 하면
서울의 치과의사 한 분이 오르다 사망하기까지 한
저 푸른 암벽
그 맞은편 산 위에서는 하늘에서 신부가
흰 드레스를 입고 날아내리는 듯
면사포폭포가 나무 사이로 보이고
가다보면 여기저기 흰 줄기 폭포들이
작게 길게 보인다
하늘에서 별똥이 떨어지듯 흰 줄기가 뻗어내린
739미터의 요세미티 대폭포는 3단계로 꺾이어 내리는데
그 밑에 퍼지는 안개에 옷을 적시며 카메라에 담는다
세라네바다 산이 얼마나 높기에
그 눈 녹은 물이 저 꼭지에서 쏟아지는가

폭포들은 떨어져 계곡을 이루고 월세드 강을 만들었다
미국의 젊은이들 요트 놀이 즐기는 곳
야생 사슴이 도로에 나와 거니는데
차는 이놈 지날 때까지 기다리고
이 넓은 공원에 놀이터와 상가가 없다
입구 매표소와 트럭을 몰고 다니며 야생동물을
관리하는 사람 외에는 모두가 구경꾼이다

10. 샌프란시스코

"비 내리는 금문교를 홀로 걷는 이 발길"
주현미의 애절한 노랫소리가 들린다
고국을 떠나 이국의 바닷가에서
오버 깃을 세우고 걷는 외로운 유학생
한국의 내 선배들이 일찍이 견문을 넓혔던 이 도시가
가슴 따뜻하게 안겨온다
다릿발 없이 하늘 높이 떠 있는
남해대교의 형 같은 금문교
우리의 건축기사는 여기서 기술을 익혔다
바다를 가로지르는 18킬로미터의 산메티오 다리는
금문교에 이어지면서 안개 속에 묻혀
극락행로로 사람을 인도한다
호젓한 이 바다 위 외로운 사람 자살을 재촉한 곳
서울에서 사라진 전차가 다니고

집들은 이어져 손잡고 지진을 예비하는데
가파른 언덕길 많은 언덕의 도시
이곳도 로스앤젤레스같이 거지가 활보한다
히피족의 산실 여러 잡종이 사는 도시
한국 일본 중국 타운이 정겹다
아~ 샌프란시스코 몇 백만 리 떨어져
언어도 얼굴색도 다르나
땅은 같은 색이다

11. 하늘에서 본 미국

바둑판이다 땅을 재단사가 재단을 해놓았다
도로는 물을 건너고 산을 뚫으면서 세차게 뻗었다
가로 세로 몇 번 도로 번호만 알면 맞닿은 지점을 찾을 수 있다
계획된 도시 같은 땅 무식한 인디언을 내쫓고
코쟁이들이 코를 세운 땅
역사 짧은 개발지
산은 저 멀리 모여 있고
푸른 평야 바둑판 칸마다 지키는 집
미국 땅은 한동네다
몽골리안계 인디언 우리의 조상은
저 수풀 속 어디서 울고 있는가
저 바다 같은 옥토 평야를 개발 못한 벌로
땅이 노하여 쫓겨났는가

하늘도 맑다 꽃송이 같은 구름이 여기저기서 춤추고
그 사이로 내려다보이는 지상의 장관은
수심 속을 보는 것 같다
샌프란시스코에서 캐나다 토론토에 이르기까지
5시간을 날면서 내려다본 땅은
복된 땅 풍요로운 땅
푸르고 푸른 젊음이 용솟음치는 땅이다
인체의 핏줄 같은 강줄기는 허옇게 누워
푸른 들판에 동력이 되어 굽이치고
미국과 캐나다는 국경이 없는 듯 닮은 땅이다

12. 토론토

단풍나무 잎을 붙인 캐나다 비행기와
여기저기 나부끼는 빨간 단풍잎 깃발들
국기가 이 나라를 멋쟁이로 만든다
교육도시에서 새로 산업도시로 번창하는 도시
건물들은 윤기 나고 거리는 깨끗하다
공항의 세계지도는 우리의 것과 달리
자기 나라를 중심으로 그려놓았다
세계 최고의 면적을 자랑하며
푸른 지붕의 성당이 우뚝우뚝 서 있어
천주교의 나라임을 과시하고
복지법이 잘되어 의료비는 국비

이삼 층 주택에 집값은 싸고
역사 깊은 토론토 대학은 건축미를 자랑하고
세계의 석학들이 모여든다는 곳
어학연수는 미국보다 정통 영어에 환율이 낮아
한국의 유학생이 많은 대학이다
여기도 로스앤젤레스와 샌프란시스코같이
우리의 현대, 대우 등 한글 간판들이 자랑스러운데
180여 개의 우리 기업이 진출해 있다
지금도 영국 영사를 정치에 참여시키며
영·불 두 언어를 국어로 쓰는 나라
태양열 주택에 자전거도로
세계 최고 563미터의 타운
세계 최고 철강공장들이 많은 도시
몬트리올 인구의 반 정도 되는 이 도시는
1941년 나이아가라 폭포를 발견한 후 사실상
수도로 발전하고 있다

13. 나이아가라 폭포

토론토에서 버스로 1시간 거리
나이아가라 강이 작은 삼각지를 이루어
다시 합류되는 지점 삼각지 한쪽은 미국
한쪽은 캐나다
폭포가 묘하게 국경을 만들어주었다

합류된 강을 건너는 무지개 다리 중앙에
별들의 성조기와 붉은 단풍잎기가 나란히 꽂혀 있다
국경선이 형제같이 다정하다
수많은 트럭이 간단한 수속을 밟기 위해 서 있는데
한국의 철조망이 내 머릿속에 눈물로 그려진다
미국 측 폭포에 노란 색의 우의를 입은 사람들
캐나다 측은 기념으로 가져가도 좋다는
하늘색 비닐 우의
폭포 밑 안개 속까지 휘도는 유람선
세계에서 제일 아름다운 폭포라고
수필가 정목일이 극찬한 이 폭포가 보고 싶어
거액의 여비를 불쑥 내밀었던 곳
유람선에 올라 어떻게 눌렀는지 기억도 없이
카메라 필름 한 통을 다 찍었다
1킬로미터가 넘을 강 넓이에 돌바닥을 뛰어넘는
상류의 강물은 은어가 뛰듯 번쩍인다
맑은 물이 함께 모여 뛰어내리는 모습은
흰 날개 펄럭이며 춤추는 미녀같이 아름답다
난간에 서서 신비의 세계를 보고 있으니
붕붕 떠서 무지개를 타고 시속 몇 킬로미터로
내가 날아가고 있는지 어지럽게 비단 폭에 싸여
내려가고 내려간다
자연은 가꾸어야 그 값이 더한다

주변에 잔디밭 화원 아름다운 건축물들이
폭포와 조화를 이루어 신혼부부들이
인간꽃으로 가세하니
세계의 명소는 그 값을 더한다
연간 1,500만 명의 관광객이 뿌리고 가는 돈은
원가 없는 순수입
미국 측 폭포는 직선으로 길이 260미터 깊이 22미터
캐나다 측 폭포는 말발굽처럼 생겼다 하여
말발굽폭포라 부르는데 길이 670미터 깊이 52미터
미국 측 폭포보다 캐나다 측 폭포가
길이 깊이 모두 배가 넘는다
강상에서 미국 측 폭포 밑까지 갔다가
캐나다 측 폭포를 휘돌아 나오는데
안개는 캐나다 측 폭포가 더 짙다 한다
바람이 스치면서 선상까지 폭포의 가루가
빗줄기로 날아든다
대자연의 웅장한 아름다움이 오히려
무서움으로 변한다
온갖 국적의 사람들이 일이 층 선상에
빽빽이 들어서서
한목소리로 경악한다
총 학생 45명의 나이아가라 원예전문대학이
정교하게 가꾸어놓은 몇 십만 평이 될 듯한 화원에는

초등학교 교실같이 꽃시계도 돌아가고
빨강색 노랑색 가지색 화단을
도시 가꾸듯 가꾸었는가 하면
아름다운 정원수들은 공원의 정취를
마음껏 누리게끔 여러 가지 모형으로 만들었다
겨울이 6개월인 자연의 악조건을 극복하고
피워놓은 꽃은 이 땅의 사람들을
더 부지런한 사람으로 만들었다

14. 몬트리올

1976년 올림픽의 도시
1988년 서울올림픽보다 12년 앞선 도시
천장을 개폐식으로 만든 주 경기장은
지금도 우리 기술로는 만들지 못한다는 건축물
지금은 청춘을 보내고 늙어 보인다
양정모가 레슬링에서 금메달을 목에 걸고
작은 한국을 세계에 소개했던 도시 몬트리올
궁궐같이 웅장한 성 요셉 성당은
파리의 노틀담 성당보다 조금 작다 하나
종교의 힘이 하늘 아래 제일임을 과시한다
무식하나 독실한 신자가 신의 계시를 받아
병을 고쳐 재산이 많아짐에
그 돈으로 세운 성당

그분의 건강을 위해 바쳐진 온갖 형태로 장식된
지팡이 수만 개가 입구를 장식한다
작년 서울에서 개최된 라이온스클럽 세계대회가
올해는 몬트리올에서 개최되어
내 공식 임무 수행지가 되었다
181개국 43,316클럽, 1,417,948명의 회원을 가진
세계 최고의 봉사단체
부자라 자칭하는 사람들이 각각 자기 나라 국기를 앞세우고
언어는 통하지 못해도 눈으로
인사하는 같은 회원들
평생 국가를 위해 한 일이 없는 내가
오늘은 태극기를 들고 외국인들 앞에 섰다
미국이 얼마나 부자인가를 인정하듯
수많은 미국인들이 대회를 주관하고
동방의 섬나라 일본이 세계적인
경제대국으로 성장했음을 인정하듯
기내방송은 영어 다음으로 일어로 방송한다
외국에 나가서야 국가의 중요성을 피부로 느끼고
부자들의 행복한 여행 생활을 보면서
부자를 무시하고 명예와 권위만을 존중하는 내 인식에
부자가 권력자보다 더 인품이 높음을 실감한다
젊을 때 천재적 두뇌와 피나는 노력으로 모은 재산을
많은 사람에게 도움주며 사는 부자들…

사막에 스프링클러로 물을 주어 농사짓는 그 열성
내 땅에는 내 노력만 더하면
모든 농사는 성공할 수 있다는
자신감을 가지고 귀국한다

후기

'성공 목적 일정 불변'이라는 말을 내 생활의 신조로 삼고, 좋은 시 한 편을 남겨 존경받는 시인으로 남는 것을 희망으로 살았으니 그동안 써놓은 글들이 비록 부족한 듯해도 버리기에는 아깝고 내 살아온 발자취를 돌아보기 위하여 또 한 권의 시집을 꾸려본다.

1989년 첫 시집 『청우』를 내고 이후 1996년까지 7년 동안 주로 『창녕문학』과 『창녕문화』지에 많이 싣고, 그밖에 『경남문학』, 『문학세계』, 『월간문학』에 몇 편씩 발표했던 것을 모았다.

내 시는 너무 쉽게 썼다고 나무라는 사람이 많다. 그러나 난해한 시를 읽으면서 내가 겪은 고통을 독자들에게는 주고 싶지 않았고, '한글을 읽을 수 있는 사람이면 누구나 공감할 수 있는 글을 써라'라고 故 황선하 선생님이 하시던 말씀을 항상 생각하여 글을 느슨하게 써서 긴장감이 적을 것이다.

사실 나는 독자가 두 번 세 번 읽어야 그 내용을 알 수 있는 시를 쓸 수 있는 능력이 없다고 고백하면서, 부끄러운 시를 세상에 내어 놓는다.

제3장
시집 이후

그 사람

어둠은 높은 곳에서 내리는 것이 아니라
땅에서 차오르는 것이다

목을 채우는
안개를 안고 그는
툇마루에 앉아
버드나무에 감기는 어둠을 보고 있었다
별을 보며
그는 피리를 불고 있었다

뜰에도 유월의 비가 내리고 있었다
석류나무 잎에 앉는 빗소리를 들으며
그는 피리를 불고 있었다

담 너머로 뻗는 담쟁이넝쿨이
햇볕 속에 반짝인다

그는 어둠에 빠져
피리를 불고 있었다

촉석루에서

물그림자에
어리는
논개의 옷자락

어딘가
숨어서 우리를 보고 서 있을
논개여 논개여!
강 건너
서걱이던 그날의 대숲은 어디로 가고
모랫바람만 이는가
그대 한 자락의 바람인 듯
우리 또한 한 줌의 흙인 삶을 이끌고
그대 앞에 섰네
일렁이는 물굽이 따라 몸을 실으면
남빛 치마 펄럭이며
춤을 추고 있을 그대를 만나게 되네
만나게 되네

지구가 흔들린다

비가 계속 나린다
맑은 하늘이 그리워도
비를 막아줄 힘은
세상 어느 곳에도 없다
기적은 일어나지 않고
간혹 밝은 빛이 바람결에 보여도
찾아보면 빛은 사라지고
더 두꺼운 구름만 밀려온다
무엇이 저 튼튼한 지구를
갑자기 흔들어놓는가
뇌성벽력이 떨어지고
지구는 비틀어지며
강진이 일어난다
지진이 가신 후의 그 평온함
자신도 알지 못하는 잠시의 파경
지구 속 화염은 끝내 분출되지 못하고
다시 잠든다
편작이 어디 있기에
27년 성상을 찾아도 보이지 않는가
청춘의 열화는 더 뜨거워지는데
저 불을 어느 꽃이 녹여 줄고
새야 새야 파랑새야
어디 가면 꽃이 있나

천정배필 거짓말인가
서로 북돋우고 물 주면서
텃밭을 이루어야 할 터인데

열풍기

일 년에 두세 번 볼 수 있는 눈이
땅에 내려앉으면서 녹는데
온실 안 고랑엔 하얀 고추꽃이
녹지 않고 깔려 있다
고춧잎 밑에 보리밥 알만 한 새끼들을
수없이 불러놓고 죽어가는 어미들

태양이 비닐 안 가득히 열을 싣고 오면
밤새도록 기름 태워 속 탄
열풍기가 잠을 자는데
오늘은 눈꽃이 창칼로 침입하니
잠 못 이루는 열풍기는 계속 우렁우렁 울고 있다
고추나무는 사랑받는 아들 딸

떨어진 꽃 한 송이가 삼백 원짜린데
아웅다웅 바글바글하는 도시의 공주님들
겉치레뿐인 꽃들의 외면이다
농부여 너부터 자궁 속 딸의 탯줄을 잘라라
아니다
너부터 딸을 광야의 정원사가 되게 하여라

강풍

예고 없이 달려와
미친년처럼 흔든다
고운 이름을 달고
며칠 전부터 으름장을 놓던 것들도
슬쩍 지나가는데
이름 달아주지 않아 삐친 가시나인가
온실 비닐을 찢어놓고
가슴을 조이게 밀어붙인다
산을 돌면서 떼를 지어 몰려오다가
긴 호흡을 하는지 귀를 의심하게 조용하다
보이지 않는 저놈의 형상은
화살같이 직진하는가
팽이처럼 휘도는가
하늘의 진노는 탐스런 열매를
시신의 밭으로 만들었다
바람아 너는 자식도 없이 수억 년 살고
일하지 않고 지구의 구석구석
여행만 즐기는 무법자
바람아 바람아
시원한 봄바람만 불어라

救仁寺

석가는 사람이다
부처는 사람이 아니니
인간은 인간을 믿지 않고
사람의 형상을 통한 권능자를 믿는다

사오 층 화려한 건축물은
먹고 마시는 호텔이 아니고
금연의 지시표가 명명하듯
영혼재생의 신성한 곳

상월원각대조사
그는 석가같이 깨우쳐도
석가의 그늘에 있어
부처상같이 모서 있어도 무명이구나
다만 천태종단이 그의 이름

충청북도 소백산 중
인간 영의 재생공장은
물건 생산 공장보다
돈을 더 많이 버는 공장인가보다

설악산장에서

흰머리 많아지고
주름살은 내 얼굴 바꾸어놓더니
어느 사이 회갑연
남지읍 무인생 계원들
작년 총회 때부터
잔치 준비하더니
떼지어 설악산장에 올랐다

신록의 설악은 마음의 때를 씻고
부끄럽고 수줍어 고개 못들었던 신부들
호박꽃 피어 외설 농도 푸르러서
늙은 신랑들이 청춘 되어 어깨동무

자식들이 차려주던 갑연상
집 떠나 산장에 차려놓고
무더기로 찍어내는
카메라의 불빛이
자식들의 눈초리

같은 읍내 같은 띠로 살아온 인연
12년 연하 동생 경인생 대표 네 사람
6시간 교대 운전 계속 달려와
자식같이 잔 드리니

지방화시대
새 예법을 창조하는 것인가

입춘

한지에 붓으로 온 정성 모아
대문에 써붙인 소지황금출은
벨 단추로 변해 부를 과시하고

입춘대길 건양다경은
문 위에 붙여 자연을 즐겁게 맞았는데
방 안에 정좌한 TV·컴퓨터가
세대차를 증명하며 웃음 짓는다

창고 문에 붙인 근위무가지보는
주름진 이 집 남편 얼굴이요
부엌문에 붙인 유붕자원방래 불역낙호아는
냉장고 소리로 손님을 맞는다

내 어린 시절
뜻도 모르면서 부적처럼
입춘날 아침 온 정성 모아 붙였던 입춘대길
믿음은 행복의 뿌리였다

태국 여행

진갑 기념 동갑 여행
두 달 전부터 몇 친구 주선 전화
극심한 차멀미로 국내 여행도 어려운 아내는
나 혼자라도 가라고 권하는 바람에
초등학생 소풍 전날처럼
잠을 설치고 새벽 4시에 일어나 현관문을 나서니
가슴에 찬서리가 내리고
새벽 별 바라보며 혼자 걸으니
평생 농사일만 하고 이 좋은 여행 못하다니
끝내 눈에 이슬이 맺힌다
부인이 아파서 나와 짝지가 된다던
부산 사는 친구도 김해공항에 끝내 나타나지 않고
나만 아내를 배신하여 낯이 뜨거워진다
60여 계원 중 겨우 18명이 참가했다
과한 여비가 육십 평생의 업적을 무산케 하고
상비약 잊고 온 한 친구는 좁은 기내에 들어서자
심장병이 도진 듯 끝내 포기하니
60이 한창이라 해도 흰머리 따라 저승이 가까운가
태국이란 글자는 찾아볼 수 없고 타이만 보인다
가느다란 목소리 작은 나비 승무원들 볼수록 귀엽구나
'계란 닭고기 생선' 한글로 쓴 메모지는 언어의 벽을 뚫고
기내식 알랑미 육이오를 생각게 하고
하늘에서 본 베트남 땅 황톳길 산간 개간 구부러진 밭두렁

저기 월남전에 참가한 넋들이 손짓한다
평야지는 경지정리 반듯한데
이미 타이 땅
창밖에 펼쳐진 은빛 백색 구름
우주 공간의 더 넓은 하늘
천당으로 가는 길목인가 황홀하고
어느 꽃밭이 저리도 아름다울까
평지에 붉은 지붕들이 숲속에 다독다독
우리의 도시와는 다른 풍경이
1996년 가봤던 미국의 도시들을 연상케 하는 방콕
5시간 동안 하늘 속 나는 불새 작은 의자에
앉았다가 방콕공항에 내려서니
숨을 턱 막는 기후에 쫓겨 공항버스에 뛰어올랐다
콩나물 대가리 상형문자 같은 경고판인지 안내판인지
알 수 없는 태국어
그들은 우리 한글을 이상타 하겠지
독일제 벤츠 쓰지도 않는 차내 화장실까지
첫인상이 좋다
영천이 고향이라는 39세 듬직한 가이드는
인정 많다 '아버님' '어머님' 한 시간에 태국 설명
벼를 삼모작 하는 나라 총인구 6천만 방콕 인구 1천만
면적은 우리나라 여섯 배 방콕 면적은 서울의 두 배
시차는 2시간이니 시곗바늘을 뒤로 두 시간 돌려주시오

습도는 낮고 하루에 소나기가 삼사 차례씩 내린다
국민정신은 기후의 영향인 듯 느릿하고 게으르다
지금까지 한번도 외국의 지배를 받아보지 않아
자존심이 강하다
시내로 들어서니 캄보디아식 빌딩이 외견상 더 아름답다
방콕을 벗어나 1시간여 달리는 동안
잡초만 보이더니 겨우 멀리 산이 보인다
2차선도로변 교포 한식집 한글 간판이 반갑다
일제시대 징용갔던 한국인 1세, 지금은 일만여 교포가
중류 이상의 지위를 갖고 산다
서울과 강릉 간 거리인 방콕과 파타야, 3시간여 달려
인도양을 바라보며 20층 높이 솟은 파타야파크
3019호에 키를 꽂고 불을 밝히니
나란히 놓인 침대 드넓은 방
아침에 미소로 전송해주던 그 사람
혼자 풋고추를 따며 울지는 않았을까?
"왜 같이 오지 않았어요" 묻는 친구 부인들
그노무 차멀미 때문에, 내 낯만 뜨거워진다
이 나라 인구 94%가 소승불교, 7할이 농부
우리는 자식 잘돼라 비는데
여기는 내가 죽어 좋은 환생을 빈다
지참금액 따라 아내를 구한다는 일부다처제
여자가 돈을 버는 여가장제라

식당에서 밥을 사먹고
아파트에 주방이 없단다
토, 일 양일 휴식에 잔업은 전폐
게으른 그들 때문에 입주한 한국기업이 베트남으로 떠난다
오토바이가 영업을 하고
세발 트럭이 계약금으로 택시를 대신하는
20년 전 우리의 교통 수준 파타야 거리
20분여 땀을 흘리며 빽빽히 서서 기다리는 30불짜리
켈카자 쇼 무대는 80불짜리 라스베이거스 쇼장의 반 정도나
내용은 비슷하다 키 큰 학에 비해 펭귄의 재롱이랄까
관광객에게 1달러를 받고 포즈를 취하는 저 미모의 여배우가
여성 호르몬 주사를 맞고 젖가슴을 불린 남자들이라니
저들의 남근은 말라붙었고, 40여 세 살면
다 죽어도 이 나라에는 저런 배우가 많다니
내세를 믿는 윤회사상 때문일까
우리의 15세 소녀 같은 식당의 종업원이 두 아이의 어머니요
합장으로 인사하니 식당이 절간 같다
2시간 시차는 60년 내 체질을 정복하고 잠을 쫓았다
밖은 어둠이 계속되고 나는 밖으로 나가려고만 한다
한식 양식 호텔의 아침 뷔페 식단은
두 시간 늦은 위장에 활기를 더하고
8시 출발 벤츠는 에어컨이 고장이다
세계적 관광도시 파타야 해변도로

밤새도록 불야성을 이루고 해 뜨며 잠든 환락가를 잠시 달려
은빛 모래가 푸른 바닷물에 씻기고 있는 해변에 들어서니
잡상인이 먼저 달려든다
삶에 치열한 작고 검은 나비들
저들은 무서운 독사로 보며 피하기는 어려웠다
산호에 발조심 슬리퍼를 신고 바다의 시원한 맛을
피부로 느끼게 승강기 없이 무릎까지 다리를 식히며
보트에 오르니 바다를 패대기치며 달리는데
선글라스가 실효를 발하며 바람을 막고 뛰는 배 바닥
따라 환호성이 터진다 해변 따라 우뚝우뚝 솟아 있는
호텔 수없이 떠돌며 묘기를 보이는 일인승 보트
하늘에는 보트 낙하산을 타고 나는 사람들
나도 몰래 카메라를 꺼내어 셔터를 누르고 있었다
산호섬까지 15분 환상적 스릴을 즐기고 간이시설 같은
해수욕장에 닿으니 물은 맑고 포장마차 같은 점포 상인
몇 사람뿐이라
부끄럼도 잊고 옷을 벗고 물속으로 뛰어들어
늙은 할미 할애비들이 비쩍 마른 몸매를 과시하며 아이들처럼
즐기면서 부끄러워 들어오지 못하고 물가에 앉아 있는 사람을
몰려가서 물에 끌어넣는 등 비디오 촬영기사는 순간을 포착하느라
바쁘고 몰래카메라를 본토인은 작품을 만들 듯 카메라를 돌려대더니

육지에 나오자 4불에 사라며 땅바닥에 전을 폈다
사람은 누구나 푸른 창공을 새와 같이 날고 싶은 욕망이 있는 것일까
보트에 낙하산을 달고 하늘을 2분에 나는데 30불
나는 두려워 타볼 생각도 없는데 부인들도 용감하게 나선다
야산을 인공으로 조성한 화원 같은 민속마을
야자수 수풀 속 민속무용 공연장에서 그들의 역사와 특기를 보고
드넓은 코끼리 쇼장 코끼리가 공을 차고, 그림 그리기,
물구나무서기 20여 마리가 관중에게 코를 휘두르며
온갖 묘기를 보인다
느릿느릿 끄떡끄떡 코끼리 타고 신혼여행
30불에 30분 진갑부부 사랑꽃 피고
10여만 평 분지에 전국에 흩어져 있는 문화재 모형도를 만들어
꼬부랑길 따라 도는 문화토론장 사랑의 길
20여 명 미인들이 명성의 성지 숲을 송두리째 내어놓고
온갖 묘기를 부리는 러브쇼
한여름 거목 밑에 모여 음담패설
웃음거리 재료를 얻고
코브라의 묘기 보고 공짜 뱀탕 보신하고 약장사 교포 이야기도 구수하고
징그러운 그 무리들 떼 지어 잠을 잔다
2박 3일 파타야 아쉽게 이별하고 황토물에 수초가 강상을 덮고

흐르는

자이프리 강 방콕 시가지의 젖줄로 넘실대고

지금도 수상가옥 주변에 두 부부 쪽배를 타고 지나는

관광선 좇아 장사판 벌이고 사원 앞 낚시 금지구역

팔만 한 메기 떼가 던져주는 과자 조각 따라 싸움을 벌이고

저 멀리 언덕에 조막만 한

아이들이 다이빙을 하며 장난친다

집집마다 국왕의 사진을 걸어 존경을 받는 국왕의 거처 왕궁과

에메랄드 대사원에는 시장바닥같이 온갖 색의 인종들이 몰려다니며

20층 높이라는 뾰족한 사원과 아름다운 건축미에 젖어

모두 환상적 분위기다 담 하나를 두고 왕궁이라

군인들의 경계가 엄하고 가이드도 본국 가이드가 나와

유창한 한국말로 소녀 같은 아주머니가 유모어도 많아

홍미를 돋군다

화왕산 불꽃제 2

곽재우의 붉은 옷자락이
사백 년 자라 오만 평으로 넓어져
황홀한 꽃 속으로 끌어들인다

옛 관복으로 패션쇼를 하는 군수와 군의장
용트림치며 오르는 달집 연기
불화살이 날고 이쪽저쪽 불씨는
대함성으로 피어올라
하늘에 다리를 놓고
비보다 많은 관광객을 청한다

뽀독솔 하나 살기도 허용치 않고
오만 평 넓은 땅을 차지한 억새의 군락이
갈대제 깃발을 올린 영광을 잊고
겨우내 마르고 비틀어진 몸들이
마지막 생명의 끝이 왔음을 알고나 있는지
정월대보름 민속의 제물로 사라진다

문무왕릉

백성의 행복을 지키려는 군왕의 염원이
오늘은 관광자원으로 도민의 생활을 윤택게 하고
역사의 교육현장에서
푸른 바다와 같이 가슴을 넓힌다

바다 용왕이 되어 왜구를 막는다더니
동해 바다 멀리 심해에 웅크려 있지 않고
감포 해변 작은 바위섬
네 개 바위 움푹진 곳 화장된 재무덤
산 같은 고분보다 불교의 장례문화 소신공양
작은 것의 미를 따랐는가

수평선 저 멀리
어떻게 길을 찾아 물을 건너왔을까
왜구들 그 약탈의 용기가
선진문화에 굶주려 사선을 넘은 그 욕망이
오늘은 세계를 저들 시장으로 만들었다

바닷물이 넘칠까
청개구리 되어
서라벌 먼 길 찬바람도 이기며
왕들은 이겼대서 눈물의 잔을 올렸다

구전문학口傳文學

달 밝은 여름밤 대청마루에 모여 앉아
재미있게 들었던 할머니 “옛날 옛적에”
초등학생 시절 친구들에게 밤 늦도록
이야기꾼이 되었던 그 많은 소재들
모내기 시절 처녀들이 종아리 내어놓고
떼지어 부르던 노래
할머니들 모여 앉아
심심풀이하던 염불가
목청 좋게 부르던 베틀가
청승맞게 눈물 지우던 내방가사 시집살이
짓궂게 엉덩춤 추던 큰 머슴 경출이 아재
구성진 은주쟁반 힘이 솟던 노동요
글 모르는 한탄 소리
입으로 입으로 머릿속에 익혀온 문자들
정사는 집권자의 조직이 있어도
야사는 사실이다
보이지 않는 형체로
은밀히 드러내며 대중 속에 이어온
삶의 진수들
수백 년 히트해온 노래들이
100년도 이어지지 못하는
신곡의 그늘에 묻혀
영원히 잠들어간다

개팔자

한밤중에 동생이 설사를 했을 때
어머님은 문을 열고 "워-리" 하고 부르면
이웃집 개가 뛰어와 맛있게 먹었다
아침 서리 하얗게 내린 마음 골목 텃밭에
개똥 한 소쿠리씩 주워왔는데
영민이네 집 똥개는 개집에 갇혀
뺑뺑이만 돌고
이영자 시인은 친구에게 보증 섰다 집 날리고
어미 없는 시골 손자 데리고 살아도
뒷집 까치 부부와 정붙이기 두렵다 하고

살아주겠다 들어왔던 둘째 애기는
통장까지 들고 도망을 쳤다

백두산과 우포늪

우포늪은 뭇 생명이
창조되는 자궁이요

백두산은 칠천만 민족을 창조하는
천지 정액이 출렁이는
발기한 남근이다

입춘

입춘대길 건양다경
현관문 앞에 꽃을 무기로 든 두 장수가
악귀를 근접치 못하게 지키니
행복이 가정에 가득하다

봄을 무료로 드립니다
입춘방 붙여 365일 복 받으시오
플래카드 걸어놓고
한복을 곱게 입은 서실 사람들이
거리에서 붓을 들고
복을 나누어주고 있다

교차로

땅값을 올리기 위해 지주들이 모여
논을 돋우어 하수도를 만들고
수도관을 묻고 도시기반공사를 했다
십여 곳의 교차로가 생기고
택지는 잡초로 우거졌다
곧고 쭈욱 뻗은 신나는 길
고속도로를 달려온 고향 방문 차들
신나게 달린다
오토바이도 붕붕… 날개를 달았다
"찌찌찍 퍽"
살이 놀라 떨게 하는 급브레이크 소리
오토바이는 10m 밖에 나동그라지고
의식 없이 누운 사람 119가 달려오고
사고 현장 표지선이 길바닥에 꽃을 수놓았다
일주일이 멀다 하고 여기저기
접촉사고가 일어난다
신호등 없는 교차로는 사형장이다

남지철교

장하다 남지의 젊은이들
인터넷상에 수없이 글을 올린 남지철교보존회원들
200여 점 추억의 사진을 철교 난간에 걸고
추석 전날 밤 체육공원에 〈태극기 휘날리며〉 영화를 상영
2,000여 명의 남지읍민을 모아 한목소리를 내게 하고
경남대, 동아대, 부산대 교수님들
남지철교 연구 발표를 하고
문화재관리국 사람들 현지답사
끝내 등록문화재 제145호 지정
철거비 20억 아끼고 보존비 지원받고
주 5일 근무시대 관광의 시대
관광자원이 되어 남지를 영원히 빛내리
고향 떠나 살던 사람들 고향 찾아오면
너를 보고 추억에 젖어 젊어지리

그대는 갔어도

남다르게 부부 금실이 좋아
늙은 부부가 헬멧을 쓰고 오토바이를 나란히 타고
젊은 사람같이 이 산 저 산 다니며
나물 뜯어 반찬 즐기고
잠시만 서로 보이지 않아도 부르며 찾더니
갑자기 병이 나서 병원에 가더니
간암 말기라는 진단
끊어라 끊어라 하던 마누라 잔소리 귀 밖으로 듣고
골초로 피우던 담배
입원 석 달 만에 유명을 달리했네
빈집에 혼자 못살겠다
저 오토바이 누가 탈꼬
금방 뭣이기야 하고 부르면 들어올 것 같다
온 동네 부인들 저녁마다 모여들어
사랑방 만들며 위로해도
쪼그라지는 얼굴에 웃음 잃고
부산하던 집에 침묵만 가득하다
있을 때는 몰랐던 일
없어지니 천금이네
늙으면 혼자 사는 법을 배워야 한다

문병

같은 읍에 살면서 동갑끼리 계를 모아
사십여 년 사귀어온 친구들
자식들 연고 따라 도시 병원 입원한 친구 찾아
봉고차를 대절하여 떼지어 문병 간다
7,80세에 입원하면 살아돌아오는 이 열에 하나
마지막 얼굴이나 보자는 심정들
찾아주니 이웃 보기 좋고 외로움 가시는데
병든 친구 비하면 나는 행복하다는 우월감으로 자위하고
돌아오니 금하던 술잔을 모두 당겨 드는구나
지붕 위에 흰 옷 올려 영송하고
부음 전하던 풍속 사라지고
병원 영안실이 장례식장이 된 2005년
문병도 문상도 집이 아닌 병원이다
왕진이란 용어는 사라지고
입원실로 병원만 커진다
병원이 인생 종착역이다

등산

등산화 등산가방 도시락 사다놓고
어린이 소풍날같이 마음 준비 걱정이다
용화산악회원들 나를 반길까
아침 7시 50분 대신사거리 버스는
정확히 출발하는데
총 35명에 29명 참석
모두가 낯익은 얼굴이나 조심스럽다
신입생 격려의 말에 용기를 얻고
울주군 불암산 장안사 주차장엔
식당 광고 등에 진 당나귀가 먼저 반기고
산은 나이를 정확히 가르쳐주는데
75세는 산 중턱
70세는 산 능선
60세는 정상
아마추어들이라 3시간을 오른 정상이 이름도 없는 산
해발 800여m 대운산은 저 건너 산이란다
떨어져 있어도 휴대폰이 한자리를 만들고
땀 흘리고 낙엽 깔고 앉아 먹는 도시락
입들이 모두 즐겁다
산이 좋아 산에 오른단다
건강을 위해 산에 오른단다
정상에서 내려다보는 쾌감이 좋아 산에 오른단다
하산길 경쾌한 발걸음 건강을 과시하고

장안사 뒷문으로 들어가
와불전 합장하고
깨끗이 가꾸어진 화단, 조각상, 석탑
장구한 생명의 도량
여기가 극락이다

사라진 백희천

강원도 인제에서 태어나
부산 해동고등학교를 졸업하고
외항선을 탔다가
낙동강변 남지읍 철교 다리 옆
아름다운 백사장에 나루터 횟집 간판 걸었다

중키에 벌어진 어깨
유도선수 같은 단단한 몸매
카랑한 목소리 번득이는 눈빛
비사벌신문에 시를 발표하다가
창녕문협 시도詩圖동인
문예한국으로 등단했는데

태풍이 불어오던 밤
아직 공장이 다 들어서지 않아
한산한 칠서공단에서
귀신이 눈을 가렸을까 가드레일을 들이박고
혼자 죽어갔다
아까워라 갓 54세 한창 일할 나이에
남지제방 공사로 강변 가구 이주시킬 때
큰돈 보상받아
홍의장군 마지막 살다간
송진리 아름다운 낙동강 강변 망우정 가까이

2층 좋은 집에 나루터 횟집 간판 다시 걸고
식당방 벽에 창녕문협회원 시화 액자 걸어
시가 있는 식당에서
손님과 시를 논하던 열정
송진 마산간 자기 운전으로 등하교하며
늦은 대학 공부 숙원 풀고
연이어 시집 두 권을 발간하며 다작하고
팔순 넘은 아버님이 치매 걸려 합가하니
'하루 소주 5병을 드시는 당신을 위해
소주 6병을 준비하며' 효성을 다 하더니

시인의 자존심은
그대를 외롭게 했고
'날마다 술을 끊던 사나이'는
이제 완전히 술을 끊었는데
줄지 않는 술잔을 놓고
눈을 감아본다

철교를 만드는 사람들

푸른 강물 높이
붉은 토러스 위를 기어다닌다
대한 추위와 싸우며
기술을 발휘하는 장인들
저 사람들 간은 크고 튼튼해서
간암에 걸리지 않겠다
잠수복을 입고 일하는 것도 아닌데
어떻게 물속에 다릿발을 세웠을까
날개를 달고 있는 것도 아닌데
어떻게 허공에 길을 만들까
한 마리의 거미가
우주공간에 삶터를 만들 듯
헬멧을 쓴 20여 명의 젊은이들이
조금씩 조금씩 삼 년 동안 부지런히 일하더니
600m의 남지철교를 만들었다
빈 공간을 육지로 만들어 국토를 넓힌 장한 용사들
조금씩 조금씩 100년을 쌓으면
달나라까지 가는 길을 만들겠다
쇠와 공굴 단짝이
말도 못하는 것이
지구를 점령하고 있다

장례식장

1960년대는 집 안뜰에서 올리던 결혼식이
예식장으로 옮겨지더니
2000년도에는 영안실이 안방에서
장례식장으로 옮겨졌다
행복과 편리를 추구하는 인간의 생활은
풍습도 바꾸어버린다
병원에서 죽으면 객사라
운명 직전에 살던 집으로 옮겼는데
이젠 모두 객사니
귀신은 구천에 나도는가
십만 원짜리 국화가 도열해 선다
죽으면 다 천 냥짜리다
언제부터 꽃이 영혼을 전송했는가
근조 화환 숫자로 그 사람 삶을 평가하고
매일 꽃들이 들고나니
죽어가는 사람이 저렇게 많은가
환자복을 입고 거리를 산책하는 사람을
인생 종착역이 여기 만들어졌으니
내 종말의 역도 여기가 되겠다

제4장
산문

반단감나무

십여 년 전 나는 텃밭 오백여 평에 왜성사과 스물다섯 그루, 반단감 여덟 그루, 단감 두 그루를 심었다. 이웃 마을에 사는 후배의 권유로 묘목을 구입했는데 이것이 잘못된 것이었다. 그 당시 정부에서는 과수 심기를 권유하고 있었는데 이웃에 사는 사람들도 많이 이 묘목을 구입했고 권유하는 후배도 틀림없는 왜성사과이고 단감나무라고 소개했다. 자기만 믿고 심어보라고 하기에 더 상세히 알아보지 않고 심었던 것이다.

그런데 오 년이 지나고 나니 이웃 사람들이 속았다고 하면서 다시 논에서 접을 붙인다면서 기술자를 초빙해와서 접을 붙이는 이도 있고 사과나무를 뽑아버리는 사람도 있었다. 나는 오 년간 정성 들여 사랑을 쏟아 키운 어린 나무를 뽑기 안타까워서 이 년간 더 가꾸었다.

드디어 사과가 열렸는데 그 열매는 모두 재래종으로 대구지방에 흔히 재배되는 품종인 국광이었다. 남지에서는 토질에 맞지 않고 또 열매도 작아서 수입이 적은 것이었다. 떫은 감이 여러 종류가 뒤죽박죽 섞였고, 단감은 한 그루도 없고 다만 두 그루가 어떤 가지는 단감이 열리고 다른 가지는 완전한 떫은 감이었다.

이상한 나무의 성질이었다. 한 나무 한 줄기에 달린 열매가 어떤 것은 달고 어떤 것은 떫은 영 다른 열매가 달렸으니 기가 막힐 일이었다. 칠 년간을 공들인 사랑의 열매가 비록 작고 맛이 없는 것이었으나 탐스러운 열매를 보니 신기하기도 했다.

아이들은 학교에 갔다오면 가방을 던져놓기가 바쁘게 밭에 나가 홍시가 된 것을 찾아 온 밭을 돌아다니며 따먹곤 했다. 아직 푸른 열매인데도 나무마다 매일 한두 개씩은 일찍 발갛게 익어 홍시가 되곤 했다. 사과는 벌레가 많이 먹었다. 약을 제때 뿌려주지 않으니 병충해에 잎이 오그라들고 열매가 파먹어 보기가 흉하기까지 했는데도 맑고 고운 열매가 탐스럽게 달렸으니 이것이 이웃 아이들 눈독의 대상이 되었다.

작은 탱자만 한 열매를 아이들은 가시덤불 밑으로 기어들어와서 따가곤 했다. 과일나무가 없는 마을이라 아이들은 신기한 장난감을 보는 듯했다.

하루는 먹지도 못하는 과일을 따가서 무엇을 하는가 싶어 아이들이 노는 곳에 가보니 과일이 대여섯 개씩 달린 것을 가지째 꺾어와 화병에 꽂은 아이도 있고, 구슬치기하듯 굴리며 노는가 하면 손으로 닦고 닦아 껍질이 반질반질하다 못해 터져 버려지기도 했고 어떤 것은 깨물어 보고 버린 것도 있었다. 나는 그만 실소를 하고 말았다.

나무를 지키기는 너무도 힘겨웠다. 그렇다고 철부지 아이들의 장난을 크게 꾸짖을 수도 없었다. 그런데 마침 邑産業除에서 철재 온실을 짓도록 융자를 해준다기에 과실나무를 뽑기로 작정하고 톱을 들었다.

정말 아까웠다. 본군 출신의 시인 成神永 형이 고향 집 뜰에 있는 한 그루의 고목이 된 대추나무가 아까워 고향 집을 팔아버리지 못한다던 이야기가 실감 났다. 아이들이 탐스러운 홍시를 따와서 맛있게 먹던 것도 이젠 못하게 되고 매일 한번씩은 사랑스러운 나무들을 돌아보던 나의 그 즐겁던 일상사도 끝이 난다 생각하니 섭섭하기도 했다. 또 수입이 없다고 톱질을 하자니 정말 안타까웠다. 나를 속이고 지금은 어디론가 이사를 가고 없는 후배가 새삼

미웠다.

톱을 들지 못해 몇 번을 망설이다 술을 잔뜩 먹고 와서 눈을 감고 미친 듯이 톱질을 했다. 아내가 달려나와 단감 두 그루와 떫은 감 몇 그루를 온실 짓기에 지장이 없는 밭 언덕 쪽으로 옮겨 심자고 권하는 바람에 몇 그루는 목숨을 건졌다.

단감 두 그루 중 한 그루는 마침 집 옆에 있어서 베지 않고 그대로 두었는데 한 해가 지나니 열매는 더욱 많이 달렸다.

며칠 전 梅田里에서 과수원을 경영하고 있는 친구가 왔길래 반단감나무를 보였더니 옆에 넓은 감이 있어서 단감이 열리지 못한다고 했다. 벌이 반시의 꽃가루를 단감의 암술에 옮겨주기 때문에 완전한 단감이 열리지 않는다는 말이었다.

그런데 의문을 갖자니 한이 없어서 다시 여러 친구들이 모인 자리에서 반단감의 이상한 열매에 대한 의견을 물었더니 어떤 친구가 영농잡지에서 그럴듯한 학설을 읽었다며 설명했다. 단감은 세 번 접을 붙여야 완전한 단감이 된다는 것이다. 시장에 나온 것은 대개가 한번 접을 붙인 묘목이라고 했다. 세 번 접목을 한 것이라야 완전한 단감이 된다는 것이 맞을 듯했다.

과수나무를 심으면서 무작정 아무런 기술도 없이 심은 나 자신의 무식이 몹시 부끄러웠다. 나 스스로 반단감나무라 이름 붙인 이 나무는 요즘 매우 고통을 당하고 있다.

열매의 껍질을 칼 또는 손톱으로 약간 껍질을 벗기면 단감은 그 살결에 검은 점이 보이고 떫은 감은 그냥 속살이 노랗다. 그러니 아이들이 모든 열매에 조금씩 흠집을 내어놓았다.

팔월 말경부터 단감을 찾노라 열매에 칼집을 내기 시작하더니 한 달이 지나니 이젠 성한 열매가 없다. 또 시일이 지나니 처음엔 속이 노랗던 것이 다시 검은 점을 보이기도 해서 이젠 한 열매에 구멍이 둘씩 셋씩 생긴 것도 있다.

정말 이 무슨 시련인가.

언제나 반은 좋지 못한 것이라. 온전한 것이라야 된다.

반거치(반거들충이)가 된 나무가 불쌍하다. 곱게 익지 못하고 살점을 떼어내는 아픔과 형벌을 받아야 한다. 어떤 일을 반쯤 연구하다 그만둔 사람은 언제나 고생이다. 농부면 농부답게 온전히 농사일을 연구하여야 한다. 과수원을 경영하겠다면서 과수나무에 관한 연구를 소홀히 하고, 심어놓고 관리만 하면 열매가 달린다고 쉽게 생각한 나 역시 반밖에 몰랐기 때문에 실패의 쓴잔을 마셨다.

농부면 농부다운 사람이 잘 산다. 옛날에 글이나 조금 읽었다고 일은 하지 않고 직장은 없고 게으름뱅이가 된 사람은 항상 고생이다. 반풍수 집안 망치는가 하면, 국토가 두 쪽 난 우리나라는 항상 국방비에 예산의 삼 분의 일을 쏟고 수십 만의 청년이 휴전선을 지키는 비극을 낳고 있다.

정말 半이라는 것은 무서운 말이다.

오늘도 국민학교 오 학년인 막내가 책가방을 던져놓으며 "학교에 다녀왔습니다"는 소리를 하기가 바쁘게 감나무에 올라가서 흠집을 내며 단감을 찾다가 풀쐐기에 쏘여서 팔을 탈탈 털면서 하나 딴 감을 팽개치고 울상이 되어 내려온다. 나는 막내의 손등에 약을 발라주면서 너는 저 반단감나무처럼 반단감이 되지 말고 온전한 단감이 되라고 일러준다. 감의 아픈 상처를 아직 아이에게 다 설명해줄 수 없고. (1982년)

백두산을 찾아서

"2003년 우포생태문학제 결산을 백두산에서 하겠습니다."

성기각 회장의 넓은 가슴이 보인다.

7월 25일, 아내를 두고 혼자 집을 나서니 뒷머리가 가렵지만 김해공항에는 임신행, 하현식, 김현우, 성기각, 이주희, 정이경, 김인숙, 이만희 회원과 여러 회원들의 가족이 반갑게 맞이해준다.

드디어 이십여 명의 일행들은 12시 30분 심양 행, 북방항공기에 올라 구름을 뚫고 하늘로 올랐다. 기내에선 승무원들이 중국어로 안내하는 소리가 이국의 정취를 풍기고, 기장 밖으로 보이는 아름다운 구름꽃밭을 보면서 황홀경에 빠진다. 구름 사이로 보이던 도로와 강들이 하얗게 뻗어 있어 잠시라도 눈을 뗄 수가 없다. 옆자리에 앉은 아주머니는 사업 관계로 일 년에 8회 정도는 비행기를 탄다고 하는지라, 우리나라의 위상이 높이 올라 있음을 실감한다.

우리는 정확히 1시간 50분 만에 심양공항에 도착하여 1시간을 더 기다렸다가 다시 연길행 남방항공기에 올랐다. (중국 항공사는 북방과 남방의 두 비행사가 있다고 한다.)

1시간 동안을 만주벌판을 날아서 연길에 도착하였다. 우리 일행을 마중 나온 현지 가이드는 연변대학을 나온 조선족의 인텔리 여성으로서, 간단한 자기 소개와 함께 길림성 내 연변에 있는 조선족은, 우수한 두뇌를 가진 인재가 많아 요직에 진출해 있어 한족들로부터 존경을 받는다고 하였다.

연길에서 도문을 가는 도로는 시멘트 포장의 편도 2차선이었지만 고속도로라고 하였다. 30여 분을 달려 북한과 국경지대에 있는 도문시에 위치한 3층 전망대에 올라, 그리던 북한 땅을 바라보니 늦게 왔다고 원망이라도 하는지 흐린 날씨에 가려 자세히 보이질 않았다. 노래에도 나오는 두만강 푸른 물결은 넓게 펼쳐져 흐르고 있을 줄 알았는데, 낙동강 지류의 남강만 할 뿐이었다. 100미터 남짓한 길이의 다리가 1/3은 중국 땅으로 경계지어져 있고 강변에선 금방이라도 탈북 소년소녀들이 뛰어나올 것 같은 착각이 든다. 희미하게 건너다보이는 저곳에 내 동포가 사는가? 한반도 남쪽 끝에서 북쪽 끝까지 날아왔지만, 이국땅에 서서 바라만 볼 수밖에 없누나! 내 흰머리 되어서 이제라도 왔는데 언제 통일이 되어, 부산에서 바로 날아 칭진에서 내려 두만강을 볼 날이 다시 오랴! 몇 만 리 날아왔더니 황혼이 먼저 깃드누나! 가슴에 차오르는 이름 모를 열기를 막걸리로 누르고, 풋과일 하나 너의 가난한 살결인 듯 느끼고, 북의 노래가 담긴 테이프를 기념으로 사넣는다. 군인은 사진에 담지 말라는 가이드의 말을 들으니, 더더욱 어려보이기만 군인들이 내 자식같이 안쓰럽다.

조선족 자치주의 수부도시 연변엔
중심가를 경계로 폭 100미터의 강이 흐른다
지금도 강변 공사가 진행 중이다
대우호텔에서 듣는 새벽닭 울음소리가
새삼스럽다
이른 아침저녁으로 공원에 모여 춤추는 군중
중앙선만 겨우 그어놓은 차도엔
자가용보다는 택시와 트럭이 질주한다
윤기 없는 혈색에다 의복마저도 남루하다
공사 현장에

장비는 보이지 않고 인력작업이 진행 중이다
그 흔한 경운기도 없고 천수답에 쟁기 농사로
옥수수와 콩을 주로 재배한단다
80% 인구가 농업에 종사하니 공장이 없다
새삼 조선족 처녀와 결혼한 우리나라 총각들은
그나마 다행이다
여기도 시골엔 젊은이가 없다 한다
거리의 간판에 한자의 간자가 보이고
한자의 나라에서 내 한문이 실력이 더욱 부끄럽다
같은 민족이요 백성임을 나타내는 듯
큰 글자로 표기된 한글간판을
설명이라도 하듯 약자로 된 한자도 보인다
분명 단군의 자손이요 세종대왕의 후손이다
옛 고구려 발해 땅은 지금도 조선 땅임을 인정하는 것이리라
시내는 사오 층의 건물도 십여 층의 아파트도 있지만
붉은 벽돌에 붉은 토기의 직사각형의 단층집
똑같이 지어져도 골짝골짝 마을이다

— 졸시 「연길시 단상」

연길시를 벗어나니 비가 줄기차게 내린다. 중앙선도 없는 편도 1차선 찻길엔, 그나마 중국 땅에선 고급 버스에 속하는 낡아 보이는 버스는 50~60의 속력을 낼 뿐이다. 알아들을 수 없는 말로 이야기하는, 기사와 가이드의 대화가 수다를 떠는 듯이 귀여워 보이기까지 하였다. 야산을 끼고 달릴 땐 인삼밭도 간간이 눈에 들어오는 것을 보면서, 민족의 성산 백두산을 찾아가는 굽이굽이 길마다 비는 오다 멎다를 반복한다.

휴게소라고 내리니 노천에 있던 화장실에 신경쓰이건만, 아랑

곳없이, 노점상들의 활기찬 목소리와 그들의 몸놀림이 바빠진다. 백두산 아래 이도백하 마을은 옛 마적단들이 들끓었다 하니, 아직도 무섬증이 들면서도 어쩐지 그 이름이 정겹다.

백송, 적송과 함께 자작나무 흰 숲들은 하늘을 찌를 듯 울창한 모습으로 줄지어 나온다. 그래서 백두산이라 하였던가?

1시간여를 달려 '천지'라고 쓰인 일주문이 우리를 맞이하는데, 차들이 길을 막고 따라서 사람들이 북적여댄다. 우리와 같은 외국 관광객들과 중국 내국인들도 휴가철인지라, 북새통을 이루면서 과연 이름난 관광지임을 실감하였다. 우리 일행은 천지문을 배경으로 단체 사진을 찍고, 중국정부에서 운영한다는 지프에 1인 10불이란 거금을 내고, 천지문을 통과하여 또 빗속을 달렸다. 조잡한 포장길을 30여 분을 달리는데 기사의 곡예운전으로 인하여 아슬아슬하다. 차창 밖으로는 어느덧 숲은 사라지고, 민둥산들이 나타나도 그것마저 절경인데, 비를 맞고 피어 있는 두메양귀비와 분홍 구절초는 비에 젖어 한결 애절한 모습이다.

정상에 오를수록 짜릿한 쾌감과 함께 거룩한 성지로 들어가는 경건한 마음이 겹쳐진다. 천지의 정상, 천문봉을 30미터 남겨두고 차에서 내리니, 발밑은 온통 용암이 잘게 부서져 굵은 모래흙을 흩뿌려놓은 듯하다. 비가 와서 미끄러운 길을 걸어올라 서니 드디어, 발 아래 푸르다 못해 검게 보이는 천지가 사진에서 보아온 그 모습으로 나타났다. 천행인가 싶었다. 맑은 날에 열 번을 와도 볼까 말까 한 맑은 천지를 이 장마통에 볼 수 있다니, 넋을 잃고 바라보는데 귀찮을 정도로 따라붙는 장사치들이 못내 성가셨다. 관람시간을 30분밖에 주지 않은지라, 머릿속에다 천지를 담고 또 담기 위해 둘러보고 또 둘러보았다.

다시 아래로 내려오기 위해 차에 오르니 앞이 보이지 않을 정도로 비가 세차게 쏟아진다. 올라갈 때의 그 절경을 다시 보지 못하여 못내 아쉬웠다.

내려오는 길에 소천지에 들렀다. 숲속에 둘러싸인 작은 호수는 천지와는 또 다른 느낌을 준다. 약사여래불을 모셔두었고 나무에 붉은 천들이 달린 것이 무속의 향취를 풍긴다.

다시 장백폭포로 발길을 옮기기 위하여 1시간여를 걸었다. 멀리서 보아도 장백폭포의 그 위용은 대단하였다. 그 입구에서부터는 온천수가 솟아 김이 오르는 곳에서, 삶은 계란을 팔고 있어 관광객들은 그걸 사먹느라 시장바닥을 방불케 한다. 우리는 장백폭포에 들어가기 위해서도 돈을 내고 표를 사야 했다. 빡빡한 일정에 쫓겨서 폭포수가 쏟아져 내리는 가까이에 가지도 못하고, 200미터 떨어진 곳에 앉아서 넋을 잃고 바라보았다. 흐르는 물에 손을 담그니, 얼음물인 듯 손이 시려 오래 있을 수도 없었고, 일행들과 어울려 사진을 찍고는 돌아나왔다.

그래도 장백폭포를 멀리에서나마 바라볼 수 있던 천상유황호텔이 숙소인 것이 다행이었다. 여장을 풀고 온천욕탕에서 여독을 풀었다. 처음에는 속이 매스꺼울 정도로 유황 냄새가 나서 힘들었지만, 뜨거운 물에 몸을 담그니 코에 배었는지 어느새 그 냄새도 다 사라졌다. 잠을 청하려니 잠이 오지 않는다. 민족의 성산이 있는 곳에 언제 다시 올 수 있으려나, 만감이 교차하고 두어 잔 마신 소주의 힘을 빌려 억지로 잠자리에 들었다.

이튿날 아침, 뒷산을 바라보며 백두산의 정기를 받아 내가 무슨 큰 도인이라도 된 양, 정좌하여 묵상을 하곤 한없는 시상을 잡아보다가 다시 갈등을 느낀다. 훨훨 날아 장백폭포 상공을 날아보고 싶은 마음으로.

우리는 용정에 가기 위해 다시 연길로 들어선다. 연길시내에서 북의 사람들이 운영한다는 식당에 들렀더니, 곱게 한복을 입은 여종업원들의 미모가 보통이 아니다. 남남북녀라더니. 나오는 음식들도 깔끔하고 맛도 좋았기에 평양소주를 반주 삼아 맛있게들 밥을 먹었다. 그 식당에서는 북한 화가들이 그린 그림들을 팔기도 했고 무료로 배포하는 북의 책들이 있었지만 아직은 이념이 다른 관계로 눈요기로만 그친다.

연길에서 용정까지는 30여 분 거리에 있었다. 해란강과 일송정을 바라보니 옛 선조들이 생각난다. 용문, 대성, 용정 세 학교를 통합하였다는 용정중학교 안에 있던, 윤동주 시인의 시비 앞에서 우리 일행은 단체 사진을 찍고, 자세한 설명을 곁들인 안내인을 따라 전시장을 둘러보고는, 1층에 있던 기념품 매장에 들러서 그들의 어려움을 조금이나마 도우려는 마음에 모두들 기념품을 산다.

용정에는 일제에 나라를 빼앗기고, 이곳 간도로 들어왔던 선조들의 수많은 발자취가 고스란히 남아 있었고, 오늘날에도 중국 속의 한국으로 평화롭게 살고 있었다.

거대 중국의 6대 도시 심양은
봄에는 비가 적고 바람이 세차단다
세찬 바람은 모래바람이 되어
우리나라에까지 황사바람을 보낸다
옛 만주벌판이란다
산이 보이지 않는 벌판이
일제시대엔 봉천으로 불렸다가
개명하여 심양이 되었단다
끝없는 옥수수밭을 지나
심양비행장에서 시내까지 한 시간 거리
도심지에 우리나라에서 진출한
대기업의 간판들이 여기저기에 보인다
TV에서도 우리 영화가 많이 방송 된단다

한류열풍을 실감한다

— 졸시「심양 단상」

심양에서의 일박을 마치고 심양에도 관광자원이 있을 터인데 여행 일정을 따르느라, 관광은 못한 채 9시 30분발 김해행 비행기를 타기 위해, 아침도 공항으로 오는 차 안에서 해결하였다. 11시 20분, 이렇게 김해공항에 도착한 3박 4일의 장거리 여행은, 비행기로 시작하여 비행기로 끝낸다. (2003년)

베트남

베트남에서 며느리가 시집온 지 일 년이 지났다. 천만 리 부모 떠나 떠듬떠듬 말 익히며 산다. 내 아내도 갓 시집왔을 때 그렇게 친정에 가고 싶어했는데 풍습도 다른 이 땅에 타국에서 온 아이 말 못하고 체념하는가, 철부지 타국에 보낸 낯모르는 사돈은 또 어떤가. 인형같이 예쁜 애기 보며 행복했는데 베트남에 가자는 내 한 마디에 어린 것이 폴짝폴짝 뛰면서 좋아한다.

가이드를 따라다니며 여행했는데 내가 가이드 역을 맡아보니 항공권은 공항에서 사는 것이 아니고 여행사에서 사는 것을 알았다. 부산에서 호치민까지 5시간, 시차는 2시간, 7월의 기온은 28℃와 33℃ 사이, 까다로운 입국수속 한화는 거절이니 먼 나라임이 분명하고 부산에서 바꾼 달러를 다시 바꾸니 50만 원권 몇 장이라 15대 1의 환율이 무색하다.

출구를 나서니 마중 나온 사돈댁 가족들 그리워했던 얼굴들 사돈 내외 아들 셋 딸 내외 봉고차에 가득 타고 차창을 열어놓고 달린다. 거리는 똑같은 100CC 오토바이가 가득하니 공산주의가 거리를 메우고 있다. 차와 오토바이가 같이 달리니 속력은 60㎞를 넘지 못한다.

거리에 사람이 많으니 인구가 많은 것 같다. 8시간을 달려도 산은 보이지 않고 넓은 평원인데 정지된 땅은 없고 작은 강만 곧게 만들었고 야자나무 등 과일나무들만 보인다. 밤 10시경에 사돈댁에 도착하여 모텔에 들어갔는데 침실은 에어컨 욕실이 잘되어 있고 TV는 화면이 밝았다.

이튿날 거리로 나와보니 편도 2차선도로 한 쪽에는 20m 폭의 강이 흐르고 크고 작은 카누가 한가롭고 한쪽은 도시같이 상가와 관공서 같은 건물이 서 있었다. 상가 뒤로는 숲속 마을인데 길은 겨우 오토바이가 다닐 만큼 좁고 사돈댁은 숲속에 움막처럼 지어져 있는데 십여 명의 대가족이 살아 따뜻한 가족애가 흘렀다.

숲속 안길 밑으로 작은 강에는 카누가 작은 나팔을 불며 장사를 하고, 길은 사방으로 뻗어 있어 숲속 마을이 얼마나 넓은지 알 수가 없다. 밤마다 소나기가 쏟아져 강물은 모두 흙색이다.

사돈댁의 위치는 Quan lang(완용) 근처 hau giang(하우지앙)으로 읍 정도의 마을이었다. 돌아오는 날 호치민공항의 넓은 광장에 LG 대형 TV가 한국을 과시하고 있어서 웃음이 나왔다. (2008년)

주왕산

남지 용화산 공원에 아침저녁 산책하는 사람들 중심으로 모인 남지산악회원 40여 명이 매월 11일이면 등산을 한다. 대구를 지나 중앙고속으로 달리다 휴게소에 들어서니 산악회 명찰을 붙인 관광버스가 많고, 등산복을 입은 사람이 과반수에 여성이 남자보다 많다.

해외여행 연간 천만 명 시대, 등산객은 국민의 과반수인 이천만, 의성에서 고속도를 내려서니 마늘생산지 광고판이 반갑게 우리를 맞이하고 주왕산국립공원 넓은 주차장이 좋다. 즐비한 음식점이 풍요를 과시하고 모두가 국가가 인정하는 늙은 걸인 방랑자들이라 공원 입구 관리인이 사탕 잃은 아이의 얼굴인데 그래도 국가재건을 이룩한 용사들이란다.

1월인데 낙엽 하나 없이 비질 된 흙길이 정겹고 오른편 개울에는 얼음 밑으로 맑은 물이 흐르고 좌우 산은 마이산을 연상케 하는 바위들. 제일 폭포까지 40분을 속보로 걸어도 길은 평지다. 산 중 절경이 금강산에 버금가는데 불거진 바위 밑으로 만들어진 구름다리 아래 흐르는 맑은 물은 가슴을 시원하게 하고 혈관까지 깨끗이 청소했다.

지도를 펼쳐보니 바로 옆이 동해 영덕이다. 창녕군은 몰라도 화왕산 우포늪 부곡온천은 알듯이 청송군보다 주왕산국립공원이 잊히지 않고, 정상 정복의 쾌감은 몇 사람 몫이고, 늙은이들은 어머님 품 같은 숲만 즐긴다. 늙은이들은 숲만 즐긴다. (2008년)

남지산악회 이야기

내 젊은 시절 남지철교 가는 길 옆에 건생당약방을 운영하던 김형규씨와 신춘식씨의 아들 외 몇 명과 칠원 작두산에 오른 적이 있었다. 그때 하산 길에 어쩐 일이었는지 일행과 떨어지는 바람에 길을 잃고 헤매다가 나 혼자 계곡을 따라 겨우 내려왔었다. 그것이 나의 첫 산행 기억으로 남아 있다.

그 후에 남지산악회, 용화산악회 등 등산 모임에 참가하여 자주 산을 찾았다.

산악회 운영은 어려운 것이 차비 조달이었다. 뜻 맞는 사람들이 여럿 모여 승용차나 봉고를 이용하기도 했다.

남지산악회는 10여 년 전부터 관광버스를 이용할 만큼 큰 단체로 몸집이 커졌다. 금년은 내가 총무직을 맡고보니 회원이 겨우 22명뿐이었다. 계속 등산을 다니기에는 어려운 형편이 아닐 수 없었다. 황호영, 안종섭, 김진도, 하종호 등 선배들이 회장을 맡아 잘 운영해왔었다. 전 회장님들이 적립금을 삼백몇십만 원을 넘겨주셨는지라 그것을 내 대에 와서 다 까먹고 해산하게 된다면 선배님들이 무어라 하시겠는가? 고심 끝에 함께 산행할 회원을 모집한다는 플래카드를 내 창고 벽에 내걸고 기다리기로 했다.

금년 1월 11일은 내가 총무를 맡고 첫 산행을 하는 날이었다. 새벽 일찍 일어나 어제 주문한 산신제 떡과 고기를 찾아다놓고 아침을 먹는 둥 마는 둥 서둘렀다. 7시 30분에 관광버스 유철근 기사가 내 창고 앞에 왔다고 전화가 왔다. 아내가 6시에 일어나 싸둔 도시락 가방을 메고 자전거를 타고 달렸다. 창고 앞에 가니 홍포동에 사는 신병기, 황대순 회원이 먼저 와 있었다.

창고 문을 열고 술과 제물을 싣고 첫 출발장소인 공판장에 가니 정정남 한 사람만 나와 있었다. 출발 시각 7시 50분이 되었어도 회원들이 보이지 않았다. 김수길은 부인이 아파서 서울에 있는 병원에 입원해 거기 갔다 하고, 김차만은 감기로 불참한다는 연락이 뒤늦게 왔다.

버스가 대신동사거리로 가 거기서 최질용, 정인식, 이용기, 김성수, 김기상 등 5명을 태웠다. 다시 축협 앞으로 가니 그곳에는 많은 회원이 나와 서 있었다. 강위달, 권의식, 배이섬, 서호도, 손정식, 신진길, 오문세, 한선호 공병도 회원이 차에 오르니 참석 회원이 18명이었다. 전과 비슷하게 4명이 불참이었다. 김충정 회원은 최칠용 전 회장 편으로 회비를 부쳐왔고 김홍국 한 사람만 무단결석이었다.

정각 8시에 남지를 출발했다. 배이섭 회장이 건강하고 밝은 얼굴로 만나 즐거운 산행을 하게 되었다는 인사말을 하였고 나는 회비를 걷으러 다녔다. 서호도 회원이 회비 수금을 도와주었다. 배이섭 회장이 빵을 사와서 회원들에게 나누어 아침 요기를 하게 하고 그 후 회원들은 TV를 보거나 노래를 들었으며 버스는 신나게 고속도로를 달려갔다.

오늘의 목적지는 경북 구미시 금오산, 현풍휴게소에서 들러 유기사가 아침을 먹는 사이 우리 일행은 차에 내려 잠시 쉬었다. 다시 출발해서 얼마 달리지 않아서 금오산 입구에 도착했다.

금오산 입구에는 큰 저수지가 있었다. 구미시민의 식수를 제공하는 수원지인가 넓은 곳에 맑은 물이 가득했다. 물가에는 산책할 수 있게 나무다리를 만들어놓았는데 상당히 길어 몇 m가 되는지 궁금했다. 유철근 기사가 "언제 저런 시설을 해놓았노?" 하고 그도 처음 보는지 환호성을 질렀다.

경북 도립공원이라 주차장이 아주 넓었다. 이 추운 겨울임에도 벌써 차가 많이 와서 주차장을 거의 메우고 있었다. 버스가 서자 등산가방을 메고 제물도 챙겨 내렸다. 얼마간 오르니 보도블록을 깔아놓은 정원이 있어 산신제를 지내기에 알맞았다. 그곳 바닥에 신문지를 깔고 제물을 차려놓고 일 년의 무사 산행을 비는 첫 산신제를 올리니 회원들이 너도나도 제상에 봉투를 올려놓았다. 나중에 그걸 서호도 회원이 정리해주는데 27만 원이나 되었다.

산신제를 지낸 다음 떡과 고기를 나누어 먹었다. 그런 후에 본격적인 산행이 시작되어 일행은 금오산 정상을 향해 힘차게 출발하였다. 나는 며칠 전부터 왼쪽 다리가 불편해서 높이 올라갈 수가 없었다. 그래서 한 500m쯤 올라가다 그만 산행을 포기하고 말았다. 도로 돌아서서 내려왔더니 쉼터 정자가 있기에 그곳으로 갔다. 그 앞에는 안내판이 서 있어 읽어보니 고려 말 충신 길재 선생을 모신 곳이었다. 또 박정희 대통령의 지원으로 계곡에 다리도 놓고 정자도 5동이나 건립하였고 화장실도 정비하였다고 했다.

나는 정자에 올라 양지바른 마루에 종이를 깔고 등산가방을 베개 삼아 누웠다. 그러고는 명상에 잠겼다. 한 30분쯤 누워 있으니 슬슬 추워졌다. 그래서 한기를 떨쳐버리려고 10여 분쯤 축담 위를 걸어다녔다. 그러니 또 다리가 저렸다. 하는 수 없이 다시 마루에 앉아 멍하니 아래쪽을 보고 있으니 등산복을 입은 사람들이 4명씩 5명씩 사이좋게 걸어 지나갔다.

조금 있으니 젊은이인지 늙은이인지 알 수도 없게 마스크로 얼굴을 가리고 자전거를 탄 10여 명이 왔다. 그들은 자전거를 세우더니 우르르 정자에 올라왔다. 10여 분 저희끼리 조잘대는데 여자 목소리도 들렸다. 그들은 조금 후에 자전거를 타고 사라졌다.

또 한 팀이 지나가는데 나보다 더 늙어보이는 부부였는데 사위

인지 아들인지 젊은 사람이 인도하여 정자를 들러 잠시 쉬었다가 산으로 오르지 않고 내려갔다.

12시가 거의 다 되어서 혼자서 도시락을 꺼내 먹었다. 집에서는 밥맛이 없었는데 산에서는 밥맛이 났다. 아내가 아침에 만든 시금치무침부터 먹었다. 황태무침으로 밥을 거의 다 먹었는데 김치를 다 먹지 못해 남겨야 했다. 단 세 가지 반찬이었지만 집에서 먹는 여러 가지 밥상 못지않아 맛이 있었다.

다 식은 도시락이어서 찬밥을 먹었기 때문인지 모르지만 점심을 먹고 나니 더 추워서 그만 버스로 돌아갔다. 유 기사는 차에 시동을 걸어놓고 TV를 보고 있었다.

얼마 지나지 않아 일행이 돌아오기 시작했다. 먼저 4명이 왔고 30여 분 지나서 6명이 왔고 다시 한동안 있으니 3명이 왔다. 그런데 마지막으로 3명이 오지를 않아 지겹게 기다려야 했다. 17명이 케이블카를 타고 중턱까지 올라갔고 거기서부터 본격적인 산행을 시작했다고 한다. 그런데 산이 너무 급경사라 함께 출발했지만 가다보면 뒤처지는 게 다반사이다. 그러니 정상에 오르지 않고 되돌아오기에 일행이 버스에 도착하는 시각도 제각각일 수밖에 없었다.

아주 늦게 돌아온 3명은 정상까지 올랐다고 했다.

서호도 회원이 현월봉 정상 표지석을 짚고 선 사진을 스마트폰으로 찍어 유 기사의 휴대폰으로 보내와서 모두 그것을 보고 환호성을 질렀다. 그런데 정상에 오른 최칠용은 금년 나이 82세, 정인식은 80세로 정말 젊은 체력을 지닌 게 틀림없다며 부러워했다. 나중에 들으니 그 두 명은 정상에서 내려오면서 너무 무모한 산행을 한 게 아닌가 하고 후회했다 한다. 하여튼 그들은 기분이 좋다고 웃었다.

버스 안에서 지겹게 기다리던 사람들이 그들이 돌아오자 반가워서 박수를 치며 환영했다. 돌아올 때는 많은 회원이 술을 찾았다. 김기상 회원은 술병을 들고 다니며 술을 권하기도 했다.

구미 시내에 잠깐 들려서 시가지 구경을 하고 다시 버스에 오르니 취기에 신이 났는지 춤을 추며 즐기기 시작했다. 후렴잔치도 빼놓을 수가 없다. 배이섭 회장이 남지할매돌솥밥에서 저녁을 샀다. 모두 식사를 하고 바로 집으로 다 가는데 공판장까지 가는 몇 사람을 내려주고 나니 산행을 무사히 마쳤다는 안도의 한숨이 나왔다.

버스에 실린 빈 그릇과 짐을 내 창고에 내리니 그제야 오늘의 산행이 끝났다. (2017년)

『창녕문학』10집 서문

낙동강으로

언제 보아도 마음의 문을 열어주고 조용히 흐르기만 하는 강! 가뭄에 가는 줄기를 간신히 이어갈 때는 그 깨끗함과 귀함에서 더 좋아보이고 홍수가 일어 흉한 거품을 띄우고 흐를 때는 그 살벌한 위용에서 오히려 존경스럽기도 하다.

숱한 사연을 싣고 아무 소리 없이 조용히 흐르기만 하는 강. 우리의 창녕문학도 숱한 고난을 극복하면서 굽이쳐왔다. 십 년이면 강산도 변한다는 데 이제 열 번째의 책. 그동안 많은 분들이 살점을 떼놓고 돌아오지 못하는가 하면 조심스럽게 한 발을 내딛는 분들도 많다.

유유히 흐르는 강 속에 월척의 붕어가 노는가 하면 송사리도 논다. 갖가지 제 얼굴을 갖고 내일의 대어로 자랄 것이다.

생의 아름다움과 괴로움을 쌓아놓고 혼자서 원망스럽게 바라만 보고 있어야 하는 위치에서 발전보다 나태에 빠지기 쉬운 정신문화의 밑거름이 되어온 지 십 년. 이제 뿌리도 제법 자라고 외모도 소년의 모습이 되어가는데 어떤 바람이 불어와도 쓰러지지 않고 천 년 장송으로 자라 모든 행인이 이 그늘에 쉬며 안식을 찾고 새 힘을 얻어 살게 하여야 한다.

나무는 그저 자라는 것은 아니다. 철 따라 잎을 피우고 북풍엔 잎을 거두어들이며 땅속에 메마른 물도 쉴 새 없이 빨아올려 잎으로 보내주고 스스로 자연에 순응하지 않으면 자라지 못한다. 개근상으로 중책을 맡아 임무를 다 못할까 두려운 마음이 앞선다.

『창녕문학』 11집 서문

향토문학의 알찬 터전이 되기 위하여

문학이란 무엇인가? 모든 문화예술은 사람의 가슴 속에 울렁임을 주는 시적 감동에서 출발한다. 사람의 감각기관인 청각, 시각 촉각을 통해 무한의 세계를 보는 것이 바로 문학이다.

현실은 생활의 방편이요, 이상세계는 심령의 양식이다. 지방문학은 엄마의 생활이요, 뒷산에 자라는 풀잎의 빛남과 같다.

현대문학이 전문화되어 난해한 것도, 가까운 곳에서 창작되고 이웃이나 친구가 보면 자연 그 뿌리를 찾기가 쉽다. 같은 이불 밑에서는 같은 온기를 느끼기 때문이다.

세계 명작을 읽고 공감을 못 얻어도 할머니의 구수한 옛이야기에서 공감을 느끼고, 은사의 글에서 명작보다 더 진한 향취와 정을 느끼는 것이니, 현실 뒤에 숨어 있는 작가의 넓고 무궁한 상상의 세계에 함께 갈 수만 있다면, 한 권의 책 한 편의 시를 권한 보람이 된다.

인간의 가장 숭고한 행복은 내면세계의 충족에 있기 때문이다. 훌륭한 예술작품은 그것이 만들어진 땅 위에 금칠을 하여 영원히 빛나게 만든다. 짙은 향기를 가진 세숫비누는 현실의 젖은 땀을 깨끗이 씻어준다. 문학인은 마땅히 세숫비누의 책무를 다하여야 할 것이다.

교단에 선 선생님은 남의 글을 설명하는 것보다 직접 창작하며 산교육을 하는 것이 가르침에 도움이 될 것이요, 우리 창녕의 아이들이 시화전의 현장을 보지 못하고 자라고 있음은 우리 어른들의 잘못이 아닐까.

80년대에 들어와 중앙집중에서 벗어나 지방문학이 활발하게 발전하고 있다. 시대의 조류에 앞서가는 향토문학이 되어야겠다. 창녕문학은 창간 이래 우여곡절을 겪으며 발간되어왔다.

관심있는 이들이 사랑하는 마음으로 훌륭히 키워주었으면 하는 마음 간절하다. '산토끼'의 산실인 우리 창녕의 문인 여러분께서는 고향을 위해서도 모두 창녕문학에 동참하여주실 것을 간곡히 부탁드리며, 혼자서 작품만 쓰다가 등단의 기회를 잃었다 싶어 포기하고 있는 문학 지망생분들은 포기하지 말고 여기에 참여하여 발표해봄으로써 자기 발전의 터를 찾아주시기 바란다.

선후배가 함께 힘을 합칠 때 우리 창녕의 문화는 찬란한 꽃을 피울 것이다.

사우디아라비아가 소득은 높아도 선진국이 아니듯, 소득도 높아야 되지만 그에 수반되는 정신문화의 발전도 뒤따라야 한다.

TV 전자제품에서 얻어지는 안일성은 결국 사람의 순수성을 파괴하고 말 것이다.

끝으로 늘 창녕을 잊지 않으시고 격려의 원고를 주신 여러 선생님들과 물심양면으로 도와주신 많은 지방 유지 여러분께 감사를 드립니다. (1987년)

『창녕문학』 13집 서문

제자리 잡아가는 '창녕문학'

해방과 6·25 격동의 시대를 살아온 60대 주역은 가난과 무식을 한으로 삼고 살아왔는지라 80년대까지는 경제적 왕국을 건설했다. 기업주는 군왕의 권력으로 사원 위에 군림했고, 사원은 배고픔을 해결하는 방법으로 노예 같은 생활을 당연지사로 알게 되었다. 이제 90년대를 달리는 우리는 진정한 민주국가를 건설하기 위해 노사 간의 화합을 찾는 운동이 전개되고, 인간의 기본인격을 존중받는 시대로 전환되고 있다.

정치는 지방화시대로 전환된다. 이때를 맞아 우리 창녕문인협회는 벌써 15년 전부터 지방문학을 해왔는지라 이제야 그 진수를 인정받을 수 있는 때가 왔는가 싶다.

그간 외면과 무시 속에서 그래도 인내로 견디어온 결실이라 보겠다. 지난 88년 한 해 동안에 많은 회원이 중앙 문단에 등단 과정을 밟고 작품집을 냈다.

남도영이 시조문학에 추천 완료, 양계향이 초회 추천을 받았고 임신행이 시집 2권, 김현우가 소설 2권, 김태훈이 시집을 냈고 신용찬의 시집 또한 간행되었다. 그리고 비사벌문화제, 영산 3·1 민속문화제 문학부를 주관하여 시화전을 갖고 백일장을 주관하면서 타지역 문인을 심사위원으로 초청하여 창녕을 소개했으며, 문학의 밤 행사를 갖는 등 많은 활동을 했다. 지난 87년 10월 비사벌문화제 행사 시, 서울, 부산, 일본에서 활동하고 있는 시인들이 동석

하여 창녕문학회를 창녕문인협회로 개칭하고, 경남문인협회의 정관에 따라 조직을 구성했다.

13집 발간에 즈음하여 군내 각 학교에서 문학부를 담당하면서 혼자서 작품활동을 하던 선생님들 몇 분이 참여하게 되었다. 그러나 아직 많은 문인들이 외면하고 있는데 하루 속히 동참하여 창녕의 문화가 꽃피기를 기대한다.

한국 최초의 노벨문학상은 창녕을 무대로 만들어진 작품이 받을 수 있도록 발전시켜 부곡온천의 자연적 자원을 기반하여 창녕의 구석구석을 세계인이 선망하는 땅으로 가꾸어 나가야겠다. 군민에게 소망이 있다면 집집마다 자시의 직업에 따라 연구하는 책장이 있고 몇 폭의 액자를 걸어서 가정 분위기를 정서적으로 가꾸어 나가는 가정이 될 수 있도록 지역 환경을 조성하는 것이다. 그동안 많은 수필을 발표해 온 이순재 선생이 많은 앞날을 남겨놓고 타계했는지라 그를 추모하는 글을 싣는다.

남도영, 성선경 두 분의 등단을 축하하는 뜻으로 특집을 꾸민다. 앞으로 두 분의 대성을 기대한다.

그리고 백종식씨의 작품으로 소시집을 꾸민다. 최근에 와서 열심히 작품에 매달리는 데서 오는 결과로 보인다. 그의 성장에도 관심을 가져주기 바란다.

다음 14집에서는 더욱 발전한 면모를 보여드릴 것을 약속드린다. (1989년)

『창녕문학』 14집 서문

내일의 '창녕문학' 맡을 든든한 후진들 속속 등장

문화란 무엇일까? 사전에 의하면 자연을 이용하여 인류의 이상을 실현해나가는 정신활동, 또는 세상이 깨어 살기좋아짐이라 한다.

금년에 문화부가 신설되었다. 물질적으로 살기 좋은 세상이 되고 보니 물질로 인해 사람이 타락해 정신적 삶의 행복이 깨어짐에 오히려 부가 가난보다 못한 결과에 이르자 급기야 정신적 이상세계를 창조하기 위해 모든 사람들은 옛 것을 다시 찾고 있다.

우리 고장에서도 영산의 3·1 민속문화제가 전 군민의 정신적 지주가 되어 전국에 알려진 문화재로 발전해왔다. 그러나 사람의 욕구는 한계가 없는 것, 민속에만 집중된 행사에서 연예, 현대 예술의 충족을 갈구하는 사람이 많이 생겼다. 창녕에서 비사벌문화제 행사를 열어 3·1 민속문화제와 쌍벽을 이루는가 하면 부곡에서는 온천제 행사를 열고 남지에서는 오이아가씨 선발대회 및 새농민대회 등으로 시민의 축제 분위기를 조성하고 있으니, 낙동제로 통합 발전시켜 나가려 한다.

모든 문화 활동의 기초가 되는 문학부의 일익을 담당해야 하는 문인협회가 이제야 3·1 민속문화제와 비사벌문화제에 참가하게 되었다. 백일장과 시화전을 통하여 일반인들의 정신적 욕구를 충족시켜주고 문화의 전문인으로서 책무를 다하여야 할 것이다. 작품의 가치는 작가 자신이 결정짓지 않는다는 것, 다만 후손들이 그 작품의 진가를 정하는 것이니 우리는 집집마다 책을 놓고 볼 수 있고 액자를 걸어서 자연적으로 시를 대할 수 있는 정서 어린 가정을 만드는 것이 우리 문학도들이 해야 할 일이 아닐까?

13년간 매년 1,000부씩 비매품으로 창녕문학을 펴왔고, 3차의 시화전으로 80여 매의 액자가 제작비 값으로 배부되었다. 금년에는 『내일의 창녕문학』지를 발간하여 군내 어린이와 학교 도서실에 1,000부가 배부되었다. 내일의 영재를 맞이할 터전을 완비해야겠다.

금년에도 많은 분이 등단의 과정을 밟았고 쾌히 창녕문인협회 회원으로 참가했다. 양계향이 『시조문학』지에 추천을 완료하여 왕성한 창작활동을 하고 있으며 창녕공고에서 교편을 잡고 있는 김옥희 선생이 작년에 시집을 발간하고 처음으로 참가해 주셨고, 『창녕문화』지에만 시를 발표해오던 창녕보건소의 이순경씨가 시를 내놓으셨다. 그리고 특히 반가운 것은 '90년 부산일보 신춘문예' 시 부문에 당선된 대합면 출신의 박종현이 멀리 삼천포고등학교에서 원고를 보내주셨다. 그리고 부곡면 청암리의 김관옥이 '제4회 경남여성 백일장' 산문부에 장원상을 받았다. 장차 훌륭한 수필가로 성장할 재능이 글귀마다 빛을 발하고 있어 여간 기쁘지 않다.

모쪼록 많은 군민이 고향 출신의 글을 따스한 마음으로 읽어주시고 국내 대가 여러분의 격려가 있으시기를 바랍니다. (1990년)

『창녕문학』 15집 서문

『창녕문학』 15집을 발간하면서

세상 많이 변했다. 1974년 『창녕문학』이 창간될 때는 순문학지가 서울에서만 5~6종이 발간되고 있었는데, 17년이 지난 지금은 순문학지만도 각 시, 군마다 지방의 이름을 붙여 연간집 또는 계간집으로 발간되고 있다.

"중앙문단에 등단하고 10년이 지나도 원고청탁서 한번 받아보지 못했다"는 말이 시집 발간의 광고 선전 용어로 나올 만큼 사실이었으나 지금은 모두 바쁘게 원고지를 메우고 있다.

정치가 지방자치제로 되기 전에 문학은 10여 년 앞서 지방문학으로 발전하고 있었던 것이다. 우리 창녕에서도 3년 전 『비사벌소식지』가 월간으로 발간되고 있는데 또 '창녕신문'이 주간으로 금년 5월부터 발간되고 있다. 이밖에 『경화회지』, 『창녕문화』, 'JC신문'이 정기적으로 발간되고 각 단체 회지가 간혹 발간된다.

이들 신문과 잡지마다 문예란을 두고 있어서 바로 내 이웃의 싱싱한 시와 수필 창작품을 쉽게 받아볼 수 있게 되었다. 여간 반가운 현상이 아닐 수 없다.

그리고 김태훈 선생이 『한글문학』에 시가 당선, 중앙 문단에 등단되었다.

그러나 좋은 일만 있는 것은 아니니, 작년에는 우리 창녕문협의 중추 역할을 해왔을 뿐 아니라 장차 국회로 나아갈 꿈까지 꾸던 성권영 시인이 아직 젊은 나이에 타계한 것이다.

이번 15집은 그의 영령을 위로하고 우리 회원들의 아쉬운 정을 풀기 위하여 추모 특집으로 꾸몄다. 이로써 우리 문인의 사후 생명이 영원히 이 땅에 살아 있고, 더 훌륭한 후배가 태어나기를 기원한다.

모쪼록 『창녕문학』이 계속 발간될 수 있게끔 매년 물심양면으로 협조해주시고 『창녕문학』을 애독해주시는 각 기관장님과 군내 사회단체 회원 여러분께 이 자리를 빌어 인사드리는 바입니다. (1991년)

『창녕문학』16집 서문

『창녕문학』16집을 발간하면서

문학이 어떤 일을 경험하거나 생각할 때 일어나는 갖가지 감정인 정서와 사상을 상상의 힘을 빌려 문자로 나타낸 예술 및 그 작품이라면『창녕문학』은 창녕 사람들의 생각과 사상을 한데 묶어놓은 덩어리들이다. 올림픽 서막식 행사에서 보는 각 나라의 특수한 문화행사에서 그 나라의 특색을 알 수 있듯이, 문화예술이 발전되지 못하면 그 나라의 경제도 낙후되어 있음을 알 수 있다.

지방화시대를 맞이하여 지역문학이 이제 보편화되어서 중앙에서 활동하던 분들이 고향 문협에 참가하여 내집가꾸기 작업을 돕는다. 비사벌신문이 창녕의 문인 발굴을 위하여 1백만원의 시상금을 걸고 인재 찾는 작업을 시작하여 올해 제일진으로 박재곤, 박상선, 이성희, 이경덕 네 분에게 거름을 주었고, 하현식, 성준기, 이우걸 세 분이 원고 청탁에 응해주셨다. 특히『창녕문학』창간 1, 2호에 남성호란 필명으로 참여했던 남용술 선생이 10여 년의 외출을 끝내고 창녕농공고로 돌아와 참여하게 되어서 여간 기쁘지 않다.

금년에는 영산 출신인 황명 시인이 한국문인협회 이사장직에 올랐고, 가람촌의 주역이었던 최명환이 근래 몇 년간의 침묵을 깨고 시집을 내놓았는가 하면, 백종식이 백식이라는 필명으로『시세계』에 추천, 박종혁이 부산일보 신춘문예 당선만으로는 만족하지 못하고 금년 8월『현대문학』지에 또 추천을 받았다. 창녕의 문운이 하늘에 닿는 듯한 기쁨의 한 해였다.

그러나 작년에는 성권영, 금년에는 김태훈, 『창녕문학』에 열심히 참여하던 분들이 영영 떠나 간 것이 더 한스럽다. 두 분의 명복을 빈다. 아울러 근자에 요절한 우리 지역 출신 작가 노명석을 추모하는 특집도 싣는다.

10집부터 15집까지 흔쾌히 제작을 맡아주셨던 도서출판 경남의 오하룡 사장님께 감사를 드리고, 이번 16집을 꾸며준 젊은 시인 성기각 회원에게 고마움을 표하고 싶다. (1992년)

『창녕문학』 17집 서문

『창녕문학』 17집을 내면서

수구초심首丘初心이란 말이 있듯이 비록 고향을 떠나 서울, 부산 등 전국 각지에서 우리 나라 문단의 중추적 위치에 있는 문인들이, 고향이라는 한 가지 명제 하에 모든 권위를 버리고 고향의 문학 지망생들과 나란히 서서 오순도순 이야기를 나누고 있는 것이 우리 『창녕문학』이다.

그래서 이 책을 받은 군민들은 멀리 객지에 있는 아들의 편지를 받고 반가이 펼쳐 읽는 것과 같이 많은 군민들이 『창녕문학』을 찾고 있어서, 처음 창간 이후 몇 년 간은 400부, 9집부터는 1천부, 작년 16집은 1,500부를 발간했는데 금년 17집은 2,000부를 발간할 계획이다. 활자공해시대라 말하는 사람도 많으나 문민시대를 맞아 책에 대한 관심도 전과 다르다. 모든 문인들은 원고 청탁이 많아 글쓰기가 바쁘고 어떤 선생님은 학교 봉급보다 원고료가 더 많다. 이제 우리 부모님들이 대학 진학 시 자식들이 문학 방면으로 지망하려면 못하게 막는 일은 없어지리라 생각한다. 자금 문단에서 활동하는 사람들 중에는 기술 과목에서 강의하시는 분도 많다. 이분들이 기술 공부하는 시간에 문학에 더 치중했더라면 벌써 한국에도 노벨문학상쯤 따오지 않았겠는가. 먹고 살기 위해서는 전공도 포기할 수밖에 없었던 가난이 이제 사라졌고, 각박한 경쟁에만 매달렸던 우리 국민들도 이제 느긋한 마음으로 마음의 양식을 키우는 독서에 관심을 갖게 되었으니 사회는 앞으로 좀 더 누그러질 것이다.

『창녕문학』은 9집부터 군내 각 기관 사회단체에 계속 광고를 얻었다. 젊은 회원들은 회비를 내어 자비 출판을 하자는 고집도 부리고 있으나, 원고료도 드리지 못하면서 발간비까지 부담 시킨다는 것은 수십 년간 연구해온 그 고통에 위로가 되지 못하는 것 아닌가. 그리고 광고도 원고라 몇몇 단체 외에 그 외 대부분이 매년 임원이 바뀌니 독자로 하여금 금년에는 어떤 분이 고향을 위해 일하는가를 알 수 있게 하고 회원들도 공짜로 받은 책이 아니라 떳떳이 값을 치렀고, 또 자기 소속 단체가 소개되어 있는 책을 갖는다는 것은 의미 있는 것이 아닌가.

또 책 공급에도 편리하다. 누구나 한 권씩 가져가게끔 군내 전역 관공서마다 수십 권씩 비치하였다. 문화예술을 발전시키려면 지속적인 지원이 필요하다. 1,2년 연구로 문단에 오를 수 있는 것이 아니고, 독자도 계속 책을 읽어야 그 책의 진가를 알 수 있는 것이 아닌가. 이제 『창녕문학』도 열일곱 꽃다운 나이가 되었다. 마산에 '시의 거리'가 있듯이, 창녕에 문학의 동산이 꾸며질 날도 얼마 남지 않았을 것이다. 우리 다 같이 창녕의 구석구석 아름다운 꽃이 피어나게끔 열심히 가꾸어 나갑시다. (1993년)

『창녕문학』 18집 서문

씨를 뿌리며

우리가 하찮게 여기고 그냥 먹는 쌀 한 톨을 얻기 위하여 얼마나 많은 일손이 가는가를 조용히 자문해보는 일은 드물 것이다.

농투성이로 농사를 지으며 시라는 업을 안고 살아가는 필자 역시 오래 생각해본 적은 드물다. 철이 되면 볍씨를 뿌리고 모판을 옮기고 땀을 흘리며 김을 매고 비를 걱정하고 바람을 걱정하고, 걱정과 노동의 연속이 우리 농사일의 전부다.

인간의 땅에는 농사를 지으며, 마음밭에는 시라는 씨를 뿌리며 외로이 『창녕문학』을 만드는 일에 열성을 기울였다. 세월과 함께 원고 얻어내기가 참으로 어려울 뿐 아니라 가진 이는 별것 아니라는 돈 몇 푼 마련하기가 참으로 어렵다. 씨는 혼자서 뿌리는 것이 아니다. 싹이 올라와 잘 자랄 수 있도록 기름진 토양을 만드는 일은 같은 길을 가는 회원 여러분의 성원이 있어야 하고 행정 당국에서도 적극적인 후원이 있어야 한다.

창녕은 예향이다.

국보급에 해당하는 문화재와 문화유적지가 많다. 이것을 더 값지게 더 알뜰하게 보존하는 일도 소중하다. 하지만 언어의 꽃 말의 사유인 문학을 융성시키는 일 역시 소중한 것임을 잊어서는 안 된다.

『창녕문학』!

결국은 이 일이 우리에게 무엇을 해결할 것인가 생각하면 손에 힘이 빠진다. 쌀 한 톨보다 무게가 덜한 글이 아닐까 생각하면서

늘 긴장감으로 시가 창녕이라는 지역성을 띤 마음밭에 글이라는 씨를 뿌린다.

글이라는 씨는 오랜 세월에 눈을 내고 잎을 내고 꽃을 내고 열매를 내는 참으로 신기한 씨다. 연꽃 씨보다 더 많은 시간을 소모하고서야 사람의 영혼을 맑게 하는 힘을 지닌다.

외롭게 씨를 뿌리는 이 사람에게 도움을 준다는 생각을 밀치고 부디 애정 있는 눈으로 살펴봐주기 바라는 마음 간절하다.

훗날 『창녕문학』에서 돋아난 영혼 꽃들이 결코 헛된 일회용 꽃이 아님을 필자는 믿고 있다.

마음밭에 글이라는 씨를 뿌리는 일은 참으로 어렵다. (1994년)

제5장
『신용찬 문학전집』에 부쳐

시詩

산문

평론

대담

발문跋文

● 시 詩

망우정에서

— 청우 선생님의 "망우정"에 부쳐

김군자

동으로 흘러가는 낙동강 기슭
고즈넉이 자리잡은 망우정이여
갖은 근심 다 버리고
느티나무 한 그루 언덕 위에 서 있다

나룻배 띄워 시간을 낚고
거문고 뜯어 세월을 흘리고
익힌 곡식 버리고 솔잎으로 연명하며
세상을 읽으신 고독한 영웅이시여
어둡고 쓸쓸한 방 안에서
망우당의 독백이 들려오는 듯싶구나

기음강에서 들려오는 의병들의 함성
바람 되어 대숲을 스칠 때

뒷짐 지고 낙동강을 바라보는 느티나무 한 그루
그 모습이 박아博雅하신 청우셨구나

해를 기다린다

—고추농사를 짓던 신용찬 선생님께

김인숙

홍부 뱃속에 환히 비치는 밥알처럼
투명한 기다림은 다리가 저리지 않아
고추밭에 앉아 해를 기다리면
닭이 먼저 울고
열어지는 풀벌레 소리를 붙잡은
새들이 해를 끌고 오느라 부리가 헐었고
풋고추가 붉은 고추로 건너가는 검붉은 여명은
아직 반 뼘쯤 기다려야 해
온통 빨간 고추를 식별하는 새벽은
눈을 치켜뜨거나 모가지를 늘이지 않아도
고추밭 고랑으로 걸어오고 있어
해를 기다리며 쪼그려 앉아 있으면
잡히지 않아도 늘 뜨거웠던
손바닥에 실금이 생겼던 날들도
어슴푸레 여기로 걸어올 수 있을까
알량한 안간힘으로 기다렸던 것들도
혈관이 바닥으로 쏠린 빨간 고추 옆에서는
붉어진 얼굴을 들키지 않을 수 있을까

고추밭 고랑에서 큰 방아깨비가
작은 방아깨비를 꼼짝없이 업고 있다
그 꼼짝없는 눈알이
해를 기다린다

끝이 있어서 투명한 기다림이
목울대를 지나 꿀꺽 삼켜진다

억새 닮은 농부 시인

박상선

세월은 말하더라
일으켜 세우지 않는다면
아무것도
남아 있지 않으리

이윽고
으악새 노래 되고
종내에는
애절한 연가戀歌도 된다

반복되는
억겁의 시간 속에서
농사 짓고 시 쓴다고
농부시인이라 부르는구려

사랑니 발치하는
순간부터
사라지지 않는 벌판에서
어느 구석에라도
자리하고

그대 오시는 날엔 말해드리리
아낌없이

하얀 꽃술 털어
그대의 시심詩心 속에 뿌려
싹 틔워주리라

나이듦에 대하여

— 외줄을 타는 신용찬 선생님께

박정선

날마다 쥘부채를 흔들며 외줄 위에 중심을 잡는다
치자꽃을 볼 때면 심장 쪽으로 기울다가
지글지글 한우를 구우면 허파 쪽으로
누룽지탕수에 소스 올리면서 다시 왼쪽으로 기울기도

효도는 요양보호사와 요양병원에 다 맡겨놓고
늘 들여다보는 자식은 의사들 진단에 잘 따르고
한번도 안 들여다보던 자식 목소리가 제일 크다는데
나는
우리는 어디쯤일까

내리사랑은 있어도 치사랑은 없다더니
열 자식 한 어머니는 거두어도
한 어머니 못 섬기는 열 자식
요양병원에서 나가고픈 마음 표현하는 한마디
내가 갈 곳이 한 군데도 없냐?
쥘부채 놓치고 고꾸라져 처박힌다
그 봐라
너도 곧 닥친다

살아온 세월은 어찌하지 못해도
앞으로 남은 시간들
온 하늘을 덮으며 나 혼자 찬란한 노을이기보다는

그대가 더욱 빛나게 감싸며 받쳐주는
아름다운 노을로 남고 싶은 욕심
쥘부채를 폈다 오므렸다 중심잡기로 날숨 들숨 고르고 있다

석양빛 능선
— 신용찬 시인님께서 쌓은 정을 그리며

배성근

당신이 그린 큰 그림이
우포늪 새벽처럼 그립습니다
넓은 수초같이
한여름 땡볕에 그을린
당신의 살가운 손길을 받으며
아픈 가슴을 문지르던 그날
한평생 쌓은 나눔의 정이
젊은 청춘에게
고향의 푸른 숲을 지키는
디딤돌이 되었습니다
당신의 뜨거운 품에 안긴 우리들
지금은 가을 햇살처럼 쏟아지는
독백의 계절 앞에
뭉게구름처럼 호사롭게 그립습니다
석양빛이 감싸고 있는
뜨거운 심장 소리가 들리는 곳으로
귀기울이며 찾아가면
가까웠다 멀었다
이명처럼 들리는 풀벌레 소리가
멈추지 까닭은
당신의 삶의 여정이
못다한 이야기로 지척이다
길 잃고

깜박 잠들었기 때문일 겁니다
꿈속에서 들리는
화왕산 억새 숲에 속살거림은
세월 속에 묻어둔
당신의 타고난 시향이리라
저문 날 대대제방에 서서
지금은 석양빛 능선에 앉은
당신의 목소리를 듣습니다
뚜렷한 고향의 목소리를…

靑牛 신용찬 선생님

송미령

문학이 삶이었고 삶이 문학이셨던
농업의 삶 속에서 대지의 사랑과 자연을 담아내어
문학을 꽃피우셨던 청우 선생님
엊그제 뵈었던 것 같은데 25년이 흘렀습니다
그러는 동안 후배들에겐
주춧돌이 되고 커다란 언덕이 되어주신 청우 선생님
덤벙 같은 청우 선생님의 문학 사랑으로
햇살 같은 오늘이 또 열리고 있습니다
문학이란 이름으로
우포청소년문학상도 햇수를 쌓아가고 있습니다
대쪽 같던 선생님의 성격 따뜻하셨던 그 마음도 그리워지네요
푸른소 청우 선생님

청우 선생 쾌차하소서

신익교

화왕산 진달래 피고 지는데
두견화 활짝 새봄을 맞는다
어둠 속 모닥불 지핀 불길로
돌멩이는 바위가 되어
비사벌 영원한 불멸되어 빛나리다

웅크린 가슴 넓게 펼쳐
낙강변 모래톱 손끝 터진 핏물
개방 꿈을 활짝 열어놓고
농사일 고단한 몸 풋고추 된장 찍어
가슴에 품은 꿈을 농주 한 잔 시 한 수로
깨달음은 성공의 지름길
자식들은 어버이 뜻을 따라
우포늪 청소년들에 아는 것이 힘이다
집안은 웃음꽃을 피운다

두메산골 시원한 새바람 스치며
뒤에는 봄빛이 돗자리 펼치노라 한다
고려사에 우왕 창왕 공민왕 아들
운곡이 밝혀 역사의 끈이 되어
신돈사상연구회 발족 남긴 족적
역사의 장이 되어 펼치리라

행복한 노년

이성희

오지도 않은 근심 하지도 말아야지
아침 햇살 사랑 행복하게 살아야지

아름다운 하루 선물로 받았으니
기쁨으로 감사로 노래하며 살아야지

겨울을 주신 의미 깨달았을 때
사랑했던 길동무 천국 가시고 없었네

부지런히 달려온 봄 여름 가을
이제는 쉬라고 겨울을 주셨네

하나님의 깊은 뜻 가슴에 새기며
행복한 노년을 살아보렵니다

홍포동 늙은 모과나무
— 신용찬 선생님 문학전집에 부쳐

이주희

꿈꾸지 않았다
널리
세상을 향기롭게 하리란
오만방자함 따위는

오동지섣달 긴긴밤
봉두난발 쥐어뜯으며 달려드는 삭풍을
온몸으로 견뎌내었다
두꺼워진 각질 속에서
분분한 백설
난만한 꽃잎이라 여기며
시린 발 동동 굴렀다

훠이훠이 흐르는 저 낙동강
강물보다 더 시퍼런 청춘
으르렁거리는 여름 소나기에
목욕재계하고
지상에 내려온
고단한 별빛
가슴에 품었다
흙 묻은 손으로 다독여

청우 선생

윤세희

소리도 없이 오셨습니다
헐렁한 의관이 편안해 보입니다

소싯적엔 두주불사하던 애주가였고
가마니 하나쯤 가볍게 들어올렸다는데
지금은 어떠신지요?

그간 쌓아놓았던 알곡을
사방에 다 퍼주니 후련합니까?

이만큼 살았으니 다 내려놓으련다
물 흐르듯 살다보니 세상이 맑아보여, 웃는 얼굴이
천진난만하네요

험한 계곡과 들판을 돌고 돌아
이제는
너른 물이 되셨네

시를 심다

— 신용찬 시인의 노래를 들어보라

정노천

씨앗이 들어가지 않으면
생명을 뱉어내지 않는 남지 모래펄
물길을 막아서던 큰 바위를 잘게 부수어
낙동강가 구비에 쌓아놓은 모래밭
물방울 씨앗이 배어들어도
싹이 트지 않는 불임의 땅
한때 땅속으로 슬그머니 들어온 콩이
한 흙을 덮자고 모래알과 몸을 비비다가
결국 땅콩이 된 소문이 둔치에 자자했었지
킥킥거리던 물줄기 철교 난관에 머리 부딪히고
물소리 지척에 누운 모래밭은
축축이 잘 젖던 젊은 기억을 붙들고 있을까
씨앗을 뿌리던 손길이
정직한 노동이 아니었든가
싹은 돌아다니지 않고
오직 그 자리서 솟아오르기만 하는데
강 건너지 마라
부푼 강물에 올라타지 마라
건너갔다가도 실없이 돌아온 얼굴들을
교각에 묶여 거센 강바람에 말린다
둔치를 삼키던 붉은 물줄기가 우랑탕탕 두들겨서
둑을 허물고 남지바닥 개벽이 되더라도
상처투성이 가슴팍은 선불리 헐지 마라

출렁출렁 을숙도에나 이르거든
새들의 울음소리에 올려 한 곡조 노래하라
남지벌 그 둔치 모래알만치 많은 이야기들을
둑을 터뜨리고 들판을 뒤집던 강물에다
시를 심고 한평생 일구던 그 사람의
푸성귀 노래 한 자락 들어보라
뿌린 대로 그 자리서 콩 나고 팥 거두고 살 것을
괜스레 허공에 언어를 묻지 마라
가슴에 바람만 자랄 뿐이네

청우 신용찬 시인과 함께한 세월

김현우

내 고향 창녕 남지 자랑이라면 여러 가지 있을 것인데 그 중 남지에는 문인들이 많이 배출되었다는 것을 꼽고 싶다. 그 중에 첫 손을 꼽으라면 바로 청우 신용찬 시인이다.

청우와는 다닌 초등학교는 다르지만 중고등학교는 같은 학교에 다녔다.

창녕문인협회의 전신인 창녕문학회가 결성될 때 나와 청우가 그때 남지초등학교에 재직 중인 임신행 동화작가의 연락으로 함께 만나게 되었는데 그게 1973년 여름쯤 되니까 벌써 수십 년이 흘러간 예전 일이다.

그때 창녕군 내 글쓰기를 하는 문예지도교사들의 작품을 모아 임신행 선생 주도로『만년교』를 1973년 3월 1일에 영산 3·1문화제를 기념하여 출간한 것이 계기가 되어 그해 모임이 있었다. 그 당시 남지읍사무소에 근무하고 있었던 나는 임신행 선생의 연락을 받고 다방에 나가니 농시를 짓고 있던 농꾼 신용찬도 나와 있었고 그때서야 그가 시를 쓰고 있음을 알게 되었다.

그날 다방에서 만나보니 신군은『현대문학』과『시문학』을 구독하며 열심히 시를 써서 강홍운 스승님께 가져가 지도를 받고 있다는 사실도 알게 되었다. 사실 그때 나도 시를 써서 스승님을 찾아가 지도를 받았다. 스승님은 내가 시 한 편을 써서 가져가면 몽당연필로 처음부터 끝까지 줄을 쳐 가면서,

"요거는 요래서 재미없고… 저거는 이미지가 아니라 설명이어

서….”

하시며 시를 지우기 시작하면 남는 문구는 하나도 없었다. 아마 그래서 나는 어려운 시는 그만두고 소설을 쓰기 시작했는지도 모르겠다.

아마 신군도 나와 같은 그런 과정을 수없이 겪었을 것이다.

임 선생이 다방에 불러낸 사람들은 나와 신군 말고도 남지초등학교에 근무하던 황영희, 김옥영, 영산에 있던 하재홍, 남용술, 백종식 선생 등 여럿이었고 다 초면이었지만 조금 시간이 지나니 서먹서먹하던 분위기는 사라지고 자리를 옮기니 술판이 벌어졌고 아마 신군이 그걸 부담했을 것이다. 그날 우리는 창녕문학회를 결성하기로 결의를 했고 곧 임신행 선생을 주간으로 인쇄소를 운영하던 하재홍(영산농고 재직) 선생을 회장으로 추대하여 『창녕문학』 창간호를 발간하기로 의논하였다.

『창녕문학』 창간호는 오랜 진통 끝에 1974년 12월에 발간되었는데 신 시인은 「그 사람」 외 1편을 발표했으니 책으로 문자화된 작품으로는 그것이 최초일 것이다.

그 이후 해마다 발간된 『창녕문학』에 꼬박꼬박 쉽고도 순수한 농군의 시를 발표했는데, 2집에 「촉석루에서」 외 1편, 3집에 「임진각에서」 외 1편, 4, 5집에 「구룡산석가여래좌상」 외 2편 등 여행에서 얻은 시를 거쳐, 1980년의 6집에는 농사지으면서 흘린 땀과 농사일의 애환을 담은 「백엽고병」 「겨울 참새」 등 여러 편을 발표하면서 작품의 성향이 뚜렷해졌다.

창립 때부터 회장을 맡아 출혈을 감수하며 책을 펴낸 하재홍 선생이 인쇄소 운영난으로 1977년 3집을 끝으로 내가 창녕문학회 회장을 1978년 맡게 되었고 4,5집을 묶어 부산 새로출판사에서 펴냈다. 이후 공무원이었던 내가 진해로 전출되면서 1983년 창녕을 떠나 이듬해 신용찬 시인이 회장을 맡아 제9집을 펴내게 되었다.

그간 내가 회장을 맡아 고심하게 된 일은 항상 출판비 조달이었다. 회장을 맡아 6년간 출판비 염출에 고생해야 했는데 1980년엔가 한국문화예술진흥원에서 최초로 지방 문예지에 지원금을 준다는 소식에 숨통이 좀 트였다. 우리 창녕문학회가 보조금을 신청해 얼만가 중앙의 지원을 받게 된 일은 경상남도 내에서는 최초로, 다른 동인지나 기관지에 앞섰던 일이었다.

그 몇 해 후 중앙의 지원금 사무가 지방으로 이전되었고 우리 『창녕문학』 출판비 전액은 아니었지만 해마다 지원금을 받게 되었다. 1984년 신용찬 선생이 회장을 맡은 후 지원금 외 모자라는 출판 비용은 오로지 신용찬 회장의 몫이었다.

신 회장은 발로 뛰었다.

군내 기관이란 기관, 사회단체를 다 방문하면서 광고를 『창녕문학』에 실을 테니 광고비를 협찬해달라고 열심히 요청했다. 신 회장이 제9집(1984년) 이후 발간된 제10집부터 출판사를 오하룡 시인이 마산에서 설립한 신생 출판사인 '도서출판 경남'으로 바꾸면서 한결 부담이 줄어들었지만 역시 신 회장의 광고 얻기 동분서주는 매년 계속되었다.

내가 회장 바통을 1984년에 신 시인에게 넘긴 이래 1995년(제19집) 이순경 회장으로 교체되기까지 11년간 그는 한결같이 『창녕문학』에 즐겁게 헌신하며 불평불만 한마디하지 않았다. 정말 향토문단을 지킨다는 사명감이 없이는 어려운 일이었는데 억척스럽게도 그는 훌륭하게 그 일을 해냈다.

1970~80년대 그 시절 창녕 비사벌문화제나 영산의 3·1 민속문화제가 있으면 황우 이준범 선생과 시인 성권영, 조유로 선생이 꼭 참석해 수필가 김현곤, 강홍운 선생 등 창녕문인들과 함께 백일장

심사도 하고 술자리도 함께하고 여관방에서 함께 자기도 하며 창녕의 후배 문인들을 격려하고 사랑했다.

그 시절 신용찬 시인에게 '청우靑牛'란 아호를 황우黃牛 이준범 선생이 같은 항렬이라면서 소 '牛'를 넣어 지어주었다. 그때 이 선생님이 나에게도 남지의 끝 글자 맛 '旨'를 갈 '之'로 바꿔 '지당之堂'이란 호를 백지에 붓글씨로 써서 내려주었다. 황우 선생이 그랬다.

"신 시인은 농군이니 바로 소가 아닌가? 나는 누렁이 황소이니 황우고 너는 푸른 초원에서 일하고 풀 뜯어 먹는 농군이니 푸른 소 청우가 딱 맞데이" 하셨다.

"푸른 소가 어디 있습니까?"

누군가 의문을 제기했다. 그러자, "에이! 검푸른 게 바로 검정 소가 아이겄나?" 하셨다.

사실 농사를 짓느라 일 년 열두 달 햇볕에 그을려서 신 시인의 얼굴은 검푸른 색이었으니 검정 소, 청우가 아닐까? 지당의 갈 '之'자는 물의 흐름을 또 산길의 꼬불꼬불함을 말하니 바로 김현우의 부드러운 성격과 부합하다는 황우 선생의 설명을 들으며 검푸른 소 청우도 신용찬 회장의 뚝심과 고집과 저돌적인 힘을 새삼 느끼게 하는 호라고 하셨다.

신 회장은 나와 함께 창녕문화원 회원으로 입회하였고 부설 향토사연구위원이 되어 창녕군지편찬위원회 위원을 맡아 1984년 『창녕군지』를 펴내는 일에 한몫을 해냈다. 이후 문화원기관지 『창녕문화』 편집도 맡아서 해마다 수고해 군내의 문화창달에 큰 역할을 감당해냈다.

신 시인은 향토문화 자료수집과 연구에도 열성을 보여 『창녕누정록』(1995년 간), 『창녕금석문』(1998년 간), 『창녕군인물록』(2001

년 간). 『창녕군지(상·하)』(2003년 간행) 등 편찬과 발간에도 몸담아 향토사연구위원회 편찬위원으로 크게 활동하였다

1998년에 남지읍지편찬위원회가 구성되어 1999년에 『남지읍지』가 출간되었다. 이때 내가 읍지 편찬의 원고 집필을 맡았고 신 시인은 편찬위원 중 재무위원으로 모든 경비를 모으고 쓰고 정리하는 데 고생을 했다.

제1시집 『청우靑牛』를 1989년에 도서출판 경남에서 발간하였고 2001년 9월에 제2시집 『풀밭을 매면서』를 펴냈는데 개인 시집에는 그때 어울리지 않는 남지읍지 재무위원으로 활동하면서 사용한 출판경비 입출금 내역인 '남지읍지 발간 결산'서를 책 뒤에 실어 금전 취급에 일말의 의혹도 없도록 조처하여 사람들을 놀라게 했다.

제2시집 『풀밭을 매면서』로 2002년 10월 제7회 황우문학상을 수상하게 되어 회원들로부터 축하를 받았다.

기억에 남는 일은 첫 시집 『청우』를 내고 나서 경남에서 '농부시인'이라 들썩 소문이 나면서 유명인사가 되는 데는 마산MBC에서 녹화방송을 했기 때문이었다.

오이와 고추 온실농사를 짓는 농사꾼이 순수하고도 멋진 시를 쓴다는 소문에 방송국에서 놀라 그 당시 프로듀서인 김미윤 시인(마산문인협회 회장 역임)이 찾아와 대담한 것인데 대담 녹화장소는 남지읍 시가지가 다 보이는 남지철교 강 건너 계내마을 느티나무 그늘에서였다.

문학활동 외에 청우는 지역의 사회단체인 국제라이온스클럽 309-1지구(창녕, 함안 등 6개 지역) 회원으로 활동해 남지지구 회장을 역임했으며, 1996년에는 남지지구 대표로 캐나다 몬트리올에서 열리는 국제라이온스클럽 세계대회에 참가하기도 해 사회활동도 폭넓게 하여 2014~15년 국제라이온스협회 309-1지구(7지

구, 창녕 함안 의령, 남지, 아라, 우포클럽 등) 부총재를 역임하고 협회 총재상을 수상하기도 하였다.

그의 대표작을 꼽으라면 나는 첫 시집『청우』에 실린「처서기」를 꼽고 싶다.

한여름 매미가 우는 농촌 풍경이 고스란히 담겨 있는 시로 농부의 애환이 서려 있다.

버드나무 머리에
사르르 즐거운 노랫소리 속에
목메 흐느적이는 여름이 보인다

논머리 가슴 답답던 빛이
벼 뱃속에 저마다
볼록이 숨어들었다

안뜰 마당엔
여름이 콩알되어
튀고 있었다

—「처서기」부분

南旨, 그곳엔 그가 산다
— 신용찬 선생을 그리워하며

남기태

남지(남쪽의 아름다운 고을) 넓고도 기름진 들과 서남을 끼고 흐르는 풍요로운 낙동강, 그 강변에서 마음 고운 사람들이 모여 살아온 곳.

외가가 남지읍 성사동 매전이라는 마을에 있었기에 영산에서 비포장도로에 덜컹거리는 완행버스를 타고 남지에서 내려 황토 십 리 길을 타박타박 걸어 황새목에 다다르면 저만치 외가가 보이고 마을 입구의 원두막에는 외할아버지가 초등학교 4학년짜리 외손자를 반가이 맞아주신 곳이기도 하다. 매전마을은 입구에 우물이 있고 야트막한 산 아래 자리한 전형적인 시골이다. 여름 장마에 홍수라도 나면 남지읍 곳곳이 그렇듯이 된통 물바다로 변하여 길이 끊어져 상당 기간 갇혀살아야 했던 곳으로 늘 내 기억의 방 하나를 차지하고 있다.

남지는 제방공사 이전까지만 해도 사질토의 밭과 물이 귀한 척박한 자연환경 속에 여름이면 가뭄과 홍수, 겨울이면 휘몰아치는 바람에 모래먼지가 세차게 날려 앞을 볼 수가 없을 지경으로 모래 한 말을 먹어야 시집을 갈 수 있다고도 하였다. 그래서인지 남지 사람들은 개척정신이 강하고 늘 긍정적이며 매사에 적극적으로 살아간다.

신용찬 선생을 처음 만난 것은 1970년대 중반 『창녕문학』의 태동기였다. 검은 빛 피부의 건장한 농민문학가로 기억하고 있으며 40년이 훨씬 지난 지금도 내 기억 속에 성실하고 과묵한 모습 그대로 남아 있다.

평지로 이루어진 남지는 땅콩과 밀, 옥수수, 참외, 수박 등 비교적 단순한 농사가 주였으며 그것도 가뭄과 수해가 닥치면 일 년이 허사가 되기 다반사였다. 높은 산이 없어 땔감도 부족하고 산나물도 귀하여 사람이 살아가기엔 녹록지 않은 지역이었으나 제방공사와 수리시설 등으로 수해나 가뭄 걱정이 없어지고 기반시설이 완비되어 농토가 차츰 안정된 후에는 하우스나 축산업까지도 발달하게 되었다. 성실 근면한 성품을 지니신 선생은 넓지 않은 농토를 가지고 열심히 노력하며 살 수밖에 없었기에 손발의 흙먼지와 땀으로 얼룩진 얼굴로 일생을 살았다.

남지읍에서 상대포 쪽으로 걷다보면 왼쪽에 보이는 그리 높지 않은 산 아래 자리한 아담한 마을 마산리가 있다. 산세가 부드럽고 너른 들이 있는 착하고 인심 좋은 사람들이 모여 사는 마을, 이곳에 평생을 살아온 선생이 있다. 진솔하고 순박한 심성과 우직한 모습 속에 감추어진 시심으로 일생을 보낸, 화려하거나 예리하지 않아도 늘 한결같은 자세로 시를 가꾸고 사랑한 신용찬은 언제나 그곳을 지키며 살았다. 중앙문단을 기웃거리지도, 다른 장르를 넘보지도 않은 채 스스로의 길을 걸어왔다. 남에게 의지하지 않고 오직 스스로 노력으로 논밭을 가꾸고 하우스에 작물을 심고 가축을 키우며 올곧게 살며 꾸미거나 얕은 술수를 부리지 않았다. 시대의 발전에 조금은 뒤처지고 흙 묻은 손으로 시를 썼기에 투박하고 미련해보이기는 하여도 그의 시는 선이 굵고 거짓이 없다. 콩 심으면 콩 나고 팥 심으면 팥 나는 법 아닌가. 지나치게 꾸미는 것은 본 모습을 잃게 할 뿐이다.

「만년교」 이후 『창녕문학』이 41집에 이르기까지 늘 곁에서 자리 지켜온 선생, 힘들게 일하고 넉넉지 못한 살림 속에도 『창녕문학』의 큰 발전을 꿈꾸고 젊은 후배 문학인의 거름이 되고자 거금 일억

원의 발전기금을 선뜻 마련해주신 뜨거운 가슴에 경외심을 떨칠 수가 없다. 늘 온화한 미소와 조용한 자세로 사람을 대하기에 대화는 적었어도 많은 이야기를 나눌 수 있었다.

오래도록 병마로 고생하면서 내색도 않은 선생은 시인이기 이전에 인간적인 면모가 참으로 훌륭하시고 『창녕문학』의 만형으로서 존경할 수밖에 없는 품성을 지닌 시인이다.

40여 년의 연륜 속에 『창녕문학』을 거쳐간 많은 작가들이 있기에 『창녕문학』의 뿌리는 깊고 넓다. 경향 각지에서 활동하는 창녕 출신 작가가 많고, 앞으로도 훌륭한 문학인이 많이 배출될 것이다. '회자정리며 몸이 떨어져 있으면 마음도 멀어진다'라고 하였던가? 수구초심의 자세를 잃지 않고 창녕문단의 발전을 위해 애써주시기를 소망하며, 언제나 창녕을 사랑하고 남지라는 이름을 지키며 땅을 일구는 시인 신용찬 선생 같은 이를 만날 수 없을 것이기에 병마를 이겨내고 건강을 회복하여 우리 곁에 오래도록 머물러 주시기를 기원해본다.

신용찬, 그는 남지에서 태어나 80년을 남지에 살며 욕심 부리지 않고 주어진 환경에 순응하며 욕심도 꾸밈도 없이 살아오신 농민이며 시인이다. 비록 조금은 투박하고 세련되지 못했다 하여도 기대고 산 땅 같은 진솔함이 녹아 있고 유장한 낙동강과 같은 성실함이 배어 있다. 평생 곁눈질 한번 않고 한길만 걸어온 참된 삶이 살아 있다. 남지는 늘 아름다운 모습일 것이고 우리들 마음속엔 항상 선생의 소박한 삶이 살아 있을 것이다.

신용찬, 그곳엔 언제나 그가 있을 것이다.

빛바랜 기억 속으로

하연우

언제부턴가 나는 신용찬 선생님을 까맣게 잊고 지냈다. 이번 원고 청탁 공고문을 읽으면서 깜짝 놀라지 않을 수 없었다. '투병'이란 두 글자는 나의 가슴을 아프게 하기에 충분했고, 걱정과 염려로 몇 날 며칠을 끙끙거렸다. 전화를 한번 드려야 하나 말아야 하나 안절부절못했다. 그러나 너무나 오랜 세월 소식을 끊고 지냈기에 전화기를 들기에 용기가 부족했다. 그냥 마음속으로 평온과 쾌유를 비는 수밖에 별다른 방법을 찾지 못하고, 이렇게 글을 쓰면서 오래전에 있었던 선생님과의 추억을 희미하게나마 되새겨본다.

그때도 무지하게 더운 여름이었던 것 같다. 비사벌신문사 문예공모에 나는 차상으로, 김홍돌 선생님은 장원으로 상을 받으면서, 창녕문인협회에 바로 가입하여 문학활동을 시작하게 되었다. 내 나이 고작 스물다섯, 아무것도 모르는 철부지시절이었고 집에서는 망아지처럼 천방지축이었다. 말하자면 어디로 튈지 모르는 럭비공 같은 딸이었다.

첫 문인협회 모임에서 여러 선생님과의 만남은 두근거렸으며 조심스러웠고 평소와 정반대로 다소곳했다. 두 달마다 문학모임이 열렸는데 나는 꼬박꼬박 참석하는 열의를 보였다. 그런 나를 선생님들은 예뻐해주며 챙겨주셨다. 나들이가 많지 않던 나는 늘 선생님들과의 만남을 기다렸고 또 즐겼다. 정말 시간이 어떻게 흘러가는지 모를 만큼 막내로서 선생님들의 사랑을 독차지하는 느낌을 받았었다.

선생님들 가운데 특히 나를 눈여겨본 분이 있었는데, 그분이 신용찬 선생님이셨다. 어느 날 저녁 아버지께서 들어오더니, 저녁 식사를 마치고 말씀을 꺼내셨다.

"신용찬 선생님께서 널 며느리 삼고 싶다고 하시길래, 아빠가 안 된다고 거절하고 왔다. 네 의견을 물어볼 걸 그랬나?"

"아니, 아빠. 나 결혼하지 않을 거라고 몇 번이나 말했잖아. 잘하셨어요."

"신용찬 그분이라면 시아버지 자리는 참 좋아, 하지만 장남이라고 하길래…. 아빠는 너 장남한테는 보내고 싶지 않다. 네가 몸이 건강한 것도 아닌데, 어떻게 맏며느리 노릇을 할까!"

"응, 아빠 맞아요. 그러니까 너무 신경쓰지 마. 나 결혼 관심 없다니깐."

"너한테는 어찌 장남한테만 선이 들어오는지 모르겠다."

"그러게, 이상하네. 내가 맏며느리 노릇 잘하게끔 생겼는가보지 뭐!"

"넌 아빠와 평생 같이 살자. 막내보다 네가 더 어리광을 부리는데 어떻게 시집을 가겠냐!"

"나야 아빠랑 살면 좋지!"

그 후로 모임에서 선생님을 만날 때마다 죄송한 마음과 조금은 부담스러운 마음, 감사한 마음이 뒤범벅되어 나를 흔들었다. 한편으로는 시아버지처럼 생각하기도 했고, 그렇게 되었으면 얼마나 좋았을까 상상의 나래를 펼치기도 했었다. 어쩌면 결혼 말씀이 있기 전보다 훨씬 따뜻하게 선생님을 바라보았었는지 모르겠다.

사실, 선생님은 그 말씀을 하기 몇 년 전부터, 그러니까 내가 문인협회에 들어간 직후부터 한 달에 두어 번씩 책을 들고 집으로 찾아오셨었다. 차를 마시며 이런저런 좋은 말씀도 해주고 아버지 어머니와 인사도 나누며 나를 많이 챙겨주셨다.

지금은 세월이 흘러 기억에 남는 말이 별로 없지만, 이 말씀 한 마디는 뼈에 사무칠 정도로 생생하다.

내 방을 쓱 둘러보며 하시는 말씀, "글 쓰는 애가 책이 너무 적다."

나는 아무런 말도 하지 못한 채, 쥐구멍이 있다면 숨고 싶을 만큼 얼굴이 벌겋게 달아올라 엄마 얼굴만 멀뚱멀뚱 쳐다봤었다.

그랬다. 지금 내가 생각해봐도 그때 나의 책 보유량은 터무니없이 적었었다. 내가 돈을 벌지 못하는 상황에서 부모님이 주는 용돈으로, 읽고 싶은 책을 모두 다 사기엔 너무나 부족함이 있었고 용돈 이외에, 책을 산다고 했을 때 부모님은 아낌없이 책값을 주셨지만, 난 그게 또 너무나 죄송스러웠다. 나뿐만 아니라 회사와 살림에 들어가는 비용이 어마어마했기에 용돈을 더 달라고 떼를 쓸 수 없는 노릇이었다. 나 나름대로는 정말 열심히 독서를 했고, 책을 사 모았는데, 선생님께 그런 말을 들으니 한동안은 무언가 잘못된 애처럼 생각되었었다.

영원히 함께 살자던 나의 아버지는 그 말씀 이후로 몇 년 살지 못하고 췌장암으로 한 달 투병생활 끝에 돌아가셨다. 늘 나를 지지해주던, 글 쓰는 딸을 누구보다 자랑스럽게 여기던 나의 아버지는 그렇게 내 곁을 떠나가셨다. 나는 썩은 나무처럼 폭삭 주저앉아 일어서지 못했다. 정신적 슬픔은 몸의 고통으로 이어졌다.

피부 가려움증은 밤낮을 바꾸어놓았다. 쉴 새 없이 긁어대는 통에 밤에는 잠을 잘 수 없었고 낮에는 온몸에 진물이 뚝뚝 흘러 붕대를 칭칭 감은 미라가 되어 밖으로 한 발짝도 나가지 못하는, 차라리 죽고 싶다고, 차마 엄마께 해서는 안 되는 소리까지 뱉으면서 하루하루를 보내야만 했다. 그것은 나의 꿈과 젊음과 꽃다움을 조금씩 갉아먹었다. 그렇게 내 30대와 40대를 실은 배는 무덤 속으로 가라앉고 있었다.

그뿐만이 아니라 아버지가 돌아가시자마자 선생님은 발길을 뚝 끊어버리셨다. 나는 나의 아버지만 잃은 게 아니라, 동시에 두 분을 잃는 아픔을 혼자 감당해내야 했다. 당연히 슬픔은 두 배가 되어 몸을 짓눌렀고, 그 밑바닥에 남은 알 수 없는 감정들을 쉬이 떨쳐낼 수 없었다.

살아가면서 힘이 들 때면 아버지가 그리워진다. 그러다보면 연쇄반응처럼 선생님 생각도 줄줄이 낚여서 올라온다. 그때 내가 선생님의 며느리가 되었더라면 지금 어떻게 살고 있을까, 나의 아버지 죽음이 조금은 덜 슬펐을까, 선생님 밑에서 무한 지지와 격려를 받으며 편안하고 안락하게 창작활동을 더 열심히 하고 있을까, 하는 말도 안 되는 상상을 하면서 희미한 추억의 책장을 넘겨보곤 한다.

나도 이제 나이가 드니, 그 당시 선생님이 왜 발길을 뚝 멈추어버리셨는지 조금은 알 것 같기도 하고, 서운했던 감정과 고마움의 마음을 강물 속으로 잔잔하게 흘려보낼 수 있게 되었다.

"선생님, 저보다 지금의 며느리가 훨씬 어여쁘시지요? 저를 며느리로 맞이하셨더라면, 지금과는 달리 선생님의 걱정과 염려는 떠날 날이 없었을 겁니다. 아마 귀여운 손주도 안아보시지 못했을지도 모릅니다. 비록 선생님과 제가 시아버지와 며느리의 끈으로 연결되지 못했지만, 저는 선생님을 많이 존경하고 마음으로나마 푸근함을 느낍니다. 그러니 제발 빨리 쾌차하여 일어나십시오. 건강한 모습으로 오래오래 머물러주세요. 저뿐만이 아니라 후배들이 바라는 한 가지 소원일 것입니다.

'글을 쓰는 애가 아직도 책이 너무 적구나!'라고 말씀하신다면, 이제 얼굴 붉히지 않고 당당하나 공손하게 말씀드릴 수 있어요. 비록 책은 적지만, 그렇다고 독서량이 부족해서 글을 쓰지 못할 정도는 아니라고요. 책은 어떤 경로를 통해서든 볼 수 있고, 한 발짝 더 나아가기 위해 열심히 최선을 다해서 공부하고 있다고. 그리고 결코 집에 책이 많다고 해서 글을 잘 쓰는 건 아니라고요. 선생님의 책 보유량에 비하면 전 아직도 새 발의 피입니다. 선생님만큼 많은 책을 가질 순 없지만, 많이 읽고 많이 생각하고, 건강이 허락하는 한 글을 놓지 않고 치열하게 쓰겠습니다. 부디 병마를 떨쳐버리고 일어나셔서 지켜봐주세요."

있는 그 자리에서 가만히 웃을 수 있는 물의 시학, 때의 시학

신병은

일상 속에서 만나는 대상의 포즈가 곧 생각이다.

그리고 포즈 그 자체로 몸의 화법이다.

바람 부는 날의 풀과 햇살 눈부신 날의 풀의 포즈가 다르고, 아침과 저녁의 포즈가 다르다. 시간과 장소 상황에 따라 다르며 그 때그때 다가오는 느낌과 생각도 다르다. 같은 대상과 현상이라도 아침과 저녁이 다르고, 비 오는 날과 햇살 창창한 날이 다르다.

시적 상상력은 이러한 포즈에 담겨 있는 몸의 화법을 만나는 일이다. 저 포즈 속에 어떤 생각, 어떤 이야기가 안겨 있을까, 어떤 진실이 숨겨져 있을까. 그 속에 안겨 있는 의미를 훔쳐내는 일이면서, 훔쳐낸 그 내용을 널리 소문내는 일이다. 그 속에 어떤 비밀이 숨겨져 있을까에 대한 호기심과 궁금증이 생산자와 수요자의 공통분모이기 때문이다.

포즈에 대한 통찰을 위해서는 나타리 골드버그처럼 뼛속까지 내려가서 봐야 하고, 사물의 겉모습이 아닌 본질을 생텍쥐페리처럼 제대로 들여다봐야겠지만, 있는 그대로를 보고 말하는 화법 또한 중요하다.

그렇게 될 때 비로소 정직한 상상력이 시작된다.

정직하고 솔직하게 바라보는 미적 체험이 건강한 울림을 갖게 된다. 진솔한 미적 체험을 갖지 못한 채 말초적인 언어 감각에 의존하게 되면 미적 정서를 둔화시키고 동적 삶의 체험을 둔화시킬 뿐이다.

시든 그림이든 말하고자 하는 것이 분명할 때 힘을 갖는다. 무엇을 말해야 하고 어떻게 말해야 할 것인가를 분명히 알고 대상의 포즈에 말을 걸 수 있어야 한다.

시의 길은 우리가 늘 가는 출근길이고, 산책길이고, 저녁 먹고 나서는 마실 길이고, 물 잡으러 가는 논길이다. 길을 걷다 어느 한 순간에 '아, 저거' 하는 메타포가 인상적으로 안겨오는 그 한순간이 바로 시적 인식의 계기가 된다. 그 순간은 늘 대상과 소통하려는 준비가 되어 있을 때 문득문득 만나게 된다. 나무와 풀과 바람, 돌과 꽃과 나비 등 내가 만나는 모든 것들이 하나같이 시적 대상이기 때문이다.

결국 소통이다.

정치인은 민중과 소통하고, 농사꾼은 농작물과 소통하고, 선생은 학생들과 소통하고, 모든 나무는 바람과 햇살과 소통을 잘해야 한다. 사실 모든 시는 소통의 결과물로 나무가 풀, 꽃과 바람이 들려준 이야기를 옮겨 적은 것에 불과하다.

페루 인디언들은 바다에 나가 고기를 잡기 전 낚싯대와 대화를 한다고 한다. 너는 바다에 나가면 고기를 많이 잡게 될 거라고 속삭여준다. 이 말을 들은 그 낚싯대는 고기를 잘 잡는 낚싯대가 된다고 믿는다.

인디언의 화법이 자연과 소통하는 몸의 화법이다.

소통, 통섭의 개념으로 접근할 때 낯익은 모습과의 만남을 통해서 진정한 삶의 모습을 만날 수 있을 뿐만 아니라, 무심코 지나쳤던 일상이 평범하지 않고, 서로 다르다고 생각했던 것들이 많이 닮았고, 아무것도 아닌 사소한 것들이 엄청난 삶의 의미를 지니고 있다는 것을 알 수 있다.

서로 다른 모든 것들이 다름 속에 닮은 모습을 발견할 수 있을 때 비로소 시의 씨앗이 된다.

시인은 대상에 대한 감성만을 이야기하는 것이 아니라 통섭적 삶을 이야기하는 미술관이면서 박물관이다. 시인의 인문과학과 자연과학을 통틀어 만나는 실로 엄청난 일이 아닐 수 없다. 정현종 시인의 「방문객」처럼 사람이 온다는 것은 그 사람의 과거와 현재, 그리고 그의 미래가 함께 오기 때문이다.

시는 세상에 대한 새로운 접속이며, 진솔한 삶의 협곡을 더듬어 내는 정직한 성찰이면서, 일상을 통해 삶의 깊숙한 곳에 밀어넣는 가슴 따듯한 안목이다.

시적 인식의 힘은 삶의 깊이와 넓이를 새롭게 보듬어내는 감각이다.

스스로 세상에 기대어 있는 직설적 발설이 일상화된 생각을 뒤집는 사고의 전복에 닿아 있게 마련이다.

일상적인 것이 진실이고 위대한 것, 일상의 장엄함도 여기에서 출발한다.

이 점에서 신용찬 시인의 시를 몇 개의 포즈로 정리될 수 있겠다.

훼손되지 않은 자연 그대로의 원형적인 삶에 대한 그리움, 일상의 소소한 문제들을 내면화하여 구체적 공감을 주는 시, 문명의 이기와 비정함에 대한 풍자, 근현대사를 오가며 성찰하는 시대적 암유, 인간 세태에 대한 가슴 따뜻한 풍자 등이다.

그리고 무엇보다 대상을 응시하는 정직한 힘이 밑자리 한다.

내 시는 너무 쉽게 썼다고 나무라는 사람이 많다. 그러나 난해한 시를 읽으면서 내가 겪은 고통을 내 시 독자들에게는 주고 싶지 않았고, '한글을 읽을 수 있는 사람이면 누구나 공감할 수 있는 글을 써라'고 故 황선하 선생님이 하시던 말씀을 항상 생각하여 글을 느슨하게 써서 긴장감이 적을 것이다.

사실 나는 독자가 두 번 세 번 읽어야 그 내용을 알 수 있는 시를 쓸 수 있는 능력이 없다고 고백하면서, 부끄러운 시를 세상에 내어놓는다.

시의 힘은 말의 힘이다.

누구나 알 수 있는 일상적이고 쉬운 말, 흔한 말, 정직한 말, 화장하지 않은 말, 기교나 장식적이지 않은 말일수록 힘이 세다.

문득 「서시」를 발표하면서 너무 쉽게 써서 부끄럽다고 했던 윤동주 시인의 말이 생각난다. 쉽게 써서 부끄러워했던 그 시가 후대에 지금까지도 많은 사랑을 받는 애송시로 자리매김하여 있다.

요즘 시와 독자의 거리가 갈수록 멀어지고 있다.

시가 너무 어려워지고 있고, 시를 쓰는 나도 무슨 뜻인지를 도무지 알 수 없는 시들이 난무하고 있다. 시를 좋아하고 읽는 '문학소녀'란 말도 우리 곁에서 사라진 지 오래고, 한 편의 시가 전해주던 위안도 건강한 웃음도, 한 편의 시가 역사의 축이 되던 시대도 저물어간 지 오래다.

오늘날은 시인이 시를 쓰고 시인들만이 시를 읽는 시대다.

생각하면 참으로 안타깝다. 문학이 언어예술이고 언어의 본질이 소통이라면 전달하려는 메시지가 분명해야 하고 일상의 잔잔한 깨달음이 감동으로 다가올 때 시는 생명을 갖고 탄생한다.

남다르게 부부 금실이 좋아
늙은 부부가 헬멧을 쓰고 오토바이를 나란히 타고
젊은 사람같이 이 산 저 산 다니며
나물 뜯어 반찬 즐기고
잠시만 서로 보이지 않아도 부르며 찾더니

갑자기 병이 나서 병원에 가더니
간암 말기라는 진단
끊어라 끊어라 하던 마누라 잔소리 귀 밖으로 듣고
골초로 피우던 담배
입원 석 달 만에 유명을 달리했네
빈집에 혼자 못살겠다
저 오토바이 누가 탈꼬
금방 뭣이기야 하고 부르면 들어올 것 같다
온 동네 부인들 저녁마다 모여들어
사랑방 만들며 위로해도
쪼그라지는 얼굴에 웃음 잃고
부산하던 집에 침묵만 가득하다
있을 때는 몰랐던 일
없어지니 천금이네
늙으면 혼자 사는 법을 배워야 한다

—「그대는 갔어도」 전문

시는 거창한 발견이 아니다.

살면서 만나는 생각과 일상이 바로 시이고 수필이고 소설이기 때문이다.

알고 보면 우리는 일상 속에서 웃고 울며, 생각을 나누면서 매일 매일 몇 편의 시를 쓰고 소설을 쓰고 수필을 쓰고 있다. 그것은 시든 소설이든 수필이든 머리로 생각하고 쓰는 것이 아니라, 삶의 현장에서 그때그때 줍는 것이기 때문이다. '한평생을 함께 해온 아내, 혹은 남편이 저세상으로 떠났을 때는 어떤 기분일까? 그동안 함께 했던 시간이 어떤 풍경으로 다시 돌아오게 될까? 저녁 먹고 이웃집에 마실을 간 것 같은 기분일까?, 텅 빈 마음의 넓이와 깊이는 또 얼마일까?'를 생각해보는 일이다.

어떻게 상황에 맞는 말을 짝지어줄 것인가를 고민하면서 시인은 맑은 눈으로 꾸밈없이 있는 그대로를 일상적인 언어로 잔잔하게 그려낸다.

『논어』의 사무사思無邪는 시를 대할 때 솔직하라는 말이다.

창작자나 독자, 편집자 모두 이러한 마음을 가질 필요가 있다는 공자의 어법이다.

어쩌면 시인은 사람들이 가지고 있는 본래의 마음을 대리하여 적는 대필자이기 때문이다.

이 점에서 삶의 일상에서 반짝이는 솔직한 말일수록 감동의 폭이 깊고 넓다.

창작은 일상적인 것의 장엄함을 발견하는 힘이다.

아이의 웃음꽃 같은 별과 구름과 달빛에 어우러진 '자연의 순리 따라 사는 시인은 시처럼 시 안에 흐르며 사는(더불어 살며)' 맑은 동심이 밑자리하고 있음을 알 수 있다.

추상적인 생각의 관념어 하나 없이 펄펄 살아 있는 시가 태어날 수 있다는 것, 좋은 시는 삶의 건강함이 방금 건져올린 물고기처럼 몸을 파닥이는 시임을 알게 된다.

내 마음으로 세상 보기이며 마음 컨설팅임을 알게 된다.

시 쓰기는 마음의 눈으로 관찰하고 머릿속으로 형상을 그리며 유추하고 통합적 성찰에 이르는 과정이 된다.

이렇게 그는 시를 통해 세상을 보고, 세상을 통해 시를 쓴다.

사람이 사람을 고른다 다 잘났다
처음에는 잔잔히 해변을 때리다가
종반에는 해일이 일어난다
이웃끼리 숙떡숙떡

안면들을 바꾸고 어른이 된 쾌감
이리저리 친구 눈치 살피고
속과 겉 달리 연극을 한다
민주주의는 자기 피알이다
민주주의는 비판하는 것이다
도덕이 땅에 떨어지고
새것이다 새것, 중진이다 중진
술수와 책략이 날개를 달았다
정당이 사람을 키우고
입김 센 사람 골라 고장발전 생각하는 애향심
문중단결 일가존귀 깨우치고
이 얼굴 저 얼굴 아는 안면
공연히 오해살라 발걸음 조심조심
선거의 시대 권력자를 뽑는 것이 아니라
일 잘하는 머슴을 고른다
주인 창고 넘보지 않을 일꾼
다 보내놓으면 그 짓들이니
차라리 안 보내면 사람 구하는 것을

—「선거」 전문

선거판의 상황을 날것 그대로 옮겨놓고 있다.

시의 공감은 삶의 때가 묻어 있을 때 더 큰 힘과 울림을 갖는다는 것을 확인하게 된다. '사람이 사람을 고른다. 다 잘났다. 속과 겉 달리 연극을 한다. 술수와 책략, 도덕이 땅에 떨어지고, 일 잘하는 머슴, 주인 창고 넘보지 않을 일꾼' 등 날것 그대로의 언어 이상도 이하도 아니다.

그 자체로 전부가 된다.

그 순간이 시인의 일상적 화법이 시의 화법으로 깨어나는 순간이기도 하다.

신용찬 시인의 시는 누구나 한번 읽으면 그대로 이해가 되고 가슴에 안긴다. 그것은 그 자체로 우리의 삶과 생활과 직결된 몸의 화법을 구사하고 있다.

그 화법은 특히 고향에 대한 이야기를 꺼낼 때 더 순발력을 갖는다.

영산 3·1문화제, 비사벌제, 입심좋은 홍정인의 홍정소리가 메아리가 된 남지우시장, 창녕군민의 날, 영산 함박산, 화왕산, 인간문화재 조성국, 황우 선생, 여류시인 양계향, 창녕의 페스탈로치 김병식, 이방초등학교, 진흥왕 척경비, 장마지석묘, 관룡사, 우포늪이며 친정 같은 이야기에 닿는 마음의 진폭이 크다.

시인에게 고향은 공간적인 지연이라기보다는 직조된 '나'로서 그의 시에서는 '우주'로 환원된다.

그의 시적 인식 또한 거창한 것이 아니라 고향에 대한 애틋한 마음, 농사 이야기, 사소하고 작지만 뼈아픈 이웃들 이야기, 함께 고민해야 할 이야기들이 시의 자리가 되어 있다.

우포늪은 뭇 생명이
창조되는 자궁이요

백두산은 칠천만 민족을 창조하는
천지 정액이 출렁이는
발기한 남근이다

—「백두산과 우포늪」 전문

생명의 원형을 간직한 우포의 신성을 직조하는 시안이 깊은 시다.

좋은 시는 인문과학과 자연과학이 함께 소통하는 통섭의 원리가 적용된다. 우포牛浦늪은 백두산의 정기와 연결되어 뭇 생명이 창조되는 자궁이라는 인문학적 의미가 부여된다.

시는 짧아도 시적 의미는 우주를 두루 관통하고 있다.

우리나라 대표적인 자연 습지로 일억사천만 년 전의 원형을 안고 있는 늪으로 국제습지조약보존지역으로 지정되어 있고, 천연기념물 524호 지정된 우리나라 자연생태계의 1번지이며 우리나라 생태시의 1번지이기도 한 우포의 원시성을 잘 드러내고 있는 시도 드물 것이다.

여기에서 시인의 '물의 시학' 또한 유추할 수 있겠다.

물은 우주의 4원소 중의 하나로 궁극적으로 모성을 상징하는가 하면 소멸과 탄생의 함께 포괄하는 원형의 상징이다. 세계는 물로 이루어져 있다고 모든 생명의 활동의 원형적 공간이기도 하다.

우포는 이른바 뭇 생명이 창조되는 자궁으로 천지를 창조하는 정액이 출렁이는 백두산과 함께 생명 창조의 원형적 공간이다. 자궁, 남근, 발기, 정액 등의 시어들이 날것 그대로의 풍경과 뒤섞여 오래오래 현존하는 원형의 공간으로 자리한다.

너를 스승으로 모시고 싶다
앞길을 가로막는 바위의
때를 씻어주며 돌아가는 용기
걸치레로 난무한
지상의 빛들을 외면하고
땅속으로 땅속으로 스며들수록
더 맑고 깨끗해져서
어둠 속에서 길을 만드니

—「물」 부분

그에게 두 개의 시학이 자리한다.

하나는 공간과 시간의 시학인 '때의 시학'이라면 다른 하나는 순리의 시학인 '물의 시학'이다.

농부에게 물은 불, 땅, 공기와 함께 가장 소중한 가치 원소로 자리한다. 4원소를 삶에서 실천한 사람이 농부일 것이다. 4원소의 속성을 알지 못하고는 진정한 농사꾼이 될 수 없다. 그 중에서도 특히나 한없이 낮은 곳으로 흐르면서 어둠 속에 길을 내는 물을 시인은 스승으로 모시게 된다. 이 시를 보면 깊은 내면적 통찰의 자아성찰도 그렇고 전체에 대한 조망과 통찰력을 형성하는 총체적 사고를 엿보게 된다.

시인의 과거가 information(외부에서 내부로)이었다면, 이제는 exformation(내부에서 외부로)이다. 그것은 그만큼 연륜의 넓이와 깊이로 세계를 만나기 때문이다. 이렇게 말하면 거창한 것 같지만 사실 시인의 안목은 연륜과 동의어로 자리한다.

본다는 의미는 정확하게 말하면 '아는 만큼 본다'는 뜻이다.

'아는 만큼'은 그만큼의 연륜이 내재되어 있다. 그래서 시인에게는 과거와 현재는 둘이 아니고 하나의 의미가 된다. 모든 보이는 정도는 연륜의 폭과 깊이기 때문이다.

선사시대부터일까
머언 조상님들의 발명이
수억만 명의 사랑을 받다가
이제 그 막을 닫을 때가 되었는가보다

연탄, 가스레인지, 보일러
고층 건물에 밀려
골짜기에만 명맥을 잇더니

문명의 침입은
홍수같이 거세어서
골짝골짝까지
입식 부엌이 스며들어 폼을 낸다

아침저녁 마을 하늘을 뒤덮던 연기
어머니들의 사랑은
이제 어디서 볼까

—「화목 아궁이」 부분

화목 아궁이는 사라져가는 문화를 상징하는 키워드다.

화목 아궁이의 관련어인 불씨, 시집살이, 장작불, 갈비불, 짚불, 구둘막, 화롯불, 나무꾼 등 정겨운 풍경이 사라지는 세태를 아쉬워하면서 부모님이 물려주신 집을 현대식으로 리모델링하며 아버님, 어머님께 미안해한다. 부모님의 사랑을 밀어내는 자신이 부모님께 한없이 부끄럽고 죄송하다. 그러면서도 부모님이 손부, 손서, 증손자를 위해 부모님의 땀을 뜯어내고 있다는 역설도 그렇고 늘 '너희들만 잘살면 된다' 하시던 말씀도 환청으로 듣는다. 화목 아궁이가 사라지는 것은 하나의 문화풍경이 사라지는 것이 아니라, 서정적이면서 따뜻한 인간의 정경이 사라지는 것에 대한 아쉬움을 드러내는 객관적 상관물이다.

이러한 면면은 많은 시에서 나타나고 있다. 수백 년 히트쳐온 노래들이 100년도 이어지지 못하는 신곡에 그늘에 묻혀 사라지는 수많은 구전문학들, 입춘절의 정겨운 풍경들이 인간의 안과 밖을 오가며 만난 가슴 아픈 성찰을 능청스럽게 밀고 당기며 시적 성찰로 현현顯現한다.

그래서 시인의 시는 문병의 의미가 어떻게 변해가는지, 남지철교가 어떻게 만들어지고 또 어떻게 보존되었는지, 입춘절의 입춘방은 어떤 내용이었는지. 화왕산 불꽃제는 어땠는지, 어떤 구전문학이 있었던지, 어떤 문우들이 함께했던지, 창녕문화원 준공식은 언제 어떤 풍경이었던지, 창녕의 유래는 무엇인지, 남지우시장 풍경은 어땠는지 등 사라져간 풍경이 고스란히 남은 화첩이 되기도 한다.

신용찬 시인은 추억 속의 풍경을 소환하여 시의 풍경으로 남겨둔다.

모상에서 핀 꽃과 열매는 따버려야
튼튼하게 자란다

꽃동네에 담겨 나간 정자들
친족 살해의 시대
최고만이 살아남는 벼랑

열아홉 소녀의 열정 같은 하얀 꽃
갓난애기 고추같이 뾰족한 것을
지존파보다 잔인한
내 손톱을 나무란다

—「고추꽃을 따면서」 전문

그는 뼛속 깊이 정직한 농사꾼이고 맑은 시인이다.

그래서 시인에게 벼농사 고추농사 등의 농사일지가 그대로 시가 된다. 농사는 경험과 농사법에 따라 짓지만 그런 가운데 자연스럽게 행해지는 자신의 폭력성을 반성하기도 한다.

고추농사뿐만 아니라 모든 농작물은 첫 꽃과 첫 열매는 따주어야 한다는 농사법의 재발견이면서 그 자체로 시가 된다. 교통사고 난 아이 같은 벼포기를 안고 뛰는가 하면 전우가 적에게 목 조이는데 총알 없이 발만 구르는 절박한 농심 「백엽고병」이 바로 시인의 일상이고 삶이다. 끝내 볏단이지 짚단인지 구별 못할 타작마당에서 피와 살점이 날아가지만 또 내년을 기약한다. 희망이 절망인 농촌의 상황이 고스란히 시가 된다.

그러면서도 '지난 것은 모두가 꿈이고 행복이라고' 도돌이표 긍정으로 현실을 껴안는다.

농사꾼으로 어느 중요한 회의에 참석해 검게 그을린 모습이 부끄러워 귀한 분에게 때 묻힐까 스스로 멀리 앉아 있는 자신의 한심함을 반어적인 어법으로 세태를 풍자하기도 하지만, 시인의 사랑은 아무래도 어린 싹에 가 있는가보다며 농사를 사랑하듯이 시를 사랑하겠다는 다짐으로 위로를 한다. 그럼에도 다시 다짐하며 별을 보아도 생활의 무거운 멍에는 풀리지 않는다(「불참」)며 농촌의 현실을 진단하기도 한다.

농사꾼으로서 그는 순박한 한 사람의 민중일 뿐이며 현실을 정직하게 바라보는 시인일 뿐이다.

내 평생이 농사짓는 생활이었고 내가 쓴 시도 고향이나 농사 이야기 빼면 남는 것이 없다.

그 일이 아이 키우는 일과 비슷해. 그냥 심어만 두면 저절로 자라는 것이 아니라 자주 들여다보고 보살펴줘야 하거든. 그렇다고 마냥 들여다만 본다고 되는 것이 아니라 뭘 알아야겠더라고 그래서 나름대로 책을 보고 이것저것 공부를 했지.

평생이 농사꾼이었고 내가 쓴 시는 농사 이야기가 전부인 농사꾼 시인에게는 다른 복잡한 삶의 비밀이 있을 수 없다. 때가 되면

씨 뿌리고 때가 되면 수확하는 순리대로 결코 때를 거슬리고는 농사를 지을 수 없다는 것을 누구보다 잘 안다. 여기에서 시인의 또 하나의 시적 미학인 '때의 시학'을 눈여겨볼 수 있다.

앞서 말한 '물의 시학'과 함께 흐름에 따라 순리대로 사는 시인의 평생이 농사일이었고 시인의 시들 또한 고향과 농사 이야기를 빼면 남는 것이 없다고 고백한다.

세상이 돌아가는 질서가 다 공간과 시간의 의미 속에 있기 때문이다.

버드나무 머리에
사르르 즐거운 노랫소리 속에
목메 흐느적이는 여름이 보인다

논머리 가슴 답답던 빛이
벼 뱃속에 저마다
볼록이 숨어들었다

안뜰 마당에
여름이 콩알 되어
튀고 있었다

너 무덤 위에
가을인 배추씨가
점점이 놓이고 있다

윤기 나던 마루방에
조용한 침묵이 서린다

—「처서기」 전문

처서는 입추와 백로의 사이로 양력으로 8월 23일경이다. 이때가 되면 더위가 한풀 수그러지고 가을을 맞이할 준비를 서두른다. 신용찬의 처서는 논머리의 햇살이 벼의 뱃속에 볼록이 숨어들고, 마당에는 여름이 콩알처럼 톡톡 튀고 마루방에 조용한 침묵이 서리는 절기다.

자연의 순행 과정을 잘 더듬어 보여준다.

절기는 때다.

특히 농촌생활은 때를 놓쳐서는 안 된다. 파종할 때가 있고 비료를 해야 할 때가 있고, 물을 대야 할 때가 있는가 하면 가만히 기다려야 할 때가 있다, 그러고 보면 세상 모든 일이 때 아닌 일이 없다.

사람의 일만 그런 것이 아니라, 나무도 풀도 다 때가 있다. 싹을 틔워야 할 때가 있고 바람과 햇살을 품어야 할 때가 있고 씨를 영글어야 할 때가 있게 마련이다.

그때를 알고 놓치지 않는 것이 진정한 농사꾼의 철든 모습일 것이다.

세상 공기 맛 다디달구나
콧구멍부터 실룩실룩
눈부시고 아름답구나 저 햇빛
초롱한 눈알이 껌벅껌벅
잠시도 쉬지 않고 발길질하더니
포대기 차 던지고 노란 발톱에 흙칠을 하며
일어서다 푹 넘어지고 부들부들 아슬아슬
기어코 지금 일어나야 살 수 있다는 듯
꺼지는 듯 일어섰다

버틴 두 다리 사이 쑥덕 불알이 쫑긋한데
50만 원 횡재했다 울렁울렁
털에 물도 마르지 않은 것이
힘 좋게 깡충깡충
겁 없이 마주 보는 눈
안아주고 싶어라

—「해산」 부분

새롭게 태어나는 송아지를 바라보는 시인의 시선에는 새로운 생명의 태동을 마주하는 경건함이 어린아이처럼 순수하고 맑게 번져온다. 첫 세상을 만나는 세상 공기의 맛은 어떨까, 처음 바라보는 햇살은 또 얼마나 눈부시고 아름다울까를 생각하며 세상의 처음을 사랑의 눈빛으로 바라본다.

지금과는 달리 농촌에서 소 한 마리는 가장 큰 자산이면서 노동력이었다. 소 한 마리로 농사를 다 짓고 소 한 마리로 자식을 대학 보내기도 했다. 그래서 소는 가족이고 분신이었다.

영화 〈워낭소리〉처럼 농부에게는 생의 분신으로 일생을 같이하곤 했다.

시인에게도 소는 성장의 벗이었다. 날 밝으면 밤 사이 졸아든 배 불려주고파 이슬 묻은 도랑둑에 몰고 나가 먹이고 소 쌀밥 골라 오전엔 꼴 한 망태 베어오고 오후엔 소를 몰고 나가 계성천에 풀어놓고 얼굴이 반들해지도록 멱 감다 소를 타고 해 질 녘에 돌아오는 목동 시절이 있었다.

멍에와 코뚜레가 싫어서
아침 이슬 푸른 풀밭이 좋아서
외로이 광야에 산다

승마장에 뛰노는 청마의 눈빛이 싫어서
들새들의 노랫소리가 좋아서
진흙 밟고 산다

시커먼 연기 소음이 싫어서
맑은 하늘 시원한 공기가 좋아서
귀뚜리 소리 들으며 산다

세련되고 청아한 목소리 따르지 못하고
칼날 같은 경쟁이 싫어서
투박한 내 소리 키우며 산다

조련사의 채찍도 얻을 수 없고
천둥소리 벗 삼아
메아리와 산다

—「청우」 전문

청우青牛는 시인 자신이다.

평생 농사꾼으로 힘들게 사는 자신을 위로하고 다독이는 모습이 정겹다.

아침이슬 머금은 풀밭이 좋아서, 맑은 공기가 좋아서, 칼날 같은 경쟁이 싫어서, 천둥소리 벗 삼아 사는 시인은 스스로 좋아서 즐거운 마음으로 농사를 짓는 농부로서의 초월적 삶을 보여주는 완곡어법이다.

시인에게 평생을 살아온 땅 내음이 손자들의 정보다 두텁고, 시골의 이 집 저 집이 다 할머니의 유배지지만 80세 할머니에게는 뭐니 해도 자식들의 발길, 자식들의 안부가 하루하루를 견디는 힘이다(「시골 할머니」).

시의 어법이 자연스럽다.

일상적인 평범한 화법으로 세상의 존재를 새롭게 발견하고, 잠자는 세상의 감성을 깨워 우리에게 전한다. 그렇다고 없는 것을 보여주는 것이 아니라, 어디서 본 적 있던 것을 머릿속에 다시 한 번 떠올려 상기시키는 화법이다. 어차피 세상의 모든 지식은 이미 존재하는 것들을 편집한 결과가 아니던가.

신용찬 시인의 시에는 자연의 질박함이 정직하게 자리한다.

어긋나는 일 많은 세상에 간명하고 올곧은 깨우침이 있는 것이 자연의 참모습이다.

우리 삶을 다독이는 시 한 편 만나는 일이 필요한 시대에 시인의 시는 날것 그대로 살아 움직이는 자연어 그대로다, 태초의 말씀이 있기 전의 언어처럼 날것 그대로의 수사되지 않은 언어다.

바람이 햇살이 그늘이 땀방울이 그대로 시어가 된다.

시는 무엇보다 언어의 건축이 견고해야 한다면 그것은 바로 소통과 울림의 힘일 것이다. 그것은 요즘의 소통되지 않은 언어폭력에서 벗어나는 일이면서 부드럽고 넘치지 않은 정직한 시심으로 자리하게 된다.

자연어가 가진 힘이다.

자연어는 행간의 여백이 있다.

그래서 신용찬 시인의 시는 언어와 언어, 행과 행 사이의 여백이 넓다.

자연에게 길을 묻듯이 시를 쓰라고 자연에 문제를 헤쳐갈 수 있는 길이 있다고, 그러면 나무, 꽃, 풀, 바람이 문제를 헤쳐갈 수 있는 길을 제시해줄 것이라고, 자연이 진정한 시의 스승이라고 슬며시 귀띔해준다.

그의 진심이 담겨 있어 인간에 대한 따뜻함과 유려함이 함께 호명된다.

자라는 꽃송이야
첫 향기 조심하여라

—「깨어진 청자병」 부분

깨어진 청자병 꽃무늬를 향해 던지는 화두가 참 맑게 다가온다.

신용찬 시인은 나이를 들면서도 더 맑은 눈과 마음을 가진 동심으로 세상을 본다.

깨어진 청자병에 그려진 꽃을 보며 이제는 더 자라지 못할 것 같은 안타까운 마음으로 바라보며 애틋한 눈길을 보낸다. 측은지심惻隱之心이다.

세상을 새롭게 만나는 시의 마음은 사람의 마음에서 시작된다고 한다.

맹자는 '측은지심惻隱之心이 없다면 인간이 아니다'고 했다. 측은지심은 다른 사람을 배려하고 사랑하는 마음이고, 내 갈 길도 바쁘지만 남을 위해 뒤로 미루는 마음이다. 받을 것을 생각하지 않고 베푸는 마음이 측은지심이다. 그 씨를 사람과의 관계에서 키워나가 활짝 꽃피우는 것이 '인'이라 했다.

글은 말을 다할 수 없고, 말은 마음을 다할 수 없다고 했다. 그래서 어떻게 표현할 것인가의 문제도 알고보면 인간, 얼마큼의 진심을 담아 전할 것인가의 문제다.

진심 담은 솔직한 한마디가 바로 감동과 공감의 출발일 것이다.

깨어진 청자병의 꽃무늬를 보며 툭 던진 시인의 한마디가 오래오래 여운으로 남는다.

아마존의 박쥐가
자동 마취제를 쓰고 흡혈한다
지렁이 이빨보다 약한 것이
철판보다 강한 피부를
소리 없이 뚫었다
밥통뿐인 식충이

식곤증에 늘어진 야수
스스로 순갈 놓고
맴돌아 쓰러진다
다리도 없는 놈이 허우적거린다

쥐보다 더 밝은 눈으로
뻘물 속을 헤집고 와서
딴 놈 먹은 그 자리 찾아
뱀의 꼬리보다 더 흉하게
질기게 붙는다
들킨 것도 모르는 바보들이

—「거머리」 전문

어릴 때 논에서 모내기를 하거나 논매기를 하다보면 으레 몇 마리의 거머리가 달아붙곤 했다. 피를 많이 빨아먹은 놈은 그대로 툭 떨어져 제 몸도 가누지 못하곤 했다.

거머리는 남에게 달라붙어 좀처럼 떨어지지 않고 괴롭히는 사람을 비유적으로 이르는 말이다. '밥통뿐인 식충이, 식곤증에 늘어진 야수, 딴 놈 먹을 그 자리를 찾아 질기게 붙는, 그러면서 들킨 것도 모를 바보들'이 득실거리는 인간사회를 생태학적으로 진단한다. 이 또한 벼농사를 지으며 만난 체험에서 만난 이야기로 알고 보면 사소한 일상 속에 세상이 안겨 있음을 보여준다.

공자 화법에 의하면 '지명知命, 지례知禮, 지언知言하여 군자가 되고 자립自立하여 지인知人하라'고 한다.

삼십이립 사십이불혹 오십이지천명 육십이이순三十而立 四十而不惑 五十而知天命 六十而耳順이라 했으니 지례知禮하여 자립自立은 삼십三十에 하여야 하는 일이고 지명知命하여 군자君子가 되는 단계는 오십五十이니 이제 육십六十이 되면 지언知言하여 지인知人할 일 만 남았다. 학學으로 시작한『논어』는 지인知人으로 끝난다. 이는 학學의 최종 목표가 지인知人임을 암시하는 것이다. 뿐만 아니라 말을 알아들어 사람을 알아봄이 세상만사에서 가장 중요하고 가장 어려운 일이라는 뜻을『논어』마지막 장에서 보여주고 있다.

만인의 행복을
보이지 않는 그물로 엮어
지옥이냐 천당이냐
사 년에 한번 심판받는 자리
위로를 받으러 연설회에 간다
도덕 윤리 정의가
혀끝에서 섰다가 넘어지고
넘어졌다 일어선다
모두가 옳다
모두가 나쁘다

법은 엄연한데
여기는 치외법권지인가
권모술수 중상모략

승자만이 정의로운 자가 된다
그러나
이순신이 함정에 빠지듯
외적보다 무서운 내적
의로운 자는 바보가 되나
최고 최후의 승자는
후손들이나 알지

—「연설회」 전문

정치꾼들의 세태를 신랄하게 풍자한다. 정치인과 정치꾼은 분명 다르다. 정치꾼은 다음 선거를 위해 뛰고 정치인은 다음 세대를 위해 뛴다고 했다. 사 년에 한번 선거철이 되면 그때에나 위로를 받고, 머리 숙이는 선거연설을 들으면 '도덕 정의 윤리가 혀끝에서 일어섰다가 넘어지고' '권모술수 중상모략'의 현장에서 '모두가 옳고 모두가 나쁘다'는 모순에 직면하기도 한다.

신용찬 시인의 시에는 이처럼 정직한 세태풍자를 드러내는 시편들이 많다. '임진각가든 가던 날'의 범칙금 딱지의 모순이며, 칠서공단조성에 따른 '보상금'이며, 영농비 떼고 나면 남는 것이 없어 문전옥답이 잡초밭이 되는 농촌 현실의 '임차료'이며, 고향도 이웃도 사라지는 '설날' 풍경이며, 꽃의 과다로 그 사람의 삶을 평가하는 장례식장 풍경이며, 문병도 문상도 집이 아닌 병원이 된 세태며 대한 아쉬워한다.

판소리 가락처럼 숨가쁘게 전개되는 풍자 속에는 시인의 세상을 바라보는 가슴 따뜻한 연민이 틈새마다 스며 있다.

일본산 사까다 흑석 호박에
한국산 만능 오이를 접목한다

일산 뿌리를 이 땅에 묻어
따낼 이놈이 국산이냐 일산이냐
거꾸로 발전된 기술
조상님 뵙기가 두렵다

(중략)

이쪽도 한 몸 되어 박토에도 살찌는데
허리에 찬 붉은 국경은
언제 걷고 한민족 하나 될까

—「오이접을 붙이며」 부분

일본사 호박에 한국산 오이를 접목하는 과정과 현상을 통해 어느 쪽이 주인이고 어느 쪽이 객인지를 모른 채 자연의 순리를 거스르는 인간의 이기, 그리고 세계의 이민족들은 한 몸 되어 잘 사는데 진작 같은 동포인 남과 북은 쉽게 만나지도 못하는 세태풍자가 접목법에 잘 유추되어 잔잔한 화법으로 다가온다.

이렇게 작은 깨달음을 갖는 것, 보이지 않는 그 너머의 모습까지 보는 것은 마음의 언어를 익히는 일이다.

입술로 나오는 언어도 사람을 살리기도 하고 죽이기도 하지만 엄청난 진동과 에너지를 품고 있는 마음의 언어는 더 강력하다. 생각과 이미지만으로도 엄청난 에너지가 분출되기 때문이다.

마음의 언어는 꾸며지지 않은 있는 그대로의 자연어다.

시어는 '노래하는 정신의 그림이요, 그림 그리는 마음의 음악이다'라고 했다.

말을 잘한다는 의미는 진심을 담아 상대를 감동시키는 진폭이 있는 말을 하는 사람이다. 솔직함으로 진심을 다해 하는 말은 천지를 감동시킨다고 했다.

생활 속에서 묻어난 잔잔한 깨달음과 발견이 보이는 시들도 한결같이 특별하고 멋진 말이 아니라 우리가 늘 쓰던 일상적인 말 중에서 그 장엄함이 있다. 언젠가 출근길에 시간에 쫓겨 자동차 문을 열려는데 시멘트 담 모서리에서 저를 올려다보고 있는 쥐손이풀꽃을 보았다. 눈 마주치자 비 맞은 꽃은 웃고 있다고, 그러면서 제자리에서 순응하며 웃을 수 있는 순간을 만난 적이 있다.

그 순간 그동안 늘 고민해왔던 '스스로 행복한 사람'에 대한 답을 쉽게 만날 수 있었다. 들녘이든 모서리든 보도블록 사이든 있는 그 자리서 가만히 웃을 수 있는 풀꽃은 스스로 행복할 것이라는 생각을 했다.

우리가 살아가면서 필요한 순간에 전해오는 진실한 말 한마디가 인생에 얼마나 큰 위안을 주는지를 잘 알고 있다. 이것이 바로 공감과 공명의 힘이다.

이러한 작은 깨달음은 "야산 언덕에 외로이 서 있어도 세월이 거름이라 아름드리 장송으로 자랐다"(「소나무」), "밝음과 어둠이 서로 계약하고 숨바꼭질을 한다/ 시련을 겪어보지 않으면 행복의 가치를 알지 못하는지라"(「여명」), "행복이 멀리 있는 것이 아니다/ 소득 없는 일에도 여유라는 소득이 있다"(「풀밭을 매면서」), "계곡이 깊어 스스로 부처가 되는 계곡/ 살 속까지 스며드는 단풍에 젖다 젖다 삭신이 아리어 온다"(「불영계곡」)처럼 시의 곳곳에서 만나게 된다.

감나무 접붙이듯
살아 있는 생명은
첩첩 신경을 다 끊고도
이어지는 질긴 생명이란다

투병생활 20여 년 김씨
집까지 다 팔아 약 사먹고
우유배달부 된 부인
이 집 저 집 날품 파는 칠순 노모
고부간 정성이 온누리 꽃이 되어 향기가 퍼지더니
동갑 친구들이 눈꽃송이 녹지 않도록
북풍 고개 넘어온 돈보따리를
너도나도 끌러놓고 의논터니
옥중 죄수 차가운 가슴에도 봄기운이 스며들어
3천만 원에 접순을 내어주니
20여 년 찬바람도
백의의 칼날에 잘려나가고
한 가정에 웃음꽃이 피어났다
아~ 살아볼 만한 세상이다

—「콩팥이식 2」 전문

"살아있는 생명" "고부간 정성이 온누리 꽃이 되어 향기가 퍼지더니" "옥중 죄수 차가운 가슴에도 봄기운이 스며들어" "접순을 내어주니" "한 가정에 웃음꽃이 피어났다" 등의 시구를 읽다보면 호흡이 빨라지고 심장 뛰는 것을 느낄 수 있다. 인간이 아름다운 까닭을 알겠다.

산다는 것이 이렇게 따뜻할 수 없고 아무리 힘들어도 세상은 살아볼 만하다고 목에 힘을 주기도 한다.

그는 언어로는 담을 수 없는 것들을 어떻게 산 채로 언어에 담을 수 있을까를 고민한다. 그것은 가능한 언어를 사용하지 않고, 언어 대신 사물이나 사건, 장면 등을 사용하는 것이다.

시는 일방적으로 전달하거나 이해시키려는 것이 아니라 체험하게 해야 하기 때문이다.

그 방법을 영국의 시인 T S 엘리엇은 '정서를 표현하는 유일한 방법은 객관적 상관물客觀的 相關物을 찾는 것'이라 했다. 즉, 내가 체험한 정서의 그릇이 될 수 있는 사물이나 상황이나 사건들을 찾는 일이다.

이것은 독자의 감각 경험을 되살려 시적 정서를 환기시키는 일이다.

아무런 형태가 없는 감정을 언어에 담는 일은 쉽지 않으니까, 그 정서를 대변하는 유사한 상관물(사물, 사건, 장면)을 찾아 독자에게 제시하는 것이다. 그러면 독자는 자신의 감각 경험과 유사한 사물을 통해서 감정이나 정서를 일시에 환기하게 된다는 것이다.

지시적 의미의 언어가 가진 의미를 버리고 그 의미 대신 사물이나 사건, 장면을 사용하는 것이다. 따라서 객관적 상관물이란 시인의 감정이나 정서와 같은 사물을 제시하고 그 사물을 통해 감정이나 정서가 환기되도록 고안된 것이다. 즉 시어의 의미는 객관적 상관물의 정서적 등가물이라 했다

웃고 우는 가슴 잔잔한 시골의 정경들, 이장이 온 동네 돈을 거두어 야간도주한 동네 마산리 이야기며 나라 사랑에 온정을 뚝뚝 떨구며 시인으로 살다 54세 지천명에 하늘로 간 문우에 대한 이야기(「할미꽃 지던 날」)며 세상살이가 아무리 힘들고 가난해도 살아볼 만하다고 긍정의 세상을 날것 그대로 펼쳐보이는 객관적 상관물이 된다.

외세는 칼날로 스며들고
호미는 쓸 곳 없고 망치만 깃을 펴는데
순한 양들이 제물로만 바쳐진들
산천은 스스로 꽃피지 못할지니

꿀을 찾는 비법을 내리소서

아~ 총보다 무서운 것이
외부로부터 밀려와서
옥토를 잡초밭으로 만드는데
새로운 품종은 무엇일까
순한 양은 호랑이의 식탁이지만
그래도 그 종족은 들을 메우고
밝은 태양은 다시 솟아오르리

—「신미 신년」 부분

우리나라 근현대사에 대한 암유 또한 시인의 또 하나의 주된 관심사다.

대한민국 정부 수립 갈등의 현장인 이화장 여주인의 이야기며, 1980년대 우리나라 민주화의 굴곡과 지방자치제가 시작되던 1990년대 풍경, 통일의 핸들을 바로잡기를 염원하는 1990년 9·4 남북총리회담, 향락의 극치를 이루는 선상의 타락을 통해 빼앗긴 들판인 농촌의 실정으로 도시와 대비적으로 드러내어 보여주는 「한강 유람선」 등 우리나라 현대사 전개 과정이 일기처럼 들어 있는가 하면. 우리나라의 내일과 다음 세대들에 대한 염려지정까지 넓고 깊은 배려를 엿볼 수 있다.

절망의 날이 길고 길어도 어느 날 은빛 찬란한 아침은 오고 아픔이 깊고 세상의 찬바람이 더 세어도 언제인가 평등의 아침은 올 것(「눈 내리는 아침」)이라는 확신도 보인다. 그런가 하면 "겨울 지나 봄을 맞이하는 새로운 세상을 맞는 가슴 벅찬 외침까지/ 꽃샘추위 같은 역사의 오류도 새봄의 열기에 상처는 숨겨줄 거"(「늦서리」)라고 다독인다.

아픈 역사도 다 우리가 함께 껴안고 가야 할 우리의 내일로 더듬어보기도 한다.

나도 벌써
모든 일 벗어야 되니
가슴이 빈 탓이다

낙락장송에 바람만 불어오니
발치에 자라는
애기 솔만이
소망이요 기쁨인 탓이다

—「손자의 웃음」 부분

이제 시인은 훌훌 벗고 제 본래의 자리로 돌아가고 있다.

때와 순리대로 모든 것을 훌훌 벗고 처음으로 돌아가고 있다.

시인의 시편을 읽으면서 시인의 시 한 편 한 편이 한결같이 생활 굽이굽이에서 깨달은 수행이었음을 알았다.

씨 뿌리고 가꾸고 수확하는 과정이 시였고 살아오면서 느낀 세태에 대한 눈 맑은 성찰이 시였다.

그만큼 농사꾼으로, 시인으로 정직하게 한없이 비우면서 자신의 삶을 다독여온 정직한 페르소나, 신용찬 시인이야말로 있는 그 자리에서 가만히 웃을 수 있는 사람이 아니던가.

평생 나는 비밀이 없이 살았다.
농사도 손을 놓았는데, 글도 손을 놓아야지.

'비밀이 없이 살았다'라는 말은 그만큼 정직하게 살았다는 말이다.

시인의 이 한마디가 백 마디 평설보다 더 시인의 올곧은 성신을 대변한다.

오래오래 당당한 어록으로 남아 백 편의 시 못지않게 가슴을 울리는 한 편의 시가 되어 다가온다.

시인의 여백이 넓고도 깊다.

창녕문인협회 설립 때가 가장 기억에 남아

— 신용찬 시인을 찾아서

대담 : 김인숙/ 시인, 창녕문인협회 사무국장

2021년 7월 11일 늦장마가 무더위를 무섭게 몰고 온 일요일 오후 2시 남지 신용찬 시인 댁을 찾았다.

김인숙 : 선생님 오랜만에 뵙습니다. 건강은 좀 어떠신가요?

신용찬 시인 : (환하게 웃으며) 날도 더운데 여기까지 뭐하러 온다고 그라는지 모르것다. 안 와도 되는데 건강은 그냥저냥 괜찮다.

김인숙 : 선생님 웃는 모습이 소년처럼 환해서 보기 좋습니다. 요즘은 어떻게 지내시는지요?

신용찬 시인 : 요즘은 아침 먹고 나면 9시부터 5시까지 바로 옆에 있는 요양병원 노인학교에 가서 온종일 놀다 온다.

김인숙 : 요양병원에도 노인학교가 있습니까?

신용찬 시인 : 요양병원에서 노인들을 돌봐주는데 나도 처음에는 학교라 해서 고등학교 같은 교육기관인 줄 알았다. 근데 오만 사람이 다 와서 종일 놀다 간다.

김인숙 : 여러 사람과 지내다 보면 하루가 금방 가고 무료하시지는 않겠네요.

신용찬 시인 : 노인들만 모여 있으니 살아온 이야기가 넘친다. 오만 사람이 다 있으니 오만 이야기가 다 있지. (빙그레 웃으신다.)

김인숙 : 선생님, 최근에 우리 창녕문인협회 임원회의에서 선생

님의 공로에 보답하는 차원으로 문집을 발간하자고, 만장일치로 결의를 했는데 허락해주실 거죠?

신용찬 시인 : 사흘 전에 일도 기억에 없고 나는 이제 아무것도 모르겠다. 내가 아무 도움도 못 주는데 그런 수고를 해주려고… 힘든데 그런 일 하지 말아라.

김인숙 : 임원회의 결정사항이니까 저희가 자료 정리를 다 해서 찾아뵙겠습니다. 선생님이 허락하신 것으로 알고 일을 진행하겠습니다.

신용찬 시인 : 허허, 그 힘든 일을.

평생 나는 비밀이 없이 살았다

김인숙 : 선생님께서는 남지 토박이로 한생애를 살고 계시는데, 이곳 남지라는 고장은 어떤 곳입니까?

신용찬 시인 : 남지하면 이름도 듣기 좋지. 물도 풍부하고 토양도 좋아 사람 살기 딱 맞는 곳이다.

김인숙 : 윗대부터 계속 남지에서 살았습니까?

신용찬 시인 : 아니다. 우리 윗대는 장마면에서 살았는데, 나는 남지 홍포동에서 태어났다. 지금은 늪을 메워서 거기에 하우스 농사를 많이 짓지만 어릴 때는 주위가 다 늪이었다. 남지 강가 쪽 사람들은 강에서 많이 놀았지만 나는 늪에서 놀고 고기도 잡고 했지. 큰물 나면 물에 잠기기도 했고 말이지.

김인숙 : 계속 남지에서만 살았다면 선생님의 문학적 고향도 남지라고 봐도 무방하겠네요?

신용찬 시인 : 그렇지. 내 평생이 농사짓는 생활이었고 내가 쓴 시도 고향이나 농사 이야기 빼면 남는 것이 없다.

김인숙 : 그럼 농사짓던 이야기 좀 들려주시죠. 처음부터 하우스 농사를 하셨는지요?

신용찬 시인 : 하우스 농사는 서른부터 했지. 그 전에는 닭도 키워봤다가 과수원 한다고 나무도 심어봤는데 잘 안 됐다.

김인숙 : 하우스 농사는 일이 많고 힘들다던데 주로 어떤 작물을 심으셨나요?

신용찬 시인 : 하우스에는 거의 고추를 심었지. 하우스 농사가 일손이 많이 필요하긴 해. 고추 따고 할 때는 우리 손만으로 부족해서 일꾼들을 썼는데, 안사람이 욕을 많이 봤다. 그래도 비닐하우스 한 동이 논 세 구역 수입보다 나았다.

김인숙 : 사모님 이야기가 나와서 묻는데요. 사모님 친정은 어디신가요?

신용찬 시인 : 저기 대지면 효정이 친정이다. 내 외갓집도 효정인데, 외가는 안담이고 처가는 효정 바깥담이다.

김인숙 : 선생님께서는 결혼은 언제 하셨습니까?

신용찬 시인 : 내가 24살, 안사람이 22살에 결혼했다.

김인숙 : 결혼할 때 사모님이 참 예뻤을 것 같은데요?

신용찬 시인 : (허허 웃으시며) 예뻤지. 예뻤으니까 내가 결혼했지.

김인숙 : 오늘 말씀하는 동안에 제일 기분 좋게 웃으시네요. 사모님과는 무척 사이가 좋아보이십니다.

신용찬 시인 : 내가 꽉 잡혀산다. 그리고 평생 나는 비밀이 없이 살았다. 모든 것을 툭 터놓고 안사람에게 이야기했고, 안사람이 또 배포가 커서 내 하는 일에 별 반대를 안 했다.

김인숙 : 사모님의 그런 모습을 시로 표현해보시지는 않았는지요?

신용찬 시인 : 부끄러워서 글로 쓸 수 있나. 지금 같으면 글로 쓸 수 있을라는지 몰라. 그런데 이제는 기억도 없고 다 정리할 때지. 뭘 쓸 수 있겠나. 농사도 손을 놓았는데, 글도 손을 놓아야지.

김인숙 : 무언가를 손에서 놓는다는 것이 쉬운 일은 아닌데, 선생님이 편안해보이셔서 보는 저도 마음이 편해집니다. 선생님은 자제분은 몇이나 두셨습니까?

신용찬 시인 : 3남 1녀를 두었는데 막내아들이랑 같이 산다. 며느리랑 손주도 북적북적 함께 산다.

김인숙 : 그 외 자제분들은 남지에 살지는 않는가 보죠?

신용찬 시인 : 다 밖으로 나갔지. 막내아들이 하우스 농사를 같이 짓다가 내가 늙어서 손 떼고 나니 혼자 농사짓는다고 욕본다. 안사람도 이제껏 거들어주다가 요즘은 몸이 많이 아프다.

김인숙 : 선생님 형제분은 어떻게 되시는지요?

신용찬 시인 : 우리 형제는 2남 1녀인데, 위에 형님은 일찍 세상을 버렸다. 촌에서 대학까지 보낸 형님인데 일찍 가버렸다.

김인숙 : 어린 시절 재미있는 추억 같은 게 있으면 들려주시죠?

신용찬 시인 : 늪에서 놀고 그냥저냥 지냈지. 기억이 없지만, 큰

물 들면 늪이 물바다가 되었다가 빠지고 나면 고기 잡는다고 우르르 몰려다녔지.

김인숙 : 고기는 많이 잡았는가요?

신용찬 시인 : 겨울에 늪에 물 빠지면 온 동네 사람들이 붕어랑 메기랑 많이 잡았지. 어린 우리야 많이 잡을 수 있나.

김인숙 : 선생님은 그럼 남지초등학교를 다니셨나요?

신용찬 시인 : 그래 남지초등학교를 다녔지. 초등학교 다닐 때는 여름에 강에서 놀다가 꼭 한 명씩 강에 빠져죽고 그랬다. 어른들이 물이 무섭다고 그렇게 야단이었는데, 그때는 강 말고는 놀러다닐 곳도 없었다. 그래서 물에서 놀다가 꼭 그런 일이 생기곤 했지.

김인숙 : 그럴 때마다 놀라고 무서웠겠네요?

신용찬 시인 : 그때 며칠은 무섭고 놀랐지만 금방 잊어버리고 또 강에서 놀고 그러더라. 나는 늪에서 놀았지만 강 쪽에 살던 아이들은 여름 내도록 강에서 살았다.

낮엔 농사, 밤엔 문학 이야기와 막걸리 한잔

김인숙 : 선생님께서 문학에 입문한 계기가 있을 터인데, 좀 구체적으로 말씀해주시죠?

신용찬 시인 : 고등학교 졸업하고 농사를 짓는데, 그 일이 아이 키우는 일과 비슷해. 그냥 심어만 두면 저절로 자라는 것이 아니라 자주 들여다보고 보살펴줘야 하거든. 그렇다고 마냥 들여다만 본다고 되는 것이 아니라 뭘 알아야겠더라고 그래서 나름대로 책을 보고 이것저것 공부를 했지.

김인숙 : 연구하고 공부하는 농업인이 선생님이셨네요.

신용찬 시인 : (소년처럼 웃으시며) 뭐 그렇게까지, 그래 농사 관련 책을 보다보니까 농사 말고도 다른 책에도 손이 가고 책이 참 재미있더라.

김인숙 : 농사일도 많이 힘들 텐데 참 부지런하셨네요.

신용찬 시인 : 젊었을 때는 부지런했지. 낮에는 하우스 농사일하고 밤에는 책 보고 그랬다. 그러다가 농사일지 비슷한 것을 쓰면서 내 생각도 써봤다.

김인숙 : 농사를 짓는 생활이 글로 형상화되었군요.

신용찬 시인 : 혼자 끄적이던 것이 글이 될지는 잘 몰랐다. 글도 아닌 것 같고 자신이 없었다. 그때 우리 문인협회에 있는 소설가 김현우가 자꾸 써보라고 격려를 했다.

김인숙 : 김현우 선생님과는 어떻게 아시는지요?

신용찬 시인 : 남지고등학교 동창생이다. 처음 문학을 접할 때 그 친구가 많은 도움을 주었지. 그래서 농사일지가 시가 될 수 있었다.

김인숙 : 요즘도 자주 연락하시는가요?

신용찬 시인 : 내가 건강도 기억도 안 좋으니까 연락을 잘못한다. 현우도 요새는 건강이 안 좋은가보더라. 한번 보면 반갑고 좋지만 잘 안 된다.

김인숙 : 예전에 창녕문인협회 창립할 때 이야기를 좀 들려주시죠?

신용찬 시인 : 임신행 선생이랑 김현우가 많이 애썼지. 처음에 나는 잘 모르고 따라다녔다. 그래도 글 친구들이 모이고 시를 쓰는 것이 참 즐거웠다.

김인숙 : 창립 초기에는 여러 모로 어려운 점이 많았을 텐데요?

신용찬 시인 : 앞에서 끌어주는 사람 없이 젊은 우리끼리 문인협회를 만드니까 뭐가 뭔지 모를 때가 많았다. 그래도 만나면 문학 이야기를 나누고 막걸리도 한잔하고 그때가 좋았다.

김인숙 : 선생님 표정이 아련해보이십니다.

신용찬 시인 : 농사일 마치고 그 친구들을 만나면 피곤한 것도

잊고 밤 늦도록 모임을 가졌으니까. 그립지.

김인숙 : 창녕문인협회를 오랫동안 맡아 고생을 많이 하신 걸로 알고 있는데, 그 당시 우리 문인협회 사정은 어떠했는지요? 행사 같은 것도 하셨지요?

신용찬 시인 : 내가 회장을 한 7년 했다. 그때 우리 문인협회는 『창녕문학』 발간이 제일 큰 사업이었다. 다들 젊기만 젊었지 돈이 없으니까 어려웠다.

김인숙 : 지금은 도나 군에서 보조금도 나오는데 그 당시는 힘드셨는가 보죠?

신용찬 시인 : 힘들다마다. 『창녕문학』 발간하려고 군청에 여러 번 출입해서 지원금을 조금 받아왔다.

김인숙 : 비사벌문화제 때 우리 문인협회에서 백일장이나 시화전도 했죠?

신용찬 시인 : 그랬지. 내가 일찍부터 문화원에 출입을 했는데 그때는 문화원에서 시화를 전시했다. 시화전 한다고 부곡까지 스폰서를 받으러 다녔는데, 젊어서 그랬는가 스폰서 받는 일도 할 만했다.

김인숙 : 시화전에는 관람객이 좀 오던가요?

신용찬 시인 : 뭐 많이야 오나. 그래도 그때는 볼거리나 놀이문화가 없었는지 사람들이 지금보다 문학에 관심이 많았다. 시를 감상하고 이야기를 나누는 사람들이 학생들부터 일반인까지 좀 있었다.

우포청소년문학상 제정에 거액 기부

김인숙 : 선생님께서 우리 문인협회 발전을 위해 거금을 내신 게 벌써 8년이라는 세월이 흘렀습니다. 당초에 창녕문학관을 건립하고 싶다고 하셨죠?

신용찬 시인 : 비닐하우스 있는 그 옆 밭에다가 창녕문학관을 짓고 싶었지. 그런데 건물만 지어놓는다고 문학관이 유지되는 것이 아니더라고. 관리하는 것이 더 큰일이라서 엄두를 못 내겠더라.

김인숙 : 그렇죠. 문학관을 관리 유지하는 것이 보통 일은 아니죠.

신용찬 시인 : 그래서 그냥 포기했다. 문학관은 내 그릇으로는 되는 일이 아니라고 마음을 접었다.

김인숙 : 예, 지금은 선생님 덕분에 '우포청소년문학상'을 제정해서 매년 수상자를 내고 있습니다. 이 문학상은 우리 창녕의 미래를 책임지고 있는 청소년들에게 꿈을 심어주는 중요한 밑거름이 되고 있다고 생각합니다. 여기에 대해 한 말씀 부탁드립니다.

신용찬 시인 : 문학관을 짓는 것을 포기하고 후배 문인들 원고료라도 주라고 성기각 회장한테 기금을 맡겼다.

김인숙 : 선생님께서 기금을 내실 때 그렇게 말씀하신 기억이 납니다.

신용찬 시인 : 맞다. '원고료나 주고 말아라' 하며 성기각 회장한테 기금을 맡겼는데 '우포청소년문학상'이라고 떡 상을 제정해줬다. 나는 거기까지 바라지도 않았는데 참 고마운 일이다. 기금을 잘 써준 성기각 회장한테 정말 감사하다.

김인숙 : 벌써 '우포청소년문학상'이 8회를 맞이했습니다. 그럼 수상자가 40여 명입니다.

신용찬 시인 : 벌써 그렇게 되었네. 학생들이 문학에 관심을 갖는 데 도움이 되었다니 기쁘지만 이런 이야기는 그만하자. 부끄럽다. (얼굴을 붉히며 빙긋 웃으신다.)

김인숙 : 앞으로 계획 같은 것이 있으면 말씀해주시죠?

신용찬 시인 : 이 나이에 무슨 계획이 있을까? 노인학교나 다니면서 자꾸 없어지는 기억이나 붙잡고 있는데.

김인숙 : 대화를 나눠보니 아직 선생님 기억력이 좋으신데요.

신용찬 시인 : 아니다. 두 시간 전에 것도 기억이 없다. 그래서 기억이 있을 때 대부분 정리를 끝냈다. 글을 봐도 내가 쓴 기억이 가물거려서 책도 정리하고 여러 가지 정리를 했다.

김인숙 : 오늘은 큰아드님도 댁에 와 계시네요?

신용찬 시인 : 내가 자꾸 아프니까 주말마다 쫓아온다. 늙어서 이렇게 몸이 아프니까 자식들이 못할 짓이다.

김인숙 : 그래도 선생님 혼자서 잘 움직이시니 다행입니다.

신용찬 시인 : 그래, 혼자 못 움직이면 그것이 제일 큰일이다. 그래서 이 나이 먹고 바라는 것은 기억이 좀 없어도 제정신으로 움직이다가 끝냈으면 한다.

김인숙 : 사모님은 어디에 가셨는지요?

신용찬 시인 : 하우스 옆에도 집이 하나 있거든, 막내아들 고추 농사 짓는데 거기에 갔을 거다.

김인숙 : 올해 고추농사는 잘 되었는가요?

신용찬 시인 : 농사야 늘 그냥저냥 되는데, 고추값이 들쭉날쭉한다. 겨울에 난방해서 풋고추 수확했는데 고추금이 확 떨어지면 그때가 제일 문제다.

김인숙 : 이제껏 농사지으면서 굴곡이 많았겠습니다.

신용찬 시인 : 농사뿐 아니라 사람 사는 것이 다 그렇다. 욕심 안 부리고 살면 썩 잘 살지는 못해도 살아진다.

김인숙 : 선생님 말씀 새겨들어야겠습니다.

신용찬 시인 : 늙은이 넋두리 같은 말을 잘 들어주니 고맙다.

김인숙 : 아닙니다.

신용찬 시인 : 허허허.

김인숙 : 창녕문인협회 회원들께 당부하고 싶은 말씀 한마디 해 주시죠?

신용찬 시인 : 없다. 내가 뭐 할 말이 있어.

김인숙 : 후배들을 위해 기금도 내놓고 청소년들에게도 힘을 실어줬는데, 당부 말씀이 있을 것 같습니다.

신용찬 시인 : 아니다. 성기각 회장을 비롯해서 다 잘하고 있는데, 뭐 할 말이 있어. 기억도 없는 늙은이가 말을 길게 하면 못쓴다.

김인숙 : 그럼 덕담이라도 한 말씀 부탁드립니다.

신용찬 시인 : (손사래를 치며 웃으신다.)

김인숙 : 선생님, 오늘 말씀 고마웠습니다.

신용찬 시인 : 그래, 사무국장도 욕봤다.

신용찬 시인의 글쓰기와 시세계

김정대/ 문학박사, 경남대 명예교수

1. 글머리에

"농부가 시집을 낸다. 어쩐지 요즈음 사회에 맞지 않는 것 같다."

1989년에 펴낸 첫 시집『靑牛』「辯」첫머리에 나오는 말이다. 스스로를 '농부시인'으로 자처하는 모습이 참 정겹다. 이 글은 농부시인 신용찬辛容讚(1938년~)의 글쓰기와 시세계를 들여다보기 위해 작성된 것이다. 1997년 늦깎이 문인으로 등단한 그는 두 권의 시집을 냈을 뿐이다. 시집 속에 실리지 않은 시를 다 합친다 해도 그는 결코 다작多作하는 시인이 아니다. 그러나 이 시들 속에서 인간 신용찬의 모습을 찾아내는 일은 그리 어렵지 않다. 진솔한 삶의 현장을 시로 잘 녹여놓았기 때문이다.

뒤에서 자세하게 기술하겠지만, 그의 시세계는 일단 다음과 같이 정리된다.

무엇보다 먼저, 많은 시 속에 농촌의 일상이 살아 있고, 농부로 사는 것의 애환이 구구절절이 스며 있다는 점이 거론되어야 하겠다. 다음으로, 향토 창녕에 대한 남다른 애정을 빼놓을 수 없다. 직업인으로서의 농부와 고향으로서의 창녕은 시인을 떠받치고 있는 두 축이다. 그리고 향토 사랑은 조국 대한민국을 사랑하는 데로 자연스럽게 이어지는 점도 눈여겨볼 대목이다. 그는 시집 곳곳에서 사라져가는 것들에 대한 아쉬움이나 안타까움을 드러내기도 한다. 그는 자신을 성찰하며 그런 과정을 통해 때로는, 잘못 돌아가는 세태를 비판하곤 하는데 이런 장면도 눈길을 끌기에 충분하다. 존경하고 아끼는 어른이나 벗, 또는 후배가 먼저 저세상으로 간 것을 애통해하는 시도 적지 않다. 이는 평소 시인의 인간관계가 어떠했는지를 잘 보여주는 것이어서 옷깃을 여미게 한다. 그러나 시인의 정신세계는 언제나 '자유'를 갈구하고 '평등'을 추구하는 것임을 놓쳐서는 안 될 것이다.

이러한 내용 언급에 앞서, 신용찬 시인 특유의 글쓰기 문제부터 간단히 정리해둔다.

2. 표현의 특색

"내 시는 너무 쉽게 썼다고 나무라는 사람이 많다. 그러나 난해한 시를 읽으면서 내가 겪은 고통을 내 시 독자들에게는 주고 싶지 않았고, '한글을 읽을 수 있는 사람이면 누구나 공감할 수 있는 글을 써라'고 故 황선하 선생님이 하시던 말씀을 항상 생각하여 글을 느슨하게 써서 긴장감이 적을 것이다."(『풀밭을 매면서』 후기)

두 번째 시집 『풀밭을 매면서』의 '후기'에 쓴 것처럼 시인은 어려운 시 쓰는 것을 반대한다. 글을 쓰는 목적이 내 생각을 상대방에게 전달하는 데 있다면, 상대방이 이해하기 어려운 글을 쓴다는 것은 현명한 처사라 하기 어렵다. 시라 해서 예외가 될 수 없다. 더구나 신용찬 시인처럼 "살아온 날들의 기록을 남기는 뜻"(『靑牛』, 辯)에서 시집을 낸다면, 독자들이 어렵다고 느끼지 않은 표현은 필수적인 일이 아닐까.

2.1. 번득이는 은유

한마디로 말해, 신용찬 시인의 시는 읽기는 쉬워도 그 속에 든 내용의 깊이는 매우 깊다. 곱씹어볼수록 깊이가 더해지는, 쉬우면서도 재치 있는 묘사가 곳곳에서 번득인다. 어둠이 새벽녘에 물러나는 상황을 두고 "감쪽같이 피신을 한다"거나 "자신만만한 작전상 후퇴"(이상, 『풀밭을 매면서』, 「여명」)[1]라고 말하는 대목에서는 무릎이 탁 쳐진다. 눈[雪]을 "나를 이 들판에 버려두고/ 소리 없이 갔던 그녀"(『풀밭을 매면서』, 「눈꽃」)라고 한 것이나, 늦서리를 "아침마다 온 들판을 점령하여/ 하얀 웃음을 펴온 폭군"(『풀밭을 매면서』, 「늦서리」)으로 비유한 대목에서는 통쾌한 웃음까지 나온다.

신용찬 시인의 시는 대부분 길다. 그러나 사물의 정곡을 찌르는 매우 짧은 시도 있다는 점을 지적해두어야겠다.

저렇게 태연할 수 있나
두려움도 숨 막힘도 없는가
바라보고 있는 사람을
이렇게 무시하다니

—『靑牛』, 「水族館」 전문

수족관 속 물고기들은 두려움도 모르고 숨 막힘도 없이 태연하기만 하다. 그런 수족관 물고기들의 안하무인은 보는 이를 무시하기에 충분하다. 무시당한 관람객들의 붉으락푸르락하는 얼굴 모습이 손에 잡힐 듯하지 않은가.

수많은 언어들이
표창으로 날아와 꽂히고

벌린 고래 입 속으로
빨려든 빨간 새우 새끼들이

---

1) 겹낫표(『 』)는 시집 이름, 낫표(「 」)는 시 이름을 나타낸다. 두 시집에 실리지 않은 시는 '미수록, 「 」' 형식으로 표현한다.

작살로 둔갑하여
창자를 찌른다

—『풀밭을 매면서』, 「폭주 후 2」 전문

폭주暴酒의 두 가지 폐해를 이렇게 압축적으로 표현한 글을 필자는 일찍이 본 적이 없다. 많은 말은 언제나 화근禍根이니, 뒷날 표창이 되어 나에게로 되돌아올 수밖에 없다. 폭주 때, 우리는 기억에도 없는 말들을 얼마나 많이 쏟아내는가. 폭주 뒤에 꼬리표처럼 따라다니는 속쓰림은 또 어떤가. 작살로 창자를 찌르는 통증은 '새우 새끼'들의 반란 때문이다. 술의 시작은 미물微物과 같은 것일지 모르지만, 폭주는 기어이 창자를 찔리는 큰 결과를 야기하고야 마는 것이다. 이런 폐해가 결국은 시인의 '자기 성찰'과 관련된다는 점은 뒤에서 언급될 것이다.

우포늪은 뭇 생명이
창조되는 자궁이요

백두산은 칠천만 민족을 창조하는
천지 정액이 출렁이는
발기한 남근이다

—「백두산과 우포늪」 전문

앞에서 필자는 신용찬 시인의 고향 사랑은 남다른 바 있다는 점을 미리 거론했다. 그런 그가 창녕이, 아니 대한민국이 자랑하는 우포늪을 시 속으로 끌어들이지 않았다면 그것이야말로 '사건'이었을 것이다. 놀랍게도 시인은 우포늪을 저 백두산 천지와 대등한 위치로 격상시킨다. 백두산이 어떤 산인가. 우리 민족의 시원으로 보는 산이 아닌가. 그 백두산의 천지를 정액 넘치는 남근으로 보고 우포늪을 자궁으로 보았으니, 시인은 이 짧은 시 한 편으로 향토의 자긍심을 한껏 높여 놓은 것이다.

2.2. 형상화

하나의 이미지(심상)를 다른 이미지로 바꾸어 복합적으로 표현하는 일을 공감각화共感覺化라 한다. 시의 경우, 청각을 시각화하는 것을 두고 이런 표현을 많이 한다. 김광균의 「외인촌」에 나오는 "분수처럼 흩어지는 푸른 종소리"는 공감각화의 대명사로 불린다. 고등학교 국어 교과서에까지 실려 인구에 회자하고 있다는 것은 유명한 사실이다.

그런데 신용찬 시인에게는 이미지가 없는 대상을 이미지화하는, 즉 형상화形象化하는 남다른 재주가 있다. 「처서기」는 그 백미라고 필자는 평하고 싶다.

버드나무 머리에
사르르 즐거운 노랫소리 속에
목메 흐느적이는 여름이 보인다

논머리 가슴 답답던 빛이
벼 뱃속에 저마다
볼록히 숨어들었다

안뜰 마당에
여름이 콩알 되어
튀고 있었다

너 무덤 위에
가을인 배추씨가
점점이 놓이고 있다

윤기 나던 마루방에
조용한 침묵이 서린다

—『靑牛』, 「처서기」 전문

24절기의 하나인 '처서處暑'는 실체가 없는 추상물이다. 그런데 시인은 이를 콩알이 튀고 있는 안뜰 마당, '사르르 즐거운 노랫소리 속에 목메 흐느적이는 여름', '벼 뱃속에 저마다 볼록히 숨'은 벼의 알, 밭고랑(무덤)에 '배추씨가 점점이 놓여지는' 것 등으로 형상화하고 있다. 입추는 지났지만 무더위가 여전한 여름임을 콩알이 튀고 있는 안뜰 마당으로, 그러나 그것이 여름의 끝자락임은 '흐느적이는 여름'으로 나타내었다. 그 속에서 가을이 오고 있음은 볼록한 벼의 알과 점점이 놓이는 배추씨로 형상화하고 있다. 추상 명사 '처서'를 이렇게 손에 잡힐 듯 묘사하는 솜씨는 가히 일품이다.

그런데 「처서기」의 화룡점정은 마지막 연 "윤기 나던 마루방에/ 조용한 침묵이 서린다"이다. '윤기 나던 마루방'은 분주한 여름, '조용한 침묵'이 서리는 것은 가을의 숙연함에 대한 또 다른 마무리이다. '조용한 침묵'이야말로 '처서'를 가장 처서답게 나타낸 표현이 아닐 수 없다. 무더위 속에서 아침저녁 불어오는 서늘한 바람을 경험해본 사람이라면, '조용한 침묵'이 무엇을 뜻하는지를 단박에 알아차릴 수 있을 것이기 때문이다.

2020년 7월 경남문학관 1층 전시실에서는 경남문학관 2020년 상반기 기획전이 열렸고, 거기에는 신용찬 시인의 「처서기」도 뽑혔다. 이 시를 뽑은 김현우 소설가는 "밭고랑에 배추씨가 놓이고 있는 여름의 끝자락 처서處暑 절기에 논머리의 벼는 뜨거운 햇빛을 모아 뱃속 볼록하게 알을 배고, 버드나무 가지에서 한여름을 노래하던 매미 소리가 목메는 막바지, 시인의 마루방에는 농사일로 지친 농군이 느긋하게 누워 만포지감滿浦之感의 침묵에 빠져든다. 늦여름의 정경이 소박하기만 하다"라고 적은 바 있다.

"돌아본 자욱/ 365번째 막내/ 365개의 나를 모아/ 또 한 장의 비석을 세운다"(『靑牛』, 「마지막 페이지」)도 형상화에 성공한 사례의 하나다. '마지막 페이지'는 한해를 마감하는 마지막 날이다. 그 추상적인 끝자락을 '365번째 막내, 365개의 나'라고 표현했으니, 일년 삼백예순다섯 날이 모두 살아 움직이는 듯하지 않은가.

"시상이 고요한 수평선 위에/ 은빛 번쩍이며 뛰는 붕어라면/ 계산은 따뜻한 물가에 주둥이 내밀고/ 야금야금 물 마시는 고기의 모습이다"(『靑牛』, 「시상과 숫자 계산」)도 비슷한 사례에 든다. '시상詩想'이나 '계산'은 모두 추상 명사이다. 그런데 전자는 '은빛 번쩍이며 뛰는 붕어'이고, 후자는 '따뜻한 물가에 주둥이 내밀고 야금야금 물 마시는 고기'이니, 두 대상에 대한 이미지의 비유가 그렇게 역동적일 수가 없다. 야금야금 물 마시는 고기와 같은 계산에 비하면, 시상은 잡힐 듯 말 듯 은빛 번쩍이며 뛰는 붕어라는 비유가 압권이다.

2.3. 파노라마적 수법

신용찬 시인의 또 다른 시적 표현법으로 파노라마적 수법이 있음을 지적하고자 한다. '파노라마panorama'는 원래, 야외 높은 곳에서 실지로 사방을 전망하는 것과 같은 느낌을 주는 사생적 그림을 건물 안에 장치한 것을 이르는 말이다. 그 뜻이 바뀌어 지금은 영화나 소설 따위에서, 변화와 굴곡이 많고 규모가 큰 이야기를 비유적으로 이르는 말로 주로 쓰인다. 여기에서 필자가 말하는 '파노라마'는 시간의 흐름에 따라 변해가는 사건들의 연속물을 이른다. 그 과정이 너무나 눈에 선한 것이 마치 활동사진을 보는 것 같아 '파노라마적 수법'이라고 표현한 것이다. 신용찬 시인의 시에는 그런 작품이 적지 않다.

아마존의 박쥐가
자동 마취제를 쓰고 흡혈한다
지렁이 이빨보다 약한 것이
철판보다 강한 피부를
소리 없이 뚫었다
밥통뿐인 식충이

식곤증에 늘어진 야수
스스로 숟갈 놓고
맴돌아 쓰러진다
다리도 없는 놈이 허우적거린다

쥐보다 더 밝은 눈으로
뻘물 속을 헤집고 와서
딴 놈 먹은 그 자리 찾아
뱀의 꼬리보다 더 흉하게
질기게 붙는다
들킨 것도 모르는 바보들이

—『靑牛』, 「거머리」 전문

시인의 파노라마에는 '법칙'이 있다. 전경前景, 본경本景, 후경後景을 설정해놓은 것이 그것이다. 「거머리」의 전경은 첫째 연, 거머리가 사람의 피부를 뚫고 피를 빨아먹는 대목이다. 본경은 "스스로 순갈 놓고" 식곤증을 즐긴다는 둘째 연이다. 후경은 본경으로 후끈 달아오른 감정을 전혀 엉뚱한 곳으로 되돌리는 역할로 설정된 것이다. 이 시의 경우는 셋째 연의 "들킨 것도 모르는 바보들이"가 여기에 해당한다. 거머리가 사람의 피를 빨아먹는 과정이 이렇게 파노라마 사진을 보는 듯 정밀하다. 「거머리」는 3연으로 된 시라서 각 연이 전·본·후경 역할을 각각 맡고 있지만, 파노라마 시가 반드시 3연으로 구성되는 것은 아니다.

파노라마 구성의 또 다른 수작으로 필자는 「待合室」[2]을 빼놓을 수 없다. 모두 4연으로 구성된 「待合室」의 전경은, 찬란한 서울의 밤이 등장하는 첫째 연이 맡고 있다. 그러나 정작 시인이 말하고자 하는 본론은 둘째 연과 셋째 연에 있다. "서울역 대합실 TV"에서는 "한일 여자 배구전이 한창"이고, "강 스파이크 성공!"일 때는 "대합실 천정이 터지고/ 村婦의 손도 덩달아 오른다"(둘째 연) 이것을 시인은 "삼십육 년의 한을 공 하나로/ 때려잡고 있었다"(셋째 연)라고 평가한다. 이쯤 달아오른 감정이라면 마무리는 어떻게 해야 할까. 그러나 시인은 "떠날 땐 인사 없는 남들/ 얼마 후에 어느 구석구석 가 있을까"라는 전혀 예상 밖의 처방전으로 시를 마무리한다. 이 이질적인 마무리에 독자들은 당혹해하면서도, 또 다른 카타르시스를 맛본다.

「'임진각가든' 가던 날」[3]은 파노라마 형식의 압권이라 할 만하다. 트럭을 몰고 가다 차선 위반으로 딱지를 끊기는 장면하며(전경), 음식점에서 문학행사를 하는 장면이 현장에 있는 듯 생생하게 묘사돼 있기 때문이다(본경). 그러나 "이튿날 헌데를 도려내듯 농협 창구에/ 붉은 종이 들이미니/ "법칙금은 받지 않습니다 우체국으

2) 「靑牛」 소재.
3) 「풀밭을 매면서」 소재.

로…"/ 허물의 뱃지를 달고 동네방네 돌아다니란 말인가"라는 후경은 다시 한번 우리를 당혹하게 한다. 그리고 웃게 만든다.

3. 시인의 시세계

3.1. 자유와 평등 추구

신용찬 시인의 시세계 바탕에는 '자유'와 '평등'이 자리하고 있다. 이는 속박을 거부하는 것과 맥을 같이한다. 시인의 생각이 속박당하는 세상은 죽은 시인의 사회이다. 그의 이러한 생각은 첫 시집『靑牛』의 '辯'에 잘 드러나 있기도 하다.

"생활의 굴레에서 벗어나 조용히 가슴을 정리하고 머릿속의 앙금들을 지우며 맑고 깨끗한 늪 속에서 마음껏 헤엄치다가 번쩍이는 이미지들을 낚아내어 하나하나 꿰매어 하나의 아름다운 꽃으로 피워 놓고 느긋이 누워 만포지감에 젖었던 행복의 시간들"

그리고 그것이 시「청우」를 통해 다음과 같이 표현된다.

멍에와 코뚜레가 싫어서
아침 이슬 푸른 풀밭이 좋아서
외로이 광야에 산다

승마장에 뛰노는 청마의 눈빛이 싫어서
들새들의 노랫소리가 좋아서
진흙 밟고 산다
시커먼 연기 소음이 싫어서
맑은 하늘 시원한 공기가 좋아서

귀뚜리 소리 들으며 산다

세련되고 청아한 목소리 따르지 못하고
칼날 같은 경쟁이 싫어서
투박한 내 소리 키우며 산다

조련사의 채찍도 얻을 수 없고
천둥소리 벗삼아
메아리와 산다

—『靑牛』, 「청우」 전문

'청우靑牛'는 "검은 털의 소, 흙으로 만든 소靑 土 牛, 신선이 타는 소" 등을 뜻한다. 그리고 노자老子가 함곡관函谷關을 지나 서역으로 들어갈 때 탔다고 하는 수레[靑牛車]를 끌던 푸른 빛의 소를 말할 때도 '청우'라고 한다. 그러나 시인의 '청우'는 시의 첫 연에 잘 드러나 있듯이, '멍에도 코뚜레도 없이 아침 이슬, 푸른 풀밭이 좋아서 광야에 사는 소'이다. 이것은 비록 외롭기는 할지라도, 어디에도 매이지 않고 자유로운 영혼으로 살고자 하는 시인 자신의 투영이다.

필자는 「청우」를 읽을 때 두 군데를 눈여겨보면 시인의 의도를 간파할 수 있다고 믿는다. 첫째는, 매임(속박)과 자유를 뜻하는 말을 견주어보며 이해하는 일이다. 전자를 뜻하는 말로는 '멍에, 코뚜레, 승마장에 뛰노는 청마, 시커먼 연기, 소음, 세련되고 청아한 목소리, 칼날 같은 경쟁, 조련사의 채찍' 따위가 있고, 후자를 뜻하는 표현으로는 '아침 이슬, 푸른 풀밭, 광야, 들새들의 노랫소리, 진흙, 맑은 하늘, 시원한 공기, 귀뚜리 소리, 투박한 내 소리, 천둥소리, 메아리' 등이 있다. 이들은 대조적으로 쓰이고 있어 직관적으로 알 수 있는 일이다.

둘째는, '~어서' 문법과 '~고' 문법 사이의 차이를 아는 일이다. '~어서' 문법은 1연~3연에 배치되어 있다. '~ 싫어서/ ~ 좋아서/ ~ 다'가 그 뼈대다. 반면, '~고' 문법은 4연과 5연에 설정되어 있다. 이 구조는 '~고/ ~어(서)/ ~다'로 되어 있다. '~어서'는 이유나 원인을 나타내는 연결어미다. 그래서, 1연을 예로 들면, 이 연은 "멍에와 코뚜레가 싫어서 외로이 광야에 산다"와 "아침 이슬 푸른 풀밭이 좋아서 외로이 광야에 산다"가 된다. "외로이 광야에 산다"는 첫째 행과 둘째 행에 함께 걸리는 공통인수인 셈이다. 2연과 3연도 같은 구조이다. 이것이 '~어서'의 문법이다.

반면에, '~고'는 대등한 것끼리를 이어주는 연결어미다. 그리하여, 4연의 경우 "세련되고 청아한 목소리 따르지 못하"는 것과 "칼날 같은 경쟁이 싫"은 것이 대등하게 연결되어 있다. 제1~3연과 같은 발상이었다면, 제4연의 첫째 행을 "세련되고 청아한 목소리 따르지 못해서"라고 할 수도 있었을 것이다. 그러나 시인은 이런 표현을 거부한다. 거부하는 데에는 까닭이 있다. 4연을 1~3연과는 구별하려는 의도가 있었기 때문이다. 그 구별하려는 의도는 여태껏 추구해온 '자유'와는 다른 "경쟁이 싫"음을 강조하는 것이다. 자유와 함께 평등까지 추구하겠다는 의지의 표현이다. 이렇게 보면, 「청우」는 제1연이 기起가 되고, 2~3연이 승乘이 되며, 4연이 전轉이 되어 결結이 되는 제5연으로 이어주는 역할하는, 구성미 또한 매우 짜임새 있는 수작이라 하겠다.

자유와 평등을 추구하는 시인의 마음은 그래서 답답한 서울 하늘이 싫다. "저것은 안개가 아니다/ 숨통을 막는 排泄物/ 살기 위해 발버둥 치며/ 어둠 속에서/ 뽑아내고 있는 것들"(『青牛』, 서울 하늘). 싫은 것은 서울 하늘만이 아니다. 속박의 대명사격인 기업형 양계장도 싫기는 마찬가지다. "할머님 옛 이야기 속"에서 닭은

"수호신으로 등장하고/ 광명을 알리는 예언자/ 희망으로 가득찬 환호"였는데, 지금은 "한 뼘 철망에 갇히어 앉아/ 살만 찌는 식물형"(이상 『靑牛』, 「새벽닭 울음소리」)이다. 어디 그뿐이랴. "창파 고향이 어딘지도 모르고/ 감방 속의 왕초로/ 멋 부리며"(『靑牛』, 「양어장」) 살아가는 양어장 속 물고기도 싫기는 마찬가지다.

오죽했으면, 자유를 찾아 탈옥하다 경찰의 총에 고꾸라진 한 무기수에게까지 연민의 눈을 보낼까. "쇠톱으로 창살을 끊고/ 사다리 놓아 담을 넘어/ 자유의 땅, 하늘을 외면하고 살아보려고/ 눈 눈 눈들을 피해 뛰어도/ 더 넓은 천지도 손바닥 안이었다/ 무기수의 희망은 절망으로 끝났다"(『풀밭을 매면서』, 「탈옥 — 1990. 12. 27. 전주교도소 탈옥 사건」).

평등을 갈구하는 마음이 집약적으로 드러난 시로는 「눈 내린 아침」이 압권이다. 달리 설명할 필요도 없다.

엄마의 따뜻한 마음이
때 묻은 들판을 은색으로 물들여
찌들은 부분은 모두 붕대로 덮어서
희망찬 새봄에 새싹을 돋게 하는 이불
은빛으로 반짝이는
생기발랄한 소녀의 눈빛

절망의 날이 길고 길어도
어느 날 은빛 찬란한 아침은 오나니
아픔이 깊고,
세상의 찬바람이 더 세어도
언제인가 평등의 아침은 오고 있더라

— 『풀밭을 매면서』, 「눈 내린 아침」 전문

3.2. 농부로 사는 일

농사를 지으며 시인으로 등단했기 때문에, 농촌의 일상이나 농부로서의 삶이 시의 좋은 소재가 되는 것은 당연한 일이다. 이런 현상은 두 권의 시집 곳곳에서 목격되지만, 특히 첫 시집인『靑牛』의 제1부에 집중적으로 드러나 있다.[4] 여기에는 다음과 같은 13편의 시가 등재돼 있는데, 모두 시인이 경험했거나 바라는 일들을 시로 승화한 것이다. '솔 터, 여름 오이, 產地 공판장, 모내기, 落果, 온상 구덩이를 파면서, 가을 오이 뿌리를 뽑으며, 靑牛, 고추 육묘, 칠월 풋고추, 화목 아궁이, 백엽고병, 침종 — 고추씨를 담그며'.

「청우」가 자유와 평등을 추구하는 시인의 생활철학을 읊은 시임은 앞서 거론한 바와 같다. 나머지 시들은 농촌생활에서 느낄 수 있는 모든 상황을 압축한 것이라 할 수 있다. 농부로서의 절박한 심정을 가감 없이 드러낸 시도 있고(「침종 — 고추씨를 담그며」), 피농에 대한 아쉬움과 절망감을 담은 것도 없지 않으며(「落果」, 「백엽고병」), 때로는 사라진, 혹은 사라지는 것에 대한 아쉬움을 묘사한 것도 있다(「솔 터」, 「화목 아궁이」).

그러나 이런 부정적이거나 아쉬운 감정 쪽보다는 긍정적이거나 미래지향적 감정을 노래한 시가 더 많음은 짚고 넘어갈 문제이다. 그것은 시인이 그만큼 긍정적이고 미래지향적인 성격의 소유자임을 드러내는 일이겠기 때문이다. 이 부류에 드는 시로는, 농사를 지으며 느끼는 뿌듯함이나 이웃 간의 인정을 노래한 것(「產地 공판장」, 「모내기」, 「칠월 풋고추」)과, 자식 키우듯 작물을 키우는 정성을 보여주는 것이다(「여름 오이」, 「온상 구덩이를 파면서」, 「가을 오이 뿌리를 뽑으며」, 「고추 육묘」).

---

4) 제1부의 제목도 '靑牛'이다.

시월 상달에
금돈 열 냥을
정화수에 담그며
무릎 꿇고 풍작을 빈다
아이들의 학비
막내의 용돈
빈손들을 채워줘야 한다

—「침종 — 고추씨를 담그며」

'금돈 열 냥'은 온상(비닐하우스)에 심을 고추씨이다. 고추씨는 아이들 학비, 막내의 용돈 등을 마련하기 위한 밑천이니, 그것을 정화수에 담그며 무릎 꿇고 풍작을 비는 시인의 정성이 오롯이 전달된다.

"툭… 또 … 툭" 태풍에 과일 떨어지는 소리에 "가슴이 철렁"한다. "뇌성 번개 태풍 난리통에" 떨어지는 과일을 인력으로 어떻게 하겠는가. "어신 잎을 때리며 나동그라지는" 애처로운 소리 듣느니보다 "차라리 귀를 막"는 농부의 심정을 그 누가 알아줄까(이상「落果」). 그런가 하면, 태풍에 쓰러진 벼에 급성 백엽고병이 번진다. "훼나진, 세빈수화제"를 뿌려보지만 역부족이다. 결국 "볏단 짚단 구별 못할 무게"로 한해 논농사를 마무리하니, "심장이 무거워진다". "맑기만 한 가을하늘"이 원망스러울 수밖에(이상「백엽고병」). 피농에 대한 아쉬움과 절망감은 이렇게도 크다.

모내기 풍경은 참 정겹다. "50대 중늙은이에게 부자가 사정하러" 다니는 풍경은 이제 낯설지 않다. 농촌 일손이 많이 귀해진 탓이다. "社交의 깊이가/ 돈으로 계산되고/ 20여 일 전 날받이/ 선착순이다/ 음식 솜씨 교류되고/ 일 주선 서로 비교/ 새참 시비 말도 많"지만, "한 달여의 대역사로/ 아녀자들이 한 뜸 한 구석/ 수틀을 메우듯/ 녹색의 바다"를 만드는 것이 모내기이다. "유행가 가사 못 외우던/ 수줍은 순이 엄마", "술 잘하는 덕이 엄마", "짓궂은 장난" 좋아하는 "할아버지"도 "웃음으로 피로 잊고" "돌아오는 농로 길에/ 노랫소리 흥겨"운(이상 「모내기」) 농촌이 있어 우리는 아직도 '공동체사회'에 살아가고 있음을 다시 한번 느낀다.

"검은 망 씌워 찬바람 만들고/ 태풍 이슬 다 막는 비닐 씌워/ 안방을 만들어/ 새색시 모시듯 보살펴도/ 편식한 아이처럼/ 질병도 많다"(「여름 오이」). 여기에는 오이를 자식 키우듯 돌보는 농부의 손길이 잘 드러나 있다. 고추를 키우는 정성도 이와 다르지 않다. "내 귀여운 이천여 애기의/ 보금자리를 위해서/ 한 겹, 두 겹, 다섯 겹/ 깔개 질을 깔면서/ 미강도 뿌리고/ 물도 푹 준다/ 고추가 덩실 달릴 때까지/ 아침저녁 덮고 벗기고"(「온상 구덩이를 파면서」) 하기 때문이다.

식물을 이와 같이 자식 키우듯 키우기 때문에 수확을 끝낸 식물의 뿌리를 뽑을 때는 마음이 아프기만 한 것이 시인이다.

알겨먹던 잎새
갈고 닦은 칼날같이
가꾸던 유년을 그리며
파파 할미의 슬픈 종말

나도 뿌리 뽑혀
흙 속에 묻힐지니
못다 피운 꽃이나 피우리

—「가을 오이 뿌리를 뽑으며」

'파파 할미'(가을 오이)의 슬픈 종말을 보며 시인은 자신도 언젠가는 뿌리가 뽑혀 흙 속에 묻힐 것임을 예견한다. 물아일체의 경지다.

제2시집 『풀밭을 매면서』에도 농부의 애환이 곳곳에 스며 있다. 「불참, 해산, 풀밭을 매면서, 시골 할머니, 두엄차 부부, 개폐기, 얼어버린 화분, 고추를 심으며」 등등이 여기에 드는 시이다. 두 번째 시집 제목과 같은 시 「풀밭을 매면서」에는 농부로서의 삶이 최고의 가치 덕목으로 떠올라 있다.

행복이 멀리 있는 것이 아니다
소득 없는 일에도
여유라는 소득이 있다

잡초는 철 따라 자라나고
값없는 화초는 끈기만 자랑하고
청소는 청소 거기에 즐거움이 있다

더럽혀진 때를 씻어
새것으로 재창조하는 짜릿함
농부는 김을 맨 밭에서 깨끗함을 느끼고
기능공은 만들어낸 것에 신비를 느낀다

—『풀밭을 매면서』, 「풀밭을 매면서」 전문

이 시에는 현자로서의 깨달음이 있다. 행복이 멀리 있지 않다는 깨달음, 그리하여 "소득 없는 일에도 여유라는 소득이 있"음을 알게 되는 깨달음이 그것이다. 이런 경지에 도달한 시인이기에 "농부는 김을 맨 밭에서 깨끗함을 느끼"는 것은 당연한 일이라 하겠다. 시에서 이런 편안함과 평화로움을 느끼는 경우는 흔치 않다.

사라져가는 것에 대한 아쉬움은 뒤에서 거론하기로 한다.

3.3. 향토 사랑, 조국 사랑

필자가 '향토 사랑'이라고 포괄한 말에는 여러 내용이 들어 있다. 우선은, 향토 곳곳에 존재하는 '소재'들을 시에 끌어들여 자신의 생각을 투영하는 것이다. 『靑牛』의 「慕賢亭, 구룡산 용선대 석가여래좌상」, 『풀밭을 매면서』의 「화왕산 불꽃제, 화왕산 진달래, 화왕산 시와 숲, 진흥왕 척경비, 장마 지석묘, 망우정忘憂亭, 관룡사 약사여래좌상」, 두 시집에 오르지 않은 「화왕산 불꽃제 2」 등이 이 범주에 드는 대표적 작품이다.

모세의 하느님이 돌에 십계명을 새기듯
진흥왕이 일시와 신하의 이름을 육백여 자 새겨
사자가 자기의 영지를 확인하듯 돌을 세웠다

화왕산성 목마산성 쌓은
비화가야 백성들
비석 앞에 엎드려 울고
동족 통일의 웃음이 보인다

천사백여 년 비바람 맞아
글자들은 살을 잃고
역사 찾는 후손들 겨우 반 판독하는데
역사는 승자의 것
왕권이 지금도 관을 쓰고 있다

너 여기 있어
창녕 땅이 높아지고
사람은 자존심을 세운다

—『풀밭을 매면서』, 「진흥왕 척경비」 전문

시인에게 진흥왕 척경비는 모세의 십계명을 새긴 돌과 같은 것인 동시에 "동족 통일"의 상징물이다. "천사백여 년 비바람 맞아/ 글자들은 살을 잃고/ 역사 찾는 후손들 겨우 반 판독"했지만, "너 여기 있어/ 창녕 땅이 높아지고/ 사람은 자존심을 세운다". 시인의 향토 사랑과 자존감이 한데 어울린 수작이라 하겠다.

시인의 향토 사랑 두 번째 부류에 드는 시는 지역사회 발전을 꿈꾸는 것과 관련이 있다. 이런 작품은 특히 두 번째 시집에서 많이 발견되는데, 「창녕신문 창간 축, 『창녕문학』지, 풀꽃 이야기, 경화삼십년사를 읽고, 꽃피어라 비사벌제, 창녕군민의 날, 창녕문화원 준공식에서」 등이 대표작이다. 지역언론 창간, 문예지나 책자 발간, 창녕군이나 군의회가 중심이 된 행사 개최, 문화원과 같은 건물 준공 등, 주로 지역사회에서 일어나는 일련의 문화행사와 관련하여 '축시' 형식으로 쓴 작품들이 대부분이다. 꼭 이런 범주에는 들지 않아도 앞서 언급한 「진흥왕 척경비」나, 시집에 실리지 않은 「남지 철교」도 이 부류에 든다.

창녕신문 창간을 축하하는 글에서는 "남의 것만 보다가/ 이제 나의 일기를 만든다"는 자부심을 말하고, "읽어서 맑은 마음 느긋한 부자가 되리라"고 스스로를 다짐한 뒤, "창간은 쉬우나 지속은 어렵다/ 비사벌 이름 따라/ 자자손손 잇기를 빌리라"라는 충고와 염원을 잊지 않는다(이상 『풀밭을 매면서』, 「창녕신문 창간 축」). 이러한 자부심과 염원은 「『창녕문학』지, 경화삼십년사를 읽고」 등에서도 예외가 아니다.

창녕군의회 기초의원들에게도 진심 어린 충고를 잊지 않고 있으니, "의원이 게으름을 피우면/ 기업은 노동자를 지배하고/ 의원이 노동자만 돌보면/ 결국 배가 고파진다/ 광역의원이 살과 뼈라면/ 기초의원은 옷과 양념이다/ 살과 뼈는 생명을 유지시키고/ 옷과 양념은 웃음을 주나니/ 웃음이 있는지 없는지/ 확인하고 확인하며 살 일이다"라는 내용이 그것이다(『풀밭을 매면서』, 「풀꽃 이야기」).

세 번째 부류는 전통에 대한 향수를 바탕으로 미래 희망의 메시지를 전하는 것이다. 『靑牛』의 「영산무형문화재 전수회관」과 『풀밭을 매면서』의 「창녕 출신 문인들」이 대표적인 작품이다. 「영산무형문화재 전수회관」은 영산무형문화재를 보존하고 기릴 회관을 건립하기 위해 30년 동안 구걸한 생활의 간난을 말한 뒤, 해마다 영산에서 치러지는 줄다리기, 쇠머리대기 등민속놀이를 형상화한 다음, "형체 없는 바람으로 이어온/ 그 모습을 가상하여/ 가두어 보존할 기막힌 건축미/ 새겨진 '無形文化財專修會館' 9자 글씨로/ 몇 천 년 숨겨져 이어온 모습을 보인다"로 전수회관 건립의 감격을 노래한다. 그리고 이를 "세계의 평화와 영광을/ 영산의 번영을" "천 년 펼쳐 갈 문을" 연 것으로 평가하는 희망의 메시지를 보낸다.

「창녕 출신 문인들」은 향토 출신 문인들의 소중함을 읊은 것이다. "한 사람의 문인은 만 사람을 대신한다"는 서두의 표현부터가 예사롭지 않다. "창녕의 두 송이 꽃 3·1민속문화제, 비사벌문화제/ 그 향기 바람 타고 봄가을 휘날리면/ 멀리 놀던 아이들 집으로 찾아들 듯"하다고 문인들 중심의 문화제의 가치를 확인시키고 있다. 그리하여 찾아온 모두는 "철 따라 고운 고향 산천 이 땅이 그리워/ 더운 가슴 안고 왔다가/ 가을바람으로 돌아"가는 것이다. 문인들을 아끼는 시인의 따스한 마음이 느껴지는 대목이다.

시인의 지역사회 사랑은 조국 사랑으로 이어진다. 이것은 청소년들의 정신강화를 강조하는 것으로 표출되기도 하고(『풀밭을 매면서』, 「화랑연수원」), 임진왜란 침략과 36년 동안 수탈을 한 일본에 대해서는 경계심으로 나타나기도 하며(『풀밭을 매면서』, 「한려수도」), 땅굴 파는 북한을 원수같이 보면서도(『靑牛』, 「철망 앞에서」), 동족으로 보듬어서 통일을 꿈꾸는 형식으로 전개되기도 한다(『靑牛』의 「임진각에서」, 『풀밭을 매면서』의 「1990. 9. 4. 남북 총리회담」, 「통일전」).

「창전의 지리산 계곡」[5]은 빨치산 전투로 인한 민족의 비극을 노래한 것인데, 이 역시 시인의 조국 사랑 범주에 드는 작품이다. '창전'은 김재헌 화백의 호로서, 김 화백이 그린 그림인 〈지리산 계곡〉을 보면서도 동족상잔의 비극을 생각할 정도로 시인의 역사인식은 남다른 데가 있다. "원혼의 핏자국은 눈도 덮지 못하는가/ 해골들이 툭툭 불거진 골짜기/ 무엇을 위해 다리를 절며/ 장총을 끌고 헤매었나/ 아름다운 설경이 지옥으로 둔갑한다"고 했으니 말이다.

통일과 관련된 최고 작품으로 필자는 「오이 접을 붙이며」를 들기를 주저하지 않는다. 소재를 시인의 일상사인 농업에서 가져왔으면서도, 이를 남북한 동포가 하나됨을 기원하는 것으로 승화하는 솜씨가 놀랍기 때문이다. 시는 일본산 '사까다 흑석 호박'에 한국산 '만능 오이'를 접목하는 것으로 시작된다. 그러면서 시인은 "일산 뿌리를 이 땅에 묻어/ 따낼 이놈이 국산이냐 일산이냐"라고 반문한다. 그러면서 "이족異族[6]도 한몸 되이 박토에도 살찌는데" "허리에 찬 붉은 국경은// 언제 걷고 한민족 하나 될까"라고 탄식한다. 오이 접을 붙이면서까지 민족의 통일을 염원하는 시인의 애국심에 절로 머리가 숙여진다.

---

5) 「풀밭을 매면서」 소재.

6) 한자는 필자가 삽입한 것이다.

3.4. 사라져가는 것에 대한 아쉬움

시대가 바뀌면 달라지는 것이 한둘이 아니다. 급격한 산업화바람이 시인의 고향이라 해서 비켜갈 리 없다. 자연히 이전 시대의 물질이 사라지고 집이나 마을의 모습이 변하기도 한다. 사라지거나 변하는 것은 물질만이 아니다. 가치와 관련되는 정신적 영역까지도 변화의 바람은 불어닥치기 때문이다. 『靑牛』의 「화목 아궁이, 집을 뜯으며, 새 동네, 새벽 닭 울음소리, 일, 헌옷을 태우며」, 그리고 『풀밭을 매면서』의 「남지우시장, 포클레인, 대밭 철거, 사라지는 논두렁」 등은 물질의 사라짐 혹은 바뀜의 허전함을 노래한 것이고, 『靑牛』에 실린 「자정에 지는 달」과 「도성암」은 정신적 요소의 사라짐을 아쉬워하는 작품이다.

이 부문의 수작인 「화목 아궁이」는 먼 조상님들로부터 물려받은 화목 아궁이가 "연탄, 가스레인지, 보일러/ 고층 건물에 밀려/ 골짜기에만 명맥을 잇더니" 그마저 "이제 그 막을 닫을 때가 되었는가보다"로 시작한다. 화목 아궁이가 사라짐으로 해서 "장작불 갈비불 짚불/ 구들막 화롯불 // 정겨운 이름들은/ 이제 할머니의 이야기감으로 넘어간다"고 시인은 우려한다. 언어가 문명의 소산임을 잘 아는 시인은, 한 문명이 사라지면 관련 언어까지도 사라져감을 아픈 마음으로 읊고 있는 것이다. 사라지는 것은 언어만이 아니라 '어머니들의 사랑'까지도 그 영역에 든다. "아침저녁 마을 하늘을 뒤덮던 연기/ 어머니들의 사랑은/ 이제 어디서 볼까". 가슴이 아려오는 것은 비단 필자만이 아닐 것이다.

「집을 뜯으며」는 제목에서부터 '사라짐'의 안타까움이 묻어나는 작품이다. "아버지 어머님 미안합니다"로 시작하는 첫머리부터 가슴을 짠하게 한다. "붉은 벽돌 허욕에 빠져/ 부모님의 사랑을 밀어내고 있"다고 실토한 시인은 "이십오 년간 몸담아 온 벽/ 신 살림의 보금자리/ 수백 가지 희비애락/ 석별이 아쉬워 큰절 올려 제 지내고" 다시는 볼 수 없을 그 모습을 간직하려고 "카메라에 담"기까지 한다.

「새 동네」는 마을이 개량됨으로 인해 흙담 벽, 디딜방아, 공동 우물 따위가 사라짐을 다룬 것이고, 「일」은 경운기, 트랙터에 밀려 난 '이라' 소리의 아쉬움을 재치 있게 다룬 작품이다. 농사짓던 소의 효용이 사라지고 있음을 다룬 작품으로는 「남지우시장」이 더 있다. 이 작품은 한술 더 떠서 식용으로 "벼락 살을 찌"우는 변질된 소 키우기의 세태를 은근히 비판하는 것이기도 하다. 이와 흡사한 정서는 상업용으로 닭을 키우는 것을 비판한 「새벽 닭 울음소리」에서도 발견할 수 있다.

「자정에 지는 달」은 정신적 요소가 사라지는 것을 아쉬워하는 시이다. 이 시에서 물질적인 것은 '젊은이'로 은유되고, 정신적인 것은 '늙은이들'로 대표된다.

젊은이는 밝은 곳으로 다 가고
늙은이들이 어둠만큼의 무게로
슬픈 꿈을 꾸고 있을까

—『풀밭을 매면서』, 「자정에 지는 달」

상현달도 되지 못하는 섣달 초이레 달은 초저녁에 중천에 떠 있다가 자정이 못 되어 "능선 너머 웅덩이에 빠지고" 만다. 그런 상태를 "늙은이들이 어둠만큼의 무게로/ 슬픈 꿈을 꾸고" 있다고 하고 있으니, 사라짐은 사라짐이되 정신적 요소의 사라짐을 아쉬워하는 것이다. '늙은이들'은 그냥 나이만 먹은 사람이 아니고, 세상 사는 지혜의 집합체이기 때문이다. 그런 노하우가 사라진다는 것은 정신적 손실임이 틀림없지 않겠는가.

시인은 「도성암」에서 정신적 요소의 사라짐을 보다 직설적으로 읊고 있다.

절은 옛 절이 분명한데
옛 절이 아니고
염불 소리 들릴 듯한데
노랫가락 더 크게 들리니
도인은 산에서도 숨 못 쉬고
야인은 산에까지 발돋움하는구나

—『풀밭을 매면서』, 「도성암」

「도성암」에서는 '옛 절' 대 '절', '염불 소리' 대 '노래 가락', '도인' 대 '야인', '숨 못 쉼' 대 '발돋움하기'가 대조적 역할을 한다. 각 전자는 정신적 세계, 각 후자는 물질적 세계를 대표하는 표현들이다. 후자가 전자를 점점 옭죄고 있는 형상을 노래한 것이니, 정신적 요소의 사라짐을 아쉬워하는 것이라 하지 않을 수 없다.

3.5. 성찰과 비판

성찰과 비판은 동전의 양면과 같다. 자신을 둘러보기에 바쁜 사람은 남이나 세태를 비판할 겨를이 많지 않고, 세태 비판에 적극적인 사람일수록 오히려 자신을 성찰하는 일에는 인색할 수가 있다는 점에서 그러하다. 후자와 같은 상황을 두고, 요즘 정치판에서는 '내로남불'이라는 말이 회자한다.

신용찬 시인은 세태 비판에 적극적인 사람이 아니다. 특정인을 비판하는 일은 찾아보기 어렵다. 대신에 자기 반성에는 혹독하리만큼 엄격하다. 필자는 주저하지 않고 그 압권을 「폭주 후」[7]라고

7) 「青牛」 소재.

단정한다. '폭주暴酒'는 가장 낮은 단계의 정신적 상태, 또는 세상사에 이리저리 흔들리는 자신에 대한 또 다른 표현이다. 사람들은 발가벗은 자신을 찬찬히 들여다보는 일을 주저한다. 아니, 그러기가 두렵다. 그래서 그런 척을 하다가도 그만두거나, 아예 그런 상황 자체를 만들지 않는다. 그러나 신용찬 시인은 과감하게 자신의 '민낯'을 관찰한다. 관찰의 수단으로 그가 선택한 용어가 '폭주'이다. 「폭주 후」에 이어 「폭주 후 2」를 탄생시킬 정도로 시인은 자기 반성이 철저한 사람이다.

심한 갈증으로 눈을 뜨면
번갯불이 번쩍한다
어느 낭떠러지에 날리는 마른 잎
어디서 엄습해오는 소리
캄캄하다 아늑히 보일 듯 말 듯
열변을 토했는데 반응이 없었다
어떻게 된 건가 기억이 없다
뒤통수를 꽉 치며
푹 쓰러진다

—『青牛』, 「폭주 후」 제1연

「폭주 후」는 8연 73행으로 된 긴 시다. 드러낼 바에야 부끄러운 자신의 모습을 다 드러내놓자, 이런 심정으로 이렇게 긴 시를 썼을 것임에 틀림없다.

"심한 갈증으로 눈을 뜨"는 첫 행은 자신을 '성찰'이라는 관문으로 발을 들여놓게 하는 장치에 해당한다. 첫걸음을 떼자마자 낯부터 화끈거린다. 그것을 시인은 "번갯불이 번쩍한다"라는 말로 표현해놓았다. "어느 낭떠러지에 날리는 마른 잎"은 세상사에 흔들리는 자신의 또 다른 은유다. 그래서 "캄캄"함과 "아늑히 보일 듯 말 듯"함을 느끼고, 그것을 부정하고자 "열변을 토했"건만 아무런 "반응이 없"는 것을 깨닫고는 "푹 쓰러"지는 것이다. 자기 반성의 과정은 "이불 속에 묻혀 입술을 깨"(2연 7행)물게 하고, "무엇에 끌려 잔을 당겼나"(2연 9행)라는 원인 분석으로 이어진다.

낭만의 극은
절망과 패가망신의 씨앗
즐긴다는 것의 깊이가
끝없는 수평선이라
달려가다 달려가다 의식을 잃는다
끝내 잡지 못하는
욕망의 끝
실패의 종류에서도 낯 뜨거운 것
적당히 알맞게 구호처럼 외는 것도
가다가 쉬고 만다

—『青牛』, 「폭주 후」 제3연

제3연은 시인이 찾아낸 '폭주의 원인'으로 채워져 있다. "낭만의 극은" 끝내 "절망과 패가망신의 씨앗"이고, "즐긴다는 것의 깊이"는 "끝없는 수평선"임을 알게 된 것은 큰 수확이다. '낭만의 극'이나 '즐긴다는 것'은 모두 자신을 유혹하는 세상사의 또 다른 표현일 뿐이다. 그러나 시인은 한때 그런 유혹에 빠져들긴 했으나 그것의 종착지가 어디인지를 깨달았으니, 이것이야말로 성찰이 아니고 무엇이겠는가.

그리하여 "갑자기 죽음이 임박한 것 같"음을 직감하고 "모든 것이 허무하다/ 죽음 앞에 무슨 부끄러움이 있는가"라고 되뇐다. 성찰의 마지막 단계까지 이른 것이다. 그리하여 "큰 고통"도 "초월"하고 "작은 괴로움쯤은/ 행복으로 보인다". 이런 과정을 거쳐 시인은 "다시 일어선다"(이상 제4연). 다시 일어섰기에 "허물을 벗고/ 새 옷을 입고 나온 뱀같이/ 혼자서라도 깨끗이 살아보자"(제6연)라는 다짐을 하게 되는 것이다. 자기반성, 성찰의 결과는 '재탄생'임을 시인은 깨달음으로 안다.

「폭주 후 2」는 2연 8행으로 된 매우 정제된 시다. 그러나 그 압축 속에서도 갖출 것은 다 갖추었음은 앞에서 거론한 바 있다. '폭주'라는 형식을 빌려 '자기 성찰'을 게을리하지 않는 시인의 모습은 암암리에 우리에게 많은 것을 느끼게 한다.

이 부류에 드는 시로는 이 밖에도 「겨울 참새」[8], 「국화」[9] 등이 더 있다. "눈과 바람만 먹고/ 아침 햇살 반기"는 겨울 참새는 "차가운 창공을/ 솟구치며/ 산책하는/ 작은 선비"(「겨울 참새」)이다. 여기에는 물욕 없이 살고자 하는 시인의 의지가 강하게 배어 있다. 성찰의 과정이 없고서야 이런 바람을 갖는 것이 어렵지 않겠는가. 「국화」의 이미지도 「겨울 참새」와 비슷하다. "청춘을 불볕에 태우고/ 찬 서리 이고 이룩한 꽃송이는/ 한 달여 싱싱하니 인내의 넋"이라고 국화의 미덕을 칭찬한다. 그러나 따지고 보면, 이것은 시인 자신의 처지이니 "59세에 등단하는 내 꼴이/ 네 꼴에 눈물난다"에서 그 점을 확인할 수 있다. 오상고절傲霜孤節을 자신의 처지에 빗대면서 눈물 흘리는 시인의 모습은 우리를 숙연하게 만든다.

시인이 세태를 꼬집는 일을 즐겨하지 않는 사람이라고는 하지만, 그의 시에 이와 관련된 것이 통 없지는 않다. 불합리에 대한 고발의 성격이 짙은 시가 있기 때문이다. 『青牛』의 「연설회」, 『풀밭을 매면서』의 「소나무, 한강 유람선, 사기, 보상금, 임차료, 남지우

8) 「青牛」 소재.
9) 「풀밭을 매면서」 소재.

시장, 설날, 선거」, 미수록의 「救仁寺」에는 적극적이든 소극적이든 세태를 비판하는 장면들이 있다. 「연설회」는 "위로를 받으러 연설회에" 갔다가 "권모술수 중상모략/ 승자만이 정의로운 자가" 되는 현상을 목도하고는 그것을 비판한 것이다. 「선거」의 시적 긴장감도 「연설회」의 그것과 비슷하다. "도덕이 땅에 떨어지고/ 새 것이 다 새 것, 중진이다 중진/ 술수와 책략이 날개를 달았다"라고 한 부분에서 이 점을 확인할 수 있다.

「연설회」, 「선거」도 그렇지만, 「사기」, 「보상금」, 「임차료」 등은 시 제목에서부터 세태 비판의 뉘앙스가 강하게 풍긴다. 사기범은 선한 사람 울려놓고 법망을 피해 "승용차 번듯이 타고 콧노래 부르며 사는데"(「사기」) 어찌 울분이 없겠는가. "자본주의 사회의 찬 서리/ 땀 흘린 자는 바치고/ 시원한 모시 바지는 앉아서 받"(「임차료」)는 세태를 보고 시인은 "억울하면 출세하라"라는 역설적 표현으로 이를 비꼬고 있다. 「보상금」은 법 앞에 버티지 못하는 민초들의 삶이 적나라하게 드러낸 작품이다.

「한강 유람선」은 서울 중심의 정책을 은근히 비판한 것이다. "안방의 장판보다 깨끗한 강변의 시민공원/ 시골 한 동네보다 호수 많은 아파트/ 돈의 비가 여기만 내리고 있다"라는 표현에서 이를 확인할 수 있다. 「남지우시장」은 농사를 짓는 동반자로서 소를 사고파는 곳이 아니라 이제는 비육우를 파는 곳이 되었다는 점을 가슴 아파하는 작품이다. 「설날」은 "고향 찾은 젊은이들 가족세배 끝나며는/ 처가부터 달려가니/ 어린이들 세배는 가족밖에 몰라/ 고향도 이웃도 없어진다"는 점을 아쉬워하는 시다. 「소나무」는, 이전에는 "야산 언덕에" "아름드리 장송으로" 자라던 소나무가 분재용 소나무로 둔갑하면 값이 더 매겨지는 세태를 비꼰 것이다. "화분에 옮겨진 너 몸값은/ 구부러진 허리마다/ 인고의 값이 매겨졌다".

시인은 불교에 우호적이다. "한풍에 미소 잃지 않고/ 따가운 햇살에도 타지 않는 얼굴/ 개구장이 돌팔매에 멍들지 않은 손/ 독수리 발톱에 상처 없는 눈매/ 자비로 가득 찼네"(『靑牛』, 「구룡산 용선대 석가여래좌상」)라는 표현은 그런 것 중 하나다. 그런데 「救仁寺」에서는 비판적 시각을 확인할 수 있어 의아롭다 하겠다. 모두 4연으로 된 이 시는 "충청북도 소백산중/ 인간 영의 재생 공장은/ 물건 생산 공장보다/ 돈을 더 많이 버는 공장인가보다"로 끝나고 있다. 구인사를 시인이 영성靈性을 계발하는 곳보다 돈을 더 많이 버는 공장으로 치부한 까닭을 현재의 필자는 알 길이 없다.[10)]

3.6. 가신 분에 대한 추모

가까운 사람과의 사별은 오랫동안 슬픔으로 남는다. 시인은 창녕이라는 지역사회에 살면서 이런저런 인연으로 여러 사람들과 교유하며 살아왔다. 존경하는 선배, 장래가 촉망되는 후배, 든든한 친우. 그런데 이들 가운데 일부는 이미 유명을 달리하여 아픔을 준다. 이것과 관련된 시로는 『靑牛』에 실린 「무궁화 한 송이 — 고 河在鴻 사백 영전에, 시인 생각 — 고 朴載護 유고시집 출판기념회를 보고, 남파처사 권경수 송덕비」, 『풀밭을 매면서』에 이름을 올린 「창녕군지 만든 노두환, 할미꽃 지던 날 — 성권영 장례식을 보고, 페스탈로치 가家의 불행 — 김태훈 장례식을 보고, 작고 동인을 찾아서」 등이 있다.

「무궁화 한 송이」는 부제에 드러나 있는 것처럼, 마흔한 살 아까운 나이에 저세상으로 떠난 하재홍河在鴻(1941~1981) 사백을 추모하는 시다. 하재홍 선생을 모르는 사람도 이 시를 읽으면 그의 인간 됨됨이며 활동이며 지역사회 공헌도 등등이 손에 잡힐 듯 다

---

10) 1만 명을 동시에 수용할 수 있는 대법당인 설법보전說法寶殿을 비롯하여 구인사의 모든 전각에서 동시에 수용할 수 있는 인원은 무려 5만6,000명이라 한다(인터넷판 「한국민족문화대백과사전」 참조).

가온다. 그만큼 이 시는 서사적으로 기술되어 있다. 하재홍 "詞伯은 아침에 피었다/ 저녁에 진 무궁화 한 송이"다. "귀공자로 태어나/ 교회에 봉사하고/ 언제나 서민적이던 생활"을 하던 분이다. 창녕문인협회 초대 회장을 역임하고, 경영하던 출판사 '집현전集賢殿'을 통해 『창녕문학』 등을 발간하여 지역사회 문화창달에 크게 기여한 분이 하재홍 사백이다. 그는 "한평생 의욕과 끈기로 버티고/ 꿈꾸며 내일을 노래했"고 "교단에 서서 내일의 아름다운 꽃들을/ 키워왔는데", 그만 "추한 사기극에 휘말려/ 놀란 심장에 돌이 생겨/ 속으로만 앓다가" 간 것이다. 그리하여 시인은 "창녕의 문학이 살아 있는 날까지/ 詞伯은 살아 있으리라"라고 경건한 마음으로 그를 추모하고 있다.

「시인 생각」은, 밀양에서 태어나 마산 등지에서 활동한 박재호朴載護(1927~1985) 시인의 유고집 『낙도산조』가 출간되던 1987년에, 그 출판기념회에 참석하고 난 뒤의 소회를 읊은 시다. 이 시의 첫 부분이 "이름은 있고" "얼굴은 없는"으로 시작되는 것은 이 때문이다. "님이 다닌 발걸음 찾아/ 고모령 가는 길 손잡고 걸어/ 초라한 간판에 따뜻한 온정을 느끼고/ 시심을 달랜 벽마다/ 님의 얼굴들이 울다 웃고 있다"에는 마산 지역사회의 잊을 수 없는 추억이 서려 있다. '고모령'은 당시 주머니 가벼운 문인들이 즐겨찾던, 그 문인들을 기꺼이 맞아주던 마산시 수성동에 있었던 술집 이름이기 때문이다. "빈 잔들이 빈 잔을 채우며/ 허망을 띄워 보내"는 장면에서 지역사회 시인으로서의 끈끈한 정을 느끼게 된다.

「남파처사 권경수 송덕비」는 창녕 출신으로 자유당 시절 경상남도의회 활동을 한 권경수 선생의 덕을 칭송한 작품이다. 작품 속에 드러나 있는 남파처사는 "경남도 의사당에 곰방대 두드"림으로써 "양담배 꽃아문 이 얼굴"을 "홍당무"로 만든 주인공이고, "일제가 벗겨간 붉은 산"을 "옥토 만 평에 솔씨 뿌려" 녹화사업을 한 애국자이다. "서낭당 어린 나무 심어" "鴻浦洞"이라는 "한 마을 창건"한 분이기도 하다. 살아 있을 때는 잊고 살았던 큰 덕을 이제야 깨닫게 된다는 대목을 시인은 "큰 나무 그늘이 걷히어지니/ 뙤약볕에 정신난 우리들/ 이제사 크신 태양을 봅니다"라고 표현해 남파처사의 덕을 칭송하고 있다.

「창녕군지 만든 노두환」은 창녕문화원장 등을 역임한 노두환(1930~1988) 선생의 지역사회 문화창달, 특히 뼈를 깎는 어려움 속에서도 『창녕군지』를 편찬에 이바지한 공로를 기리는 시다. 시인은 "왼손으로 낸 성금 오른손도 몰랐"던 노두환 원장이 "선거사 기록에 말썽이 생겨 대쪽 같은 절개를 굽"힌 일로 인하여 "소망 꺾인 설움과 분노가 속으로 침입하여 병이 되"어 끝내 운명하게 된 점을 매우 애통해한다. 그러나 "대합면 주매리 고향 땅에 군민이 공덕비 세우고/ 문화원이 백일홍 심어 붉게 타던 문화창달 의욕/ 연년세세 기억하리오"라고 하여 그의 공덕이 영원히 이어질 것임을 칭송하고 있다.

「할미꽃 지던 날 — 성권영 장례식을 보고」와 「페스탈로치 가家의 불행 — 김태훈 장례식을 보고」는 부제가 일러주는 것처럼 아끼는 지인의 장례식장을 다녀와서 지은 추모시다.

성권영成權永(1937~1990) 선생은 창녕 유어면에서 태어나 대학을 졸업한 뒤 일찍이 서울에서 활동한 시인이다. 한국문인협회, 한국문학협회, 한국현대시인협회 등 단체에서 중요 역할을 했는데, 이런 상황을 신용찬 시인은 "세계를 누비는 국제문화협회 상임감사 자리보다/ 시인은 시인으로 족하다며 열변을 토하던 낭송 소리"로 압축하고 있다. "언제나 고향땅 할미꽃 남달리 잊지 못하여/ 돌아오고 돌아오더니"라는 대목에는 타향살이를 하면서도 한시도 고향을 잊지 못하던 고인을 추모하는 마음이 잘 담겨 있다.

김태훈金兌勳(1943~1992) 선생은 창녕의 페스탈로치라 불린 부친 김병식 교장의 외아들이었다. 대학을 졸업한 뒤 창녕중학교, 마산중학교, 마산 구암중학교 등지에서 교편생활을 한 교육자이자 시인이었다. “풍조리 동네 집 뒤 개망초꽃이 흐드러진 곳”에서는 “그의 나이 이제 50”에 병환으로 간 본인의 무덤과 부친의 무덤, 그리고 “외아들의 죽음을 아니 보려고/ 일주일 전 영감 무덤에서 자진한 어머님 무덤”까지 있으니, 어찌 「페스탈로치 가家의 불행」이라 하지 않을 수 있겠는가. 그래서 신용찬 시인은 울부짖듯 내뱉는다. “하느님도 너무 하신다”고. “창녕문협의 기둥을 뽑아버렸다”고.

「작고 동인을 찾아서」는 창녕 출신 문인으로 작고한 분들의 무덤과 시비를 찾아나서는 ‘순례기’이다. 그들은 “미소 짓는 얼굴들”이요, “웅변을 하듯 시를 낭송하던 모습”의 주인공들이며, “점잖은 그 모습으로/ 가슴에 더운 물을 붓던” 분들이다.

“영산 함박산”에는 “촌사람같이 웃는” “하재홍 그가 누”워 있고, “더 넓은 영산 놀이마당” “양지바른 언덕”은 “인간문화재 조성국”이 영원한 안식을 취하는 곳이다. “유어면 광산리 어울 뒷산 중턱”에는 “유고 시집『들판과 소』”를 낸 성권영 선생의 유택이 있고, “유어면 광산초등학교”에는 “창녕의 페스탈로치/ 김병식의 공적비”가 “성권영의 명문장”으로 살아 숨쉬고 있다. “풍조리 빈집 뒤 양파밭 모서리”에는 “김태훈 부자가 누웠”고, “이방초등학교 교정에”는 이일래 선생의 “산토끼” 노래비가 있어 일행을 맞는다. 순례의 마지막은 “노명석 문학비”를 찾는 일이다. “이방초등학교에서 남으로 군도를 따라 약 1킬로미터” 떨어진 곳에 차를 세우고, “골목 같은 농토 따라 언덕을 돌면/ 시퍼런 호수가 소나무 사이에 숨어 있고/ 가파른 언덕 위에” 비석은 우뚝 서 있다.

벼르고 벼르던 일을 마침내 해냈다는 안도감마저 느껴지는 긴 시가 「작고 동인을 찾아서」이다. 산소와 시비 순례는, 신용찬 시인의 가슴속에 언젠가는 해결해야 할 과제와도 같은 것이었음을 느끼게 된다. 그만큼 이 시는 시인의 인품이 고스란히 배어 있는 작품이라 하겠다.

3.7. 기행시

마지막으로 기행시에 대해서도 한마디 언급하고자 한다. 기행시는 여행하는 동안에 보고 듣고 느끼고 겪은 것을 표현한 시다. 형식적 측면에서는 기행 일정이 소개되는 것이 큰 특징의 하나다. 이런 요건에 해당하는 대표적인 작품으로는 「로스앤젤레스에서 몬트리올까지」[11]와 「태국 여행」[12]이 있다.

다음과 같이, 제목만 보면 기행시일 것 같은 많은 작품들이 있지만, 이 시들은 본격적인 기행시가 아니다. 기행 자체를 중심에 두지 않고, 해당 장소를 활용하여 시인의 관념을 시로 표현한 것이기 때문이다. 이런 작품은 제2시집 『풀밭을 매면서』에서 집중적으로 나타나니, 「다시 경주에 가서, 이화장, 월송정, 충주호 유람선, 고수동굴, 가야산 계곡, 마이산을 찾아서, 부소산성, 한강 유람선, 백암온천, 울진 파도, 불영계곡, 진도대교, 윤선도 유물관에서, 광양제철공장」 등이 여기에 해당한다. 제1시집 『青牛』에 있는 「임진각에서」도 같은 부류에 들고, 두 시집에 실리지 않은 「촉석루에서, 설악산장에서, 문무왕릉」 등도 여기에 든다.

「로스앤젤레스에서 몬트리올까지」는 다음과 같이, 1번에서 14번까지 소제목을 붙일 정도로 매우 긴 시다. 〈1. 이륙, 2. 로스앤젤레스, 3. 모하비 사막, 4. 라플린, 5. 그랜드 캐니언, 6. 후버댐, 7. 라스베이거스, 8. 캘리포니아 목장과 농장, 9. 요세미티 국립공원, 10. 샌프란시스코, 11. 하늘에서 본 미국, 12. 토론토, 13. 나이아

11) 「풀밭을 매면서」 소재.
12) 두 시집에는 실려 있지 않다.

가라 폭포, 14. 몬트리올〉.

여행안내서와 같은 이 시를 작성하기 위해서는 사전 준비도 많이 했을 것이다. 그리고 둘러보는 곳곳마다 세심한 관찰을 하지 않고서는 이런 글을 쓰기 어려웠을 것이다. 이래저래 기행시를 쓰는 일은 품이 많이 드는 일이다. 그런 한 면을 〈5. 그랜드 캐니언〉에서 보기로 한다.

지겹도록 달려도 그 벌판인데
여기 무슨 계곡이 있을까 싶었는데
숲을 뚫고 걸어서 나서니
아~ 천 길 낭떠러지 깊은 계곡
평지가 찢어진 모습
지구의 음부 속은 붉게 열이 나고 있었다
주변의 숲은 지구의 음모였다
그 두둑과 두둑의 거리가 6킬로미터에서 24킬로미터
길이는 446킬로미터 서울과 부산 거리
계곡의 깊이가 2킬로미터
음벽의 형형색색 천만 가지 형상은
새콤하고 아찔아찔하여
몽롱한 삼매경에 빠진다

— 5. 그랜드 캐니언의 일부

시인은 그랜드 캐니언의 웅장함을 "천 길 낭떠러지 깊은 계곡/평지가 찢어진 모습"이라고 말한다. 그리고 그 골짜기를 "지구의 음부"로, 주변의 숲을 "지구의 음모"로 표현한다. 그랜드 캐니언의 길이, 너비, 깊이 등등에 동원된 숫자를 기록하는 것은 귀찮은 일임이 분명하다. 한 편의 기행시를 남기기 위한 이런 각고는 이 시

모든 곳에 녹아 있다.

시인이 사는 곳이 농촌이라서 그럴까, 그가 캘리포니아 대초원을 유난히 관심 있게 관찰하고 있음을 놓쳐서는 안 될 것이다.

두 시간여 달릴 동안 언덕마다 십자가를 돌리는 풍차
사막에 인간의 손발이 뻗친 흔적들이다
우리의 들판은 100미터 길이의 구역인데
500미터 이상 길이의 구획 정리된 밭에
푸른 옥수수가 정렬되어 있고
푸른 바다 위에 흰 물줄기를 뿌리는 스프링클러가
사열장의 소대장같이 일직선으로 서서 뿌리는데
산은 신기루같이 까마득히 멀리 있고
푸른 들 사이사이 휴식 취하는 땅이
부자의 털옷으로 나를 덮어 오고
건포도 밭이 이어지는데
외골로 사람 키보다 낮게 가꾼 터널 밭이다
키 큰 아몬드 트리가 한국의 사과밭 같고
오렌지 쌀 농장은 보지 못하고
마초 밭은 무진장이다
이 넓은 농장 가까이 다 가보지 못함이 아쉽다
농사는 박사가 짓고 공장 노동자보다
기계 영농의 인부 수입이 더 좋다
인부도 많다 30여 명이 기계 따라 모여 서서 작업하니
농사는 역시 손질이다
시멘트 콘크리트로 만들어진 용수로에
맑은 물이 가득 흐른다
500킬로미터 밖 후버댐에서 끌어온 물을

과수밭에서 논물 대듯 쓰는 물
자연을 이긴 인간의 능력이 푸르고 싱싱하다
트럭에 과일을 포장도 않고 실어서
냉동 창고로 수없이 달려가고
창고에선 모래를 덤프트럭이 붓듯 쏟고 오겠지
농로 변에는 유도화 꽃이 아름다운데
독 향기를 뿜어 들판의 곤충을 잡는 노동자란다
광활한 농장 지대에는 높은 호텔도 없다

— 8. 캘리포니아 목장과 농장의 일부

캘리포니아 대초원 저 멀리 산에는 풍력 발전기가 힘차게 돌아가고 있다. "500미터 이상 길이의 구획 정리된 밭"에는 "푸른 옥수수가 정렬되어 있고" 녹색 초지 위로는 "흰 물줄기를 뿌리는 스프링 펌프"가 계속해서 물을 뿜어댄다. 이 사막을 옥토로 만들게 한 것은 물 덕분인데, 이 물은 "500킬로미터 밖 후버댐에서 끌어온" 것이다. "건포도 밭"은 "외골로 사람 키보다 낮게 가꾼 터널 밭" 형식임이 달리는 차 안에서도 확인된다. "키 큰 아몬드 트리가 한국의 사과밭 같고/ 오렌지 쌀 농장은 보지 못하고/ 마초 밭은 무진장이다". "트럭에 과일을 포장도 않고 실어서/ 냉동창고로 수없이 달려가"는 곳. "공장 노동자보다/ 기계 영농의 인부 수입이 좋"은 이 땅. 농부시인의 눈에는 사막을 대초원으로 바꾼 캘리포니아 농장 어느 한 곳 부럽지 않은 데가 없다. 이런 내용을 글로 남기려 애를 쓴 시인의 노고에 박수를 보내고 싶다.

「로스앤젤레스에서 몬트리올까지」에는 못 미치지만, 「태국 여행」도 길기는 마찬가지다. 이 시에도 태국까지의 여정, 태국에서의 일정, 곳곳에서 느끼는 점 등이 시인 특유의 글솜씨로 잘 드러나 있다. 여기에서 필자가 강조하고자 하는 것은, 시인이 여행에 함께하지 못한 아내를 늘 마음속으로 챙기고 있다는 점이다.

극심한 차멀미로 국내 여행도 어려운 아내는
나 혼자라도 가라고 권하는 바람에
초등학생 소풍 전날처럼
잠을 설치고 새벽 4시에 일어나 현관문을 나서니
가슴에 찬 서리가 내리고
새벽 별 바라보며 혼자 걸으니
평생 농사일만 하고 이 좋은 여행 못하다니
끝내 눈에 이슬이 맺힌다

—「태국 여행」, 3~10행

태국 여행은 진갑을 맞아 동갑끼리 '부부 동행'으로 하기로 한 여행이었다. 그런데 시인의 아내는 "극심한 차멀미로 국내 여행도" 어렵다. 그런 아내를 두고 본인은 "초등학생 소풍 전날처럼/ 잠을 설치고 새벽 4시에 일어나 현관문을" 나선다. "새벽 별 바라보며 혼자 걸으니/ 평생 농사일만 하고 이 좋은 여행 못하다니/ 끝내 눈에 이슬이 맺"히는 것이다. 시인의 이런 마음은 여기에서 그치는 것이 아니다.

서울과 강릉 간 거리인 방콕과 파타야, 3시간여 달려
인도양을 바라보며 20층 높이 솟은 파타야 파크
3019호에 키를 꽂고 불을 밝히니
나란히 놓인 침대 더 넓은 방
아침에 미소로 전송해주던 그 사람
혼자 풋고추를 따며 울지는 않았을까?
"왜 같이 오지 않았어요" 묻는 친구 부인들

그노무 차멀미 때문에, 내 낯만 뜨거워진다

—「태국 여행」, 55~62행

파타야 파크 3019호에서 첫 밤을 보내는데, "나란히 놓인 침대 더 넓은 방"을 대하자 불현 듯 "아침에 미소로 전송해주던 그 사람" 생각이 나지 않을 수 없다. "혼자 풋고추를 따며 울지는 않았을까?" 이 대목에서 눈가를 적시는 사람은 이 시를 읽는 독자들이리라.

4. 글을 맺으며

김인숙 : 선생님 웃는 모습이 소년처럼 환해서 보기 좋습니다. 요즘은 어떻게 지내시는지요?

신용찬 시인 : 요즘은 아침 먹고 나면 9시부터 5시까지 바로 옆에 있는 요양병원 노인학교에 가서 하루 종일 놀다 온다.

윗글은 창녕문인협회 사무국장을 맡은 김인숙 시인이 2021년 7월 11일, 남지 신용찬 시인 댁을 찾아 대담한 내용의 일부다. 얼마 전부터 건강이 좋지 않아 건강상태를 여쭤 보자 "그냥저냥 괜찮다"라고 하신 다음에 나오는 부분이다. 요양병원 노인학교에서 다른 노인들과 살아온 이야기를 나누며 잘 지내고 있다는 내용이다.

이 대담에는 신용찬 시인의 성장기 일화, 농사짓기, 창녕문협과 문인 활동, 가족 관계 등이 가감 없이 언급돼 있다. 대담의 일부는 다음과 같이 계속된다.

김인숙 : 선생님께서 우리 문인협회 발전을 위해 거금을 내신 게 벌써 8년이라는 세월이 흘렀습니다. 당초에 창녕문학관을 건립하고 싶다고 하셨죠?

신용찬 시인 : 비닐하우스 있는 그 옆 밭에다가 창녕문학관을 짓

고 싶었지. 그런데 건물만 지어놓는다고 문학관이 유지되는 것이 아니더라고. 관리하는 것이 더 큰일이라서 엄두를 못 내겠더라.

(중략)

김인숙 : 예, 지금은 선생님 덕분에 '우포청소년문학상'을 제정해서 매년 수상자를 내고 있습니다. 이 문학상은 우리 창녕의 미래를 책임지고 있는 청소년들에게 꿈을 심어주는 중요한 밑거름이 되고 있다고 생각합니다. 여기에 대해서 한 말씀 부탁드립니다.

신용찬 시인 : 문학관을 짓는 것을 포기하고 후배 문인들 원고료라도 주라고 성기각 회장한테 기금을 맡겼다.

김인숙 : 선생님께서 기금을 내실 때 그렇게 말씀하신 기억이 납니다.

신용찬 시인 : 맞다. 원고료나 주고 말아라 하며 성기각 회장한테 기금을 맡겼는데 '우포청소년문학상'이라고 떡 상을 제정해줬다. 나는 거기까지 바라지도 않았는데 참 고마운 일이다. 기금을 잘 써준 성기각 회장한테 정말 감사하다.

김인숙 : 벌써 '우포청소년문학상'이 8회를 맞이했습니다. 그럼 수상자가 40여 명입니다.

신용찬 시인 : 벌써 그렇게 되었네. 학생들이 문학에 관심을 갖는 데 도움이 되었다니 기쁘지만 이런 이야기는 그만하자. 부끄럽다. (얼굴을 붉히시며 빙긋 웃으신다.)

문인들 원고료로 지급하라고 낸 돈을 성기각 회장이 그것으로 청소년문학상을 제정해준 것에 대한 고마움을 표하는 부분이 눈길을 끈다. 필자가 이 대담을 그대로 인용한 것은 8년 전에 시인이 큰 액수의 '우포청소년문학상' 상금을 낸 것을 강조하기 위해서가 아니고, 그 정신을 높이 사고 싶어서다. 그 얘기가 계속되자 "기쁘지만 이런 이야기는 그만하자. 부끄럽다"고 말한 대목은 필자의 마음에 깊이 와닿았다.

필자는 한번도 신용찬 시인을 뵌 적이 없다. 그럼에도 불구하고 감히 시인과 관련된 일을 글로 쓴 데는 까닭이 있다. 창녕문인협회 성기각 회장이, 시인이 살아온 길과 향토를 사랑하는 마음을 알려주었던 것이 계기였다. 성 회장의 목소리는 너무나 곡진하여서 그 울림이 컸다. 보내준 자료를 하나하나 챙겨보면서 성 회장의 말이 한 치도 어긋남이 없다는 걸 확인할 수 있었다. 참으로 맑은 분, 맑아서 은은한 향기가 나는 분. 한마디로, 필자는 시인을 이렇게 정의하였다.

더 이상 건강이 나빠지지 말고 이 상태로 더 오래 계시기를, 그리하여 지역사회의 어른으로서 후배들이 자라가는 모습을 애정 어린 눈으로 계속 지켜봐주시기를 간곡히 빌면서 글을 마친다.

시인 신용찬辛容讚 연보

- 1938년 12월 8일 창녕군 남지읍 마산리 775번지(홍포마을)에서 출생
- 남지초등학교(제28회), 남지중학교 졸업
- 1961년 남지고등학교 졸업
- 1974년 12월『창녕문학』창간호에 작품 발표, 창녕문학회 창립회원
- 1981년 5월 창녕문학회 부회장
- 1978년~1984년『창녕군지』편찬위원 역임
- 1984년 5월 ~ 1987년 10월 창녕문인협회 회장
- 1985년 이후 현재 경남문인협회 이사(역임)
- 1987년~ 창녕문화원 이사, 향토사연구위원(역임)『창녕누정록』『창녕금석문』편찬위원 역임, 국제라이온스클럽 회원
- 1988년 10월 ~ 1995년 2월 창녕문인협회 회장
- 1989년 5월 첫 시집『청우(靑牛)』발간(도서출판 경남)
- 1996년『문학세계』시부문 신인상 수상
- 1996년 국제라이온스클럽 309-1지구(창녕 등 6개 지역) 남지클럽 회장, 국제라이온스클럽 세계 대회(캐나다 몬트리올) 참가
- 1997년 2월~ 2001년 2월 한국문인협회 창녕지부(창녕문인협회) 부회장
- 1998년~1999년 남지읍지 편찬위원으로『남지읍지』발간
- 1999년~ 현재 한국문인협회 회원
- 2001년 2월~ 현재 창녕문인협회 고문
- 2001년 9월 두 번째 시집『풀밭을 매면서』(경남시인선 61) 발간(도서출판 경남)
- 2002년 10월 제7회 황우문학상 수상
- 2013년 10월 청소년창작기금 1억원 창녕문협에 기탁, 우포청소년문학상 제정
- 2014 ~15년 국제라이온스클럽 309-1지구(창녕 함안 등 7개 지역) 부총재(역임)
- 2014년 10월 제1회 우포청소년문학상을 시상함
- 2019년 2월 창녕 남지읍 홍포공원에 신용찬 시비 '모내기' 건립됨
- 수상 : 국제라이온스협회 309-1지구 총재상 수상
- 현재 한국문인협회, 경남문인협회 회원, 창녕문인협회 고문
- 현주소 : 경남 창녕군 남지읍 대신길 21 대성빌라 3차 201호

신용찬 문학전집
청우(靑牛)

엮은이_ 창녕문인협회
펴낸이_ 조현석
펴낸곳_ 북인
디자인_ 푸른영토

1판 1쇄_ 2021년 11월 09일
출판등록번호_ 313 - 2004 - 000111
주소_ 121 - 842 서울 마포구 서교동 467 - 4, 301호
전화_ 02 - 323 - 7767
팩스_ 02 - 323 - 7845

ISBN 979-11-6512-034-4　03810

책값은 뒤표지에 있습니다.
저자와 협의 아래 인지를 생략합니다.